象步
渡海錄

구 술 **이준수**
엮은이 **허 일 · 김성준**

도서출판 **문현**

題字: 滿虛 김우숙(목포해양대학교 교수, 국전 서예 입선)

발간사

누군가가 나에게 당신이 살아왔던 생애 중 가장 존경할만한 친구 하나만 이야기하라고 한다면 나는 서슴없이 象步 이준수 학장이라고 대답할 것이다. 내가 상보를 알게 된 것은 1945년 한국해양대학이 개교하여 그 1기생으로 입학하면서부터이니, 우리의 우정도 60년을 넘어 고희(古稀)를 바라보게 되었다. 학교에 재학 중에도 象步와 나는 친한 사이였지만 더욱 친하게 된 것은 6.25 얼마 후의 피난수도 부산에서였다. 당시 나는 대한해운공사에 재직하고 있을 때였는데, 부산역 광장에서 책을 팔고 있는 상보를 발견하게 되었다. 반갑게 만나서 회포를 풀며 사연을 물은즉 이준수 학장의 아버님이 운영하시던 고아원 일을 돕고 있다가 6.25가 발발하여 고아들을 이끌고 천신만고 끝에 부산까지 왔는데, 고아들을 위해서 돈이 필요해서 짊어지고 온 책이라도 팔 요량으로 나왔다는 것이다.

그 얼마 후 고아들은 정부의 주선으로 거제도로 가게 되었고, 象步가 자유스러운 몸이 되자 나는 그에게 직장을 알선하여 대한해운공사에서 함께 근무하였다. 당시는 전시였고 후방 해상수송을 위해서는 해기사들이 다다익선인 때였으므로 취직은 어렵지 않았다. 몇 개월 후 상보는 모교의 이시형 학장에게 발탁되어 해양대학으로 직장을 옮겼다. 이렇게 해서 상보는 모교의 교수가 되었고, 나는 한국해양대학의 동창회장이 되어 서로 협력하면서 모교의 발전을 위하여 힘을 합쳐온 동지이고 친구로 오늘까지도 변함없이 지내고 있다.

象步 이준수 학장의 인간성, 그리고 이룩한 업적에 대해서 여기서 길게

이야기 할 게재는 아니어서 거두절미하고, 그를 한마디로 표현한다면 청렴결백하고, 공정무사하다. 상보는 또한 열정과 헌신, 봉사의 사람으로 해양대학 재학시절 작사하여 각종 행사에서 애창되고 있는 해대요가(海大寮歌)와 학장시절 획기적인 발상으로 구상하여 만난(萬難)을 무릅쓰고 성공적으로 완성시킨 해대의 조도이전에서 그의 성품과 의지가 잘 나타난다. 그가 살아온 길은 한국해양대학사이고, 한국해운사이며, 인간 승리의 역사이다. 독자들이 이 책을 읽으며 그의 진면목을 깨닫게 되기를 바란다.

후배인 허일 교수가 그 자신도 이제 고령이거늘 선배의 업적을 기리기 위하여 상보의 구술을 준비하고 정리하여 주신 것에 진심으로 감사를 드리고 싶다. 또 동시에 집필과 원고정리, 그리고 편집을 마다하지 않고 처음부터 끝까지 수고를 아끼지 아니한 김성준 교수에게도 감사 드린다.

2013년 10월
한국해사문제연구소
이사장 박현규

책을 내며

象步 이준수 학장의 삶과 한국해양대학과는 떼려야 뗄 수 없는 관계임을 해운업계 종사자들은 다 알고 있다. 영도 동삼동에 자리하고 있던 한국해양대학을 아치 섬으로 이전한 것이나, 실습선 한바다 호를 신조하고 세계일주 항해를 이루어낸 것 등은 象步 이준수 학장이 아니었다면 불가능한 일이었을 것이다. 이러한 물리적인 업적뿐만 아니라 정신적 업적 또한 빼놓을 수 없다. "웅지를 못 이루면 귀성 안하리. 부모의 슬하도 그리웁건만 천부의 사명은 더욱 크도다. 우리의 고향은 태평양이요. 우리의 무덤이 될 태평양이다."(해대요가 6절) 한국해양대학 학생들이 즐겨 부르는 이 노래는 한국해양대학이 창출한 거의 유일한 '한국해양대학의 노래'가 아닐까 싶은데, 이 노래는 한국해양대학 졸업생들에게는 '우리의 각오는 바다의 매골'로 상징되는 옛 해대 학훈의 한 귀절과 더불어 그들을 지탱하는 정신적 좌표였다.

필자들은 오랫 동안 象步 이준수 학장을 가까이 모셨던 행운을 가졌고, 또한 해운사에 관심을 가졌던 터라 자연스럽게 현대한국해운사의 중심에서 활동했었던 분들이 자서전 내지는 회고록을 내야 한다고 생각해 오던 터였다. 그러던 차에 우리가 해양대학교에서 근무하던 시절 이준수 학장님을 모시고 저녁식사를 할 기회가 있을 때마다 그 분의 맛깔 난 이야기를 안주거리 삼아 밤 깊어가는 줄을 몰랐었다. 그러나 그 분이 들려주는 이야기들이 단순한 안주거리로 치부하기에는 너무도 중요한 이야기들이어서 녹음을 하기 시작했고, 그 분량이 60분짜리 2개가 되었다. 이와는 별도로 이준수 학장의 삶을 정리해 둘 필요가 있다고 생각하여 <우리 선원의 역사>를 집필하던 2004년 즈음 1박 2일에 걸쳐 인터뷰를 하여 정리해 놓기도 했다.

2013년 2월 중순, 이준수 학장께서 낙상으로 건강이 급격히 악화됨에 따라 더 이상 미룰 수 없는 지경에 이르렀다고 생각했다. 결과적으로 오랫동안 묵혀 두었던 이준수 학장의 인터뷰 자료가 이 책을 내는 데 결정적인 자료가 될 수밖에 없게 되었다. 구술을 회고록으로 정리해 내는 것은 쉬운 일이 아니다. 이미 수십년이 지나간 과거의 일들을 낱낱이 기억해 낸다는 것도 불가능하고, 함께 했던 인물이나 장소, 날짜 등도 가물거리기 십상이다. 게다가 인터뷰 당시 회고록을 낸다는 뚜렷한 목적 없이 진행하다보니 이준수 학장의 삶을 전체적으로 구술하지 못하고 대화 주제에 따라 들쑥날쑥하게 되어 버렸다. 그럼에도 불구하고 이준수 학장 본인의 구술을 중심으로 정리했다는 점에서 이 글은 '象步 이준수 회고록'이라 이름 붙여도 무방하다. 물론 구술을 풀어나가는 과정에서 첨삭을 하지 않을 수 없었다. 그러나 이 글이 '이준수 학장의 회고록'으로서의 가치를 훼손하지 않도록 다음과 같은 원칙에 따라 정리하였음을 밝혀둔다.

우선, 회고록인 점을 고려하여 서술의 주인공을 이준수 학장 1인칭으로 하였다. 그리고 확인 과정에서 전후 관계나 역사적 사실과 명확하게 차이가 나는 구술에 대해서는 수정을 가하였고, 수정을 가한 곳에는 구술자의 최초 진술을 주註로 밝혀두었다.

둘째, 구술이 갖기 마련인 구체성의 결여를 보완하기 위하여 일부 중요한 주제나 인물, 사실에 대해서는 본문 안에 박스로 처리하였다.

셋째, 이준수 학장은 많은 글을 남기지 않았지만, 그 가운데서 해양과 관련하여 지금도 곱씹어도 좋을 글들을 모아 부록에 <象步 海洋文選>으로 정리하였고, 평소 象步와 친분이 두터웠던 분들의 글도 모아두었다.

한 개인의 삶은 그 개인이 살았던 시대와 활동 분야, 그리고 단체 등과 불가분의 관계가 있다. 이준수 학장의 회고록을 정리해 놓고 보니 그 분의 일생은 한국해양대학교와 한국해운과 떼려야 뗄 수 없는 관계였음을 재확인하게 되었다. 건강한 정신으로 회고록을 집필하셨다면 이보다는 훨씬 나은 회고록을 내놓으셨을 것이지만 상황이 여의치 않은 현실을 아쉬워할 수 밖에 없다. 이 회고록이 이준수 학장의 삶과 업적, 그리고 인품을 이해하는 데 자그마한 보탬이 되기를 기대해 본다.

마지막으로 2004년 채록을 사실상 주도하신 최재수 박사님께 심심한 감사의 말씀을 드린다.

2013년 가을
허 일 · 김성준

차례

제 **1** 장

성장기

가정 환경

나는 1926년 7월 29일에 황해도 사리원에서 태어났다. 이 시기는 3.1운동 후 일제가 시행해 온 극단적인 무단정치를 약간 완화하여 소위 문화정치를 표방하던 시기였다. 따라서 이전에 비해 상대적으로 자유로운 분위기가 조성되었고, 우리나라 사람들이 주축이 된 신문도 발간되는 등 지식인들의 활동도 활기를 띠기 시작하던 때였다.

당시 우리 집은 경제적으로 상당히 여유가 있었다. 내가 태어나기 전부터 큰아버지(이근택)와 아버지(이근섭)가 사리원에서 평화당¹⁾이라는 업체를 운영하고 있었는데, 내가 태어나고 약 1년 3개월 뒤인 1927년 10월에 서울로 이사를 하여 사업을 크게 확장하시게 되었다.

서울로 이사를 와서 사업을 확장하게 된 동기는 큰아버지께서 장사를 하다가 백보환(百補丸)이라는 강장제를 개발하셨는데, 이 약의 효력이 신통하여 날개 돋친 듯이 잘 팔렸기 때문이다. 해외에도 소문이 나서 외국에도 상당량이 수출되는 등 요즈음 말로 하자면 크게 뜨게 되었다. 그래서 이 약을 보다 널리 선전해서 팔면 큰돈을 벌수 있다고 생각하고 서울의 수하동으로 이전하게 된 것이다.²⁾ 큰아버지는 당시로서는 우리나라에

---

1) 구술에서는 '자그마한 백화점'이라고 하였으나, 象步의 백부 이근택은 사리원에서 1920년 5월 4일 평화당을 설립하고 인쇄업, 제약업, 광업을 영위하였다. 한국정신문화연구원, 『민족문화대백과사전』 & http://www.oneclick.or.kr/ contents/ nativecult/area07.jsp? cid=89826. 2013.5.14.

2) 인쇄소는 박흥식이 설립한 선광인쇄소와 합병하여 선광인쇄주식회사의 법인체를 발족시키고 일본인 인쇄업자들을 견제하였으나 동업자인 박흥식이 화신백화점, 선일지물 등에 주력함에 따라 선광인쇄주식회사는 해체되고 말았다. 다시 이근택은 1933년 평화당주식회사에 인쇄부를 설립하면서 인쇄사업에 전념하게 되었고, 1945년부터는 장남인 이일수가 경영권을 인수하였다. 한국정신문화연구원, 『민족문화대백과사전』.

서 가장 큰 인쇄소인 평화당을 차리고, 이 인쇄소에서 <백보환 신문특보>[3]까지 발행하여 이 신문을 통하여 백보환을 널리 광고하여 큰 부자가 되었다고 한다. 그 후 사회가 발전하면서 신약이 쏟아져 나오고 해서 더 이상 팔리지 않게 되자 1933년에 평화당주식회사에 인쇄부를 설치하고 인쇄업에 전념하게 되었다. 이 인쇄소가 지금도 성업 중인 평화당인쇄주식회사이다.

象步의 백부 이근택과 평화당

象步의 백부인 이근택은 사리원에서 1920년 5월 4일 평화당을 설립하고 인쇄업, 제약업, 광업을 경영하여 크게 성공을 거둔 뒤, 평화당이란 상호의 제약사를 만들어 큰 성공을 거두었다. 1936년 12월 1일 『삼천리』 제8권 제12호에 실린 '최근 매약전(賣藥戰), 누구누구가 돈 모았나?'라는 제목의 기사에도 평화당이 백보환으로 큰 돈을 번 것으로 나와 있다. 다음은 그 기사의 전문이다.

백부 이근택

"근일 우리의 눈을 현혹케 하는 것은 평화당(平和堂)의 '백보환(百補丸)', 신성당(神聖堂)의 '겡오-'이다. 전자는 보혈 강장이 선전(宣傳)의 요점으로 혹은 궁가(宮家), 일류 부호, 신사 등등의 찬사를 나열하야 지방 농촌민을 상대로 하고 있고 후자는 임질 매독 근절을 요점으로 역시 여러 가지 편지 같은 것을 인용하기도 하고 또 '구로벨' 박사를 내세우는 등 지

---

3) 구술에서는 <조선주보>라고 하였으나 조선주보는 1945년에 창간된 것만이 확인되고 있고, <백보환 신문특보>를 간행한 것이 확인되었다. 정진석, 『광고100년의 변천사』, in http://cafe.naver.com/mapping/89.

방의 농민을 판매망 속에 넣고 있는 것이오. 그 다음 이와는 좀 류가 다르나 천일약방(天一藥房)은 '조고약(趙膏藥)', 조선매약(朝鮮賣藥)은 '령신환(靈神丸)'으로 호대조(好對照)가 되고 유한양행(柳韓洋行)의 '톤토닉', 자선당(慈善堂)의 '삼용(蔘茸)토닉', 조선상회(朝鮮商會)의 '삼용정(蔘茸精)', 금강제약(金剛製藥)의 '페찌날', 부산의 어을빈(魚乙彬)은 '만병수(萬病水)'라는 그 모든 것을 가지고 혹은 수십 년 혹은 수년래에 막대한 대재(大財)를 획득했다. 이제 여기서 우리는 이 모든 매약상들이 과연 얼마나한 '돈'을 모았으며 또 대체 이 모든 약이 매일 얼마식이나 팔(賣)려 나가나 이것을 내사하야 보기로 했다."[4]

여운형의 친필 백보환 광고[5]

한편, 정진석 교수는 이근택이 상품의 신뢰성을 높이기 위해 저명인사를 등장시키는 추천식 광고 기법을 최대한 활용하여 큰 호응을 얻었다. "여운형, 송진우, 윤치호, 이윤용(구 한국 군부대신) 같은 거물을 비롯하여 만주국 총리 대신 장경혜(張景惠)까지 백보환 광고에 동원될 정도였다."[6]

---

4) 김남일, 『근현대 한의학 인물실록』, 2011, 들녘, p.402.
5) 당시 여운형은 조선중앙일보 사장으로 있었는데, 평화당주식회사는 여운형의 친필 찬사에 대해 선전지에 다음과 같이 쓰고 있다. "백보환의 효력을 위하야 민중에 건강을 위하야 右와 여히 귀중하신 글을 주시사 感謝無地하오며 평화당 발전과 글 주신 이의 본의에 봉하고저 하야 이글을 사진하여 전조선유지시산에게 이 사실을 고하며 더욱 약품정제에 노력하겠습니다." 김남일, 『근현대 한의학 인물실록』, 2011, 들녘, p.408.
6) 정진석, 광고 100년의 변천사: 광복 이전, 〈광고와 소비〉, 2011. in http://cafe.naver.com/ mapping/89.

아버지 이근섭

부친 이근섭

모친 박용복

아버님은 일본에 유학하여 니혼대학日本大學 등에 유학하고 돌아와 형을 돕는 방식으로 사업에 참여하였다. 그러나 사업을 주도한 것은 백부님이셨고, 아버님은 돈을 버는 쪽보다는 쓰는 일에 더 열심이었다고 해도 과언이 아닐 정도였다고 기억된다.

아버지는 일본 유학중 학업 자체보다는 독립운동 같은, 당시로서는 뜻있는 청년들이 깊은 관심을 나타내었던 그런 정치적인 문제에 관심이 깊으셨던 것으로 보인다. 그런 관점에서 볼 때 아버님과 관련된 다음 몇 가지 일화가 이러한 나의 추정을 뒷받침한다.

애국지사 양근환(梁槿煥) 선생과의 교유

　양근환 선생(1894~1950)은 일제 강점기 하에서의 강건하였던 애국지사의 한 분이시다. 양근환 선생은 2009년 5월 보훈처가 선정한 '이달의 애국지사'로 선정되기도 하였다.

독립운동가 양근환 의사

　"선생은 1894년 5월 9일 황해도 연백군 은천면에서 태어나 18세에 사립 동명학교를 졸업하고 20세가 되던 1914년에 서울에 올라와 공업전습소를 다녔다. 서울에 머물러 있는 동안 선생은 일제의 식민통치에 강한 불만을 품게 되었고 한때 조선보병대에 입교하여 일본인과의 다툼으로 체포되어 50일간 구류를 살기도 하였다. 1919년 3.1만세운동이 일어나자 선생은 즉시 고향에 내려가 만세 시위운동에 참여하였고, 이후 일제의 탄압으로 국내에서의 항일투쟁이 어려워지자 일본으로의 유학을 결심하였다. 도항 후 일제에 대항할 힘을 기르기 위해 니혼대학 정치경제과에 입학하였으나 가난으로 학업을 중도에 포기하고 만다.

　3.1운동 이후 일제가 문화정치를 표방하자 친일단체들이 우후죽순 생겨났다. 그 중 국민협회는 신일본주의를 내세우며 총독부를 적극 지지하였고 친일파 규합운동에 앞장섰다. 회장인 '민원식'은 내선일체론을 주장하며 참정권 운동을 주도했고, 1921년 2월 이를 위해 일본 도쿄를 방문하게 되었다. 선생은 '민원식'의 방문 소식을 듣고, 그를 처단하기로 마음먹었다. 1921년 음력 2월 16일 도쿄역 호텔 제14호실로 찾아간 선생은 민

원식과 독립운동에 관한 설전 끝에 '그대와 같은 자야말로 민족을 배반하는 자이다'라고 호되게 꾸짖고, 가슴에 품었던 비수를 뽑아 '민원식'을 쓰러뜨렸다. 거사 후 선생은 가족들에게 작별을 고하고 상하이로 가는 배에 올랐으나, 뒤쫓아 온 경찰에 체포되고 말았다. 1921년 5월 2일 도쿄지방법원에서 첫 공판이 열렸을 당시, 선생은 당당한 자세로 일본제국주의의 실상을 폭로하였으며 무기징역을 언도받고 12년간의 옥고를 치렀다. 선생의 친일파 척결 소식은 재일 유학생들의 민족의식을 뜨겁게 달구었고 친일 앞잡이들에게 경종을 울리는 계기가 되었다.

해방 후 선생은 혁신탐정사를 조직하여 반공투쟁에 앞장서기도 하였으나, 한국전쟁의 와중에 북괴군에게 피랍되어 고문을 당하던 끝에 1950년 9월 15일 경기도 파주에서 후퇴하는 인민군에 의해 안타깝게 숨을 거두고 말았다. 정부에서는 고인의 공훈을 기리어 1980년 건국훈장 독립장을 추서하였다."[7]

아버님도 니혼대학을 다니셨는데 아마도 양근환 선생이 선배였을 것으로 보이며, 두 사람은 가깝게 지냈던 듯하다. 양근환 선생이 12년의 옥살이 끝에 1931년 석방되던 날 아버님은 양복 두벌을 맞추어서 한 벌은 자기가 입고, 한 벌은 싸가지고 다른 유학생들(조선청년단인가 하는 단체 회원)과 같이 양 선생이 석방되는 교도소를 찾아가 양근환 선생이 입도록 하였다. 아마도 의형제의 의를 맺는 상징이었을 것으로 짐작된다. 그 후 두 분은 말 그대로 의형제로서 아주 가까운 사이로 양 선생이 돌아가실 때까지 동고동락 하셨다. 두 분은 그 당시 지식인들이 그러하였던 것 같이 시국문제에 대한 울분을 품고 통음하기 일쑤였고, 해외에 있는 독립운

---

7) 국가보훈처, '5월의 독립운동가 양근환 선생 선정,' 나라사랑 광장, 2009.4.30.

동단체(특히 상해임시정부)들을 국내에서 돕는 일을 주로 하셨던 것으로 추정된다. 그러한 활동을 하는 데는 사업에서 큰 성공을 거둔 백부님의 재력이 크게 뒷받침하였을 것으로 짐작되기도 한다. 전체적인 분위기로 보아 양 선생은 부자집의 식객으로 있으면서 해외 독립운동단체의 국내지원 센터 기능을 하셨던 것으로 보이며, 아버님과 양 선생 두 분은 글자 그대로 숙식을 같이 하며 동고동락하셨던 것으로 기억된다. 그리고 두 분의 우정을 두텁게 유지할 수 있게 하고, 또 독립운동에 대한 후원 활동이 가능하였던 것은 백부님의 재력이 크게 뒷받침하였을 것으로 생각된다.

전진한(錢鎭漢) 선생과의 인연

아버님과 전진한 선생과의 인연도 인상적이다. 전진한(1901~1972) 선생도 일본에 유학하여 와세다(早稻田)대학에 다니셨는데 학업보다는 독립운동 쪽에 더 큰 무게를 두고 활동하였다. 그러나 1930년대 후반에 들어서면서 일제의 탄압과 감시의 눈초리가 심해져서 전진한 선생과 같은 요시찰 인물의 활동이 매우 불편할 뿐만 아니라 언제 일경에 체포 투옥될지 모르는 위급한 상황에 놓이게 되었다. 달리 피할 수 있는 뾰쪽한 대안을 찾을 수 없게 되자 전진한 선생은 아버님께서 운영하시던 금강산에 있는 텅스텐 광산에 덕대로 위장 취업함으로써 일경의 감시망을 벗어날 수 있었다. 이 인연이 계기가 되어 두 분은 막역한 친구가 되었고, 후일 이 인연이 나의 진로와도 관계가 되게 된다. 이에 관하여는 후술한다.

텅스텐 광산과 친일

아버님께서는 금강산에 텅스텐 광산을 하나 가지고 계셨다. 그러나 여러 가지 사정으로 실제 생산은 그리 활발하게 이루어지지 아니하였다. 그러다가 중일전쟁이 일어나고 군수수요가 늘어나자 강철 제조 원료인 텅스텐 수요도 늘어나게 되었다. 그러자 일본의 조선군사령관이 찾아와 텅스텐 광산을 양도하라고 반강제적으로 요구하였다. 아버님께서는 이 제안을 받아들이기는 싫고 그렇다고 그 상황에서 거절한다고 될 일도 아니어서 형님이신 백부님과 상의하자 사업가로서 잔뼈가 굵은 백부님은 이 광산을 자기 명의로 바꾸어 자기가 생산하여 일본에 파는 형태로 사업화하였다. 이 과정에서 전진한 선생도 위장취업이 가능하였던 것이다.

이 일이 계기가 되었는지는 잘 모르지만, 일본이 패전하여 물러간 해방정국하에서 백부님의 친일행위가 문제되어 서대문 형무소에서 3개월 동안이나 옥살이를 하셨다. 그러던 중 상해임시정부가 귀국하게 되자 양근환 씨 등 지인들이 임정요인에게 아버님과 백부님의 그간 독립운동 지원 행적(아마도 임정 등에 독립운동자금을 댄 것)을 설명하여 백부님이 석방되기도 하였다.

백부님의 사업 활동의 덕택으로 우리 집안은 아주 부유하게 어려운 것 모르고 살 수 있었다. 그 증거의 하나로 해방 전 서울 시내에는 자가용 승용차가 100여대 있을 정도였는데,[8] 그 중 한 대가 백부님 소유였다. 백부님께서는 우리 차 번호가 2525인데, 그 발음이 일본말 '니코니코'(벙글벙글)와 같으니 그렇게 외우면 잊어버리지 않는다고 늘 말씀하였다. 당시의 기억으로는 서울 시내의 자가용 승용차 백여대 중 상당수가 일본인 소유였을 것이었을 것이므로 백부님은 당시 서울의 갑부급 재력을 가지셨던 것이 아닌가 생각된다.

---

8) 구술에서는 10여대로 기억하고 있으나, 관련 자료를 확인한 결과 해방 직전 서울에는 대략 100여대의 자가용 승용차가 운행 중인 것으로 추정된다. 1931년 조선에는 4331대의 자동차가 등록되어 있었고, 이중 20%인 887대가 경기도에 등록되어 있었고, 1945년 4월 조선에는 승용차가 1311대가 등록되어 있었다. 1932년 당시 전체 등록 자동차의 약 20%가 경기도에 있었으므로 1945년 등록 승용차의 20-30%가 경기도에 있었다고 하면, 경기도 전체에 약 250-400여대가 있었고, 그 중 수 백여대가 서울에서 운행되고 있었던 것으로 추정할 수 있다. 조병로, 조성운, 성주현, 「일제 식민지 시기의 도로 교통에 대한 연구(II)」, 『한국민족운동사연구』, Vol.61호, 2009, pp.269 & 280.

제2장

수학기

진학과 해양대학 입학

나는 서울혜화국민학교[1]를 졸업하고 당시 가장 높은 경쟁률을 자랑하던 경기중학에 진학하여 졸업하였다. 이 학교는 공립학교였는데,[2] 우리나라의 명문학교답게 졸업생들 중 일본으로 유학 가는 선배들이 많았다. 그런 연유도 있고 하여 반일사상이 강하였다. 일본으로 유학 간 선배들은 방학 때면 학교로 찾아와 우리들을 몰래 불러 모아놓고 세상 돌아가는 이야기를 해주곤 했다. 그 이야기 중에는 항일투쟁의 선구자이셨던 김구 선생의 활약상과 일본이 곧 패전할 것이라는 얘기 등도 있었는데, 이러한 얘기를 들으면서 우리들은 시국문제에 눈을 뜨게 되었다. 1945년 3월에 경기중학을 졸업한 뒤에 3년제인 경성광산전문학교에 입학하여 1학년에 재학 중 해방을 맞이하였다. 경성광산전문학교는 1939년에 설립된 관립광업전문학교로 해방 뒤에 서울대학교 공과대학 광산공학과로 합병되었다.[3]

---

1) 서울혜화국민학교는 1910년 1월 25일 사립숭정의숙으로 개숙하였으며, 1923년 1월 1일 사립숭정학교로 변경되었다. 1925년 6월 16일 사립숭정보통학교로 인가되었으며, 1926년 6월 30일 숭이공립보통학교로 인가되었다. 1928년 4월 1일 경성혜화공립심상소학교로, 1938년 4월 1일에 경성혜화공립학교로, 1941년 4월 1일 서울혜화국민학교로 각각 교명을 변경하였다. 한국민족문화대백과사전.

2) 象步는 국립학교라고 구술하고 있으나, 경기중학교는 공립학교였다. 1900년 10월 3일 관립중학교로 개교하여 1906년 9월 1일 관립한성고등학교로 교명을 바꾸었고, 1911년 11월 1일 경성고등보통학교로 다시 교명을 변경하였다. 이후 1921년 4월 1일 경성제일고등보통학교를 거쳐 1938년 4월 1일 경기공립중학교로 교명을 변경하였고, 1951년 8월 31일 교육법에 따라 경기중학교와 경기고등학교로 분리되었다. 두산백과사전.

3) 경성광산전문학교의 전신은 1916년 경성공업전문학교내에 설치된 광산과로, 1923년 경성고등공업학교로 학교가 개편되었다. 그 뒤 중일전쟁이 일어남에 따라 일제는 광물채굴과 그 야금에 필요한 기술인력이 시급히 요청되어, 1939년에 경성고등공업학교 내에 설치된 광산학과를 분리, 독립시켜 한일인공학(韓日人共學)의 경성광산전문학교를 설립하였다. 수업연한 3년제인 본과와 1년제의 전수과를 두고 채광학과와

해방 후 해양대학(당시 진해고등상선학교)에서 학생을 모집한다는 사실을 알고 아버님의 권유도 있고 해서 해양대학에 입학하게 되었다. 내가 해양대학에 진학하게 된 동기는 부친의 권유에 의한 것이라고 하지만, 나 자신도 대형 상선을 타고 5대양 6대주를 누비는 해기사 직이 내가 바라는 멋진 직업이 될 것이라는 확신 또한 적지 않았다. 그런 의미에서 아버님의 말씀이 나의 꿈을 바로 보시고 권유하신 것이 아닌가 생각하기도 한다.

부친은 요즈음 말로 하면 열린 생각을 가지신 분으로서 자식의 장래도 중요시하지만 국가 전체로서 무슨 일이 바람직한지도 생각하셨다고 할 수 있다. 당시 경제적인 여유가 있는 인텔리인 경우, 자식들의 진학 문제가 나올 때는 의례 법대나 상대를 권유하는 것이 일반적이었다. 그런데 부친께서는 위험하고 당시로서는 미래도 불투명한 해양대학으로 진학할 것을 권유하였다는 것은 우리나라의 미래가 세계로 뻗어 나가야만 열릴 수 있다는 선각자적인 생각을 가지고 계셨던 것이 분명하다. 그래서 당시 광산전문학교에 재학 중이었던 큰아들에게 해양대학에 진학하도록 권하셨던 것으로 생각한다. 나도 아버님의 그 권유를 아주 달갑게 받아들였고, 학교 입학 후 현재까지 한 번도 이 일을 후회한 적이 없다. 여러 가지 정황을 종합해 볼 때 당시 해양대학에 진학하였던 학생들의 진학 동기는 가정 형편이 어렵기 때문에 관비(官費)로 운영되어 경제적 부담이 비교적 적다는 점에 매력을 느낀 사람이 많았다. 이 점을 감안하면 내가 해양대학에 진학하게 된 것은 이와는 약간 다르다고 할 것이다.

진학 동기가 어찌 되었든, 나는 평생을 해양대학을 위해서 살았을 뿐만 아니라 누구보다 해양대학과 배를 타는 승선 생활을 즐겼던 해기사 중의

광산기계과를 설치하였다. 1941년에 야금학과를 증설하였으며, 1945년 9월까지 배출한 한국인 본과졸업생은 159명이었다. 광복과 함께 서울대학교 공과대학 전문부 광산공학과로 흡수되었고 그 뒤 공과대학 광산학과로 개편되었다.

한 사람이다. 그러나 모교의 교직에 몸을 담았기 때문에 승선생활을 하면서 세계 구석구석을 누빌 수 있는 기회가 상대적으로 적었던 것은 유감이 아닐 수 없다. 그러나 다행히 평생을 해양대학에서 보내는 중 틈이 날 경우 승선 생활을 하였다. 그 중의 백미는 내가 학장으로 재직 중 온 정열을 쏟아서 신조하였던 한바다 호가 세계 일주 항해를 할 때 학장직을 마치고 평교수로 되돌아와서 연습감으로 승선하여 세계 일주 항해를 즐겼던 것과, 정년을 앞둔 마지막 학기에 다시 한바다 호의 연습감으로 승선하여 길었던 인생 항해의 마지막 부분을 멋지게 장식하였던 것이다.

1945년 12월 9일자 朝鮮日報에 게재된 학생모집의 기사

초창기 학교 생활

진해에서 개교한 한국해양대학의 초기 교육여건은 한마디로 백지상태에서 시작하였다고 할 수 있다. 무엇보다 정부도 제대로 수립되지 아니한 미군정 초기였으므로 중앙정부가 사실상 없는 상태나 다름없었을 뿐만 아니라 행정이나 교육 자체가 거의 정비되지 못하였었다. 그런 상황 하에서 다른 선진국의 해기사 양성 전문 교육기관과 동등하게 교육해야 한다는 명분 때문에 전액 관비라고 공고하여 학생을 모집하였다.

교사는 그런 대로 옛 진해고등해원양성소 건물을 이용하였으나 그 외의 예산이나 보급이 제대로 이루어질 리가 없었다. 전원 기숙사에 수용하였으면서도 급식이 관급 되지 아니하여 할 수 없이 학생들로 하여금 자기 먹을 쌀을 자기가 사 가지고 와서 이것을 모아서 급식을 하기도 하였다.

그러나 학생들이라고 집에 가서 양식을 가져올 수 있는 사람이 그리 많지 아니하였으므로 지금 기준으로 한다면 거의 굶주림에 가까운 상태였다. 한참을 그렇게 고생하다가 미국에서 원조물자로 옥수수 같은 것이 들어오게 되었다. 이 옥수수를 배정받아 쌀과 보리, 옥수수를 섞어 밥을 지으니 옥수수 색깔이 돋보여 누런 밥이 되었다. 우리는 이 옥수수밥을 '황금밥'이라고 부르기도 하였다.

학교의 수업은 매우 열심이었고, 우리는 희망에 차 있었다. 그러나 대학 수업이라는 면에서는 그렇게 만족하다고는 할 수 없었던 것이 사실이다. 그럴 수밖에 없는 것이 일제치하에서 한국인으로서 해기교육을 전담하였던 교수 출신이 한 사람도 없었기 때문에 교수진은 주로 진해고등해원양성소 출신의 선장이나 기관장 경험자가 담당하였다.4)

개교 당시 한국해양대학교 교사(1946.1)

　그런데 이들은 교육경력도 없었을 뿐만 아니라 당시로서는 거의 무료
봉사라 해야 할 정도의 박봉밖에 받을 수 없었으므로, 춥고 배고픈 자리
였던 것이다. 그러니 교육이라는 점에서 보면 우선 교수진도 몇 사람 안
되었을 뿐만 아니라 전문성도 낮을 수밖에 없었다. 교재도 일본인들이 사
용하던 것을 그대로 사용할 수밖에 없었다. 그러나 교수님들이나 학생들
모두 해외진출이 앞으로 우리의 살길이라는 점에 대해서는 공감하고 열심
히 공부하고 가르쳤으며, 우리의 미래를 꿈꾸기에는 충분한 분위기였다고
자부하고 싶다. 재학 중 우리들에게 용기를 주었던 것은 학과 공부가 아
니라 김구 선생님이나 김규식 선생님 같은 애국지사의 특강이었다. 이 분
들의 초청 강연을 통하여 우리들은 꿈과 희망을 기를 수 있었다.

---

4) 개교 당시 교수진은 이웅섭, 방상표, 정인태, 신종섭(이상 항해과), 이시형, 조용구,
　신대현(이상 기관과), 정범석(법학), 안상문(수학), 배인철(영어), 이재신(조선공학),
　황중엽(수학), 변 모 씨(수학) 등 13명으로 구성되어 있었다.

해대 요가(寮歌)의 작사

우리는 해양대학의 1기생이었으므로 상급생이나 선배가 없다. 그러므로 우리 스스로 협의하여 자치를 하지 않으면 안 되었다. 우리가 1946년 1월 5일에 입학을 하고 2기가 9월에 입학을 하게 되었다. 학교 내부에서는 2기생들이 입학할 적에 환영의 노래를 불러줘야 할 것 아니냐는 논의가 있었다. 그래서 교수, 직원, 학생들을 대상으로 가사를 공모했는데, 내 작품이 1등작에 선정되었다. 그것이 지금도 불려지고 있는 '해대요가'(海大寮歌)라는 노래다. '요가'라는 것은 기숙사의 노래라는 뜻으로 글자 자체만으로 보면 '요(寮)'는 불교에서 수양하는 곳을 일컫는데, 당시 이시형 학장 등이 '요가'라고 해서 '해대요가'라고 부르게 되었다. 가사가 확정이 되고 나서 곡을 붙여야 했는데, 이 일도 나와 음악부장을 맡고 있던 동기생 임광선이 맡아야 했다. 수소문 끝에 진해여자고등학교의 음악선생으로 계셨던 배도순(裴道淳) 선생을 찾아가 작곡을 부탁하게 되었다. 작곡을 의뢰하고 난 뒤 얼마 뒤 배도순 선생께서 오라고 해서 찾아갔더니 풍금을 쳐가며 노래를 가르쳐 주었다. 그렇게 노래를 배우고 와서 1946년 한 여름 내내 1기생들에게 '해대 요가'를 전수했고, 9월 2일 2기 입학식에서 환영의 노래로 불러주었다.

배우는 것도 배우는 것이지만 학생이면서도 우리는 학교 일을 내 일 같이 생각하고 돕고, 어려움을 해결하는 데 앞장섰다. 이런 것이 인연이 되어 우리는 졸업 후에도 해양대학을 우리가 '졸업한 학교'라는 생각보다는 '우리들의 학교'라는 생각이 더 강하였다. 이러한 생각은 동창회 활동의 활성화로 연결되었고, 그것이 모교인 해양대학의 발전에 큰 밑거름이 되었다. 나는 졸업 얼마 후에 모교인 해양대학에서 교직생활을 하면서 평생을 보내게 되었는데 전술한 바와 같은 1기생을 위시한 초기 졸업생들이 똘똘 뭉친 해대 동창회의 도움을 받아 학교발전에 크게 기여할 수 있었던 점은 큰 행운이었다고 자랑하고 싶다.

해대 요가(연습선의 노래)

이준수 작사
배도순 작곡

찬 란타 무 궁-화 삼 천-리강- 산

유 구타 오 천-년 조 국 의 역 사

민 족의- 장 래를 쌍 견 에 지 고

세 계 에 웅비-할 젊 은 이 들-의

포 부 는 가 슴-에 불 타 고 있 네

1절 찬란타 무궁화 삼천리 강산
　　유구타 오천년 조국의 역사
　　민족의 장래를 쌍견에 지고
　　세계에 웅비할 젊은이들의
　　포부는 가슴에 불타고 있네
　　굳센 마음에도 고향 그리네

2절 우정이 아름다운 해대의 남아
　　생사를 같이하는 학도 몇 백명
　　해운 흥국의 기치를 들고
　　내 나라 재건의 초석 되려는
　　충천의 의기를 아느냐 그대

3절 춘삼월 벗님네는 봄을 즐겨도
　　속세의 환락이 얼마나 가랴
　　우국의 鐵志를 서로 품고서
　　깊은 밤 바닷가에 高論할 때면
　　중천의 달빛도 비분하도다

4절 염천 밑 흑색의 팔목을 걷고
　　荒波를 헤치며 노를 잡으면
　　수평선 흰구름이 아름답도다
　　소리 맞춰 당기는 양쪽 어깨에
　　칠대양[5] 제패의 힘을 키운다

---

5) 일반적으로 5대양이라 한다. 5대양이란 남태평양, 북태평양, 남대서양, 북대서양, 인도양 또는 태평양, 대서양, 인도양, 남극해, 북극해를 일컫는다. 7대양이라고 할 때는 남태평양, 북태평양, 남대서양, 북대서양, 인도양, 남극해, 북극해를 이른다. 1946년에 20세의 象步가 7대양을 언급한 것과, 한국해양대학의 이전 학훈에 "우리의 사명은 7대양 제패"라는 구절을 볼 수 있다. 현재 북극해의 항해가 논의되는 것에 비추어 볼 때 당시 한국해양대학의 학생과 학교 당국의 원대한 포부를 가늠해 볼 수 있고 또한 의미심장하다.

5절 秋夜長 깊은 밤 淨机에 앉아
　　先哲의 진리를 탐구할 때에
　　月白下 窓 밖에 버러지 울고
　　멀리 파도소리 들려오며는
　　굳센 마음에도 고향 그리네

6절 웅지를 못 이루면 歸省 안하리
　　부모의 슬하도 그리웁건만
　　천부의 사명은 더욱 크도다
　　우리의 고향은 태평양이요
　　우리의 무덤이 될 태평양일세

7절 적도하 남쪽나라 야자수의 섬
　　남북극 추운나라 빙산의 흰곰
　　이국의 정서를 꿈에 그리며
　　이 항구 저 항구에 풍류를 찾는
　　우리는 뱃사람 바다 사나이

8절 아가씨 소용없는 해대생에게
　　윙크하는 아가씨를 어이하리요
　　황파는 우리의 벗 우리의 사랑
　　뱃전에 부딪치는 파도소리는
　　달콤한 애인의 세레나데

9절 언제나 되려나 칠대양 제패
　　산 같은 황파에도 동요치 않고
　　휩쓰는 태풍에도 굴복치 않는
　　불사신의 海兒가 여기에 앉아
　　말하라 북극성 제패의 날을

10절 피끓는 충성을 나라에 바쳐
　　순국의 넋 됨을 우리의 本懷
　　삼천만 동포를 배에다 싣고
　　삼천리 강산을 어깨에 메고
　　여기 여차 나가세 칠대양으로

한국해양대학의 인천으로의 이전

한국해양대학교는 진해에서 개교한 후 1955년에 부산 영도에 정착될 때까지 '집 없는 아이' 신세였다. 처음 출범은 진해고등해원양성소의 시설을 이용하였으므로, 그런 대로 시설을 갖춘 어엿한 학교 모습이었다. 그러나 1946년 10월에 훗날 해군의 전신인 해군병학교(현 해군사관학교)의 관계자가 찾아와 양교를 통합하자고 제안해 왔다. 교수들은 침묵을 지켰으나 학생들은 반대하였다. 그렇게 2개월여가 흐른 뒤 상부에서 교사와 시설 일체를 해군병학교에 이양하라는 지시가 내려왔다.

말이 이양이지 거의 뺏기다시피 한 것이 아닌가 생각된다. 그도 그럴 것이 미군정의 해군 출신이라면 상선해기사 양성기관의 중요성을 조금쯤은 알고 있었으리라고 생각되지만, 그 이외의 당시 한국 사람들로 상선해기사 양성기관의 중요성을 깊이 이해하고 있는 사람은 거의 없었다고 해도 과언이 아닐 것이다. 이에 비하여 신생국가의 생존에 필수적인 군대의 중요성은 보다 널리 인식되었을 것이다. 그래서 서둘러 만든 것이 국방경비대와 해안경비대(해군의 전신)다. 그러니 미군정이든 그들을 돕는 한국의 행정관료든 상선 해기사의 양성기관보다는 해안경비대 간부 양성기관의 중요성을 더 인정하였을 것이다. 그러니 비워 달라면 비워 주지 않을 수 없는 상황이 아니었나 생각된다.

해안경비대의 청을 거절할 수 없어 학교 시설을 비워 준 한국해양대학은 인천 해안경비대가 관할하던 일제 적산 가옥을 접수하여 이전하였다. 이것이 첫 번째 셋방살이인 인천 시대의 개막이다. 이 건물은 원래 일본인이 경영하던, 당시로서는 상급 호텔이었던 '용궁'이라는 이름의 여관 건물이었다. 학교를 비우게 한 해안경비대가 미안하니 임시 거처를 마련해 준 셈이다.

게다가 1946년 10월 인천에 개교하였던 인천해양대학(당시 학장 황부길)이 신입생 100명을 입학시켜놓고 교사를 확보하지 못해 어려움에 처하고 있던 때였다. 이러던 차에 진해고등상선학교가 인천으로 이전해 온다 하니 자연스럽게 두 학교를 통합하게 되었다. 그리하여 1947년 1월 30일 두 학교를 합쳐 조선해양대학으로 개칭하고 관할을 운수부에서 통위부로 이관하였다. 이렇게 해서 인천의 조선해양대학에는 1기생과 2기생 300여 명이 재학하게 되었다.[6]

그러나 여관 건물 하나에 대학 전체가 들어가서 장기간 머문다는 것은 불가능한 일이었다. 따라서 인천의 용궁 교사에서는 강의가 제대로 이루어질 리 없었고, 유명 인사를 모시고 전체 학생들을 대상으로 한 특강을 하는 것이 고작이었다. 당시 학교 측과 학생회는 교사를 구하려고 인천시 등과 협상을 벌였으나 여의치 않게 되자 이탈하는 학생들도 나오는 등 갈팡질팡하게 되었다. 이에 궁여지책으로 타 지방으로 이전하는 문제까지 나오기에 이르렀다.

우선 인천 교사에 거처하면서 대책을 찾는 중 기관과 2기생 김주년 학생이 고향에 내려가 나름대로 그 곳의 유지들과 접촉하면서 학교를 군산으로 유치할 가능성을 타진하였다. 그러자, 군산의 유지들이 적극적인 유치 의사를 표시하였기 때문에 김주년 학생이 올라와서 학장이던 이시형 선생님에게 보고하여 군산으로의 이전 문제가 공식화되었고, 얼마 후인 1947년 4월에 집기와 학생들이 이전을 완료하고 5월 5일에 개강식이 이루어지게 되었다.

---

6) 『한국해양대학교 50년사』, p.65.

군산으로의 이전

그러나 너무 서둘러 이전하였기 때문에 군산에 교사를 구하지 못한 상태였다. 그래서 수업은 국민학교 교실 몇 개를 빌려서 하고, 기숙사를 마련하지 못하였기 때문에 학생들은 군산시가 하숙비를 부담하여 여관에 분산 수용하였다. 그 후 영업을 하는 여관에 수용하는 것이 문제도 있고 해서 민가를 적당히 선정하여 자유 하숙을 하도록 하였다. 이렇게 해양대학이 어렵게 군산에 정착하자 신입생 선발에서 호남 지방 출신들의 지원율이 높아져서 해양대학 입학 및 졸업생들 중 호남 지역 출신들이 많아지는 계기가 마련되었다. 학교가 부산으로 옮기고 나서도 이러한 경향은 상당기간 지속되었다.

학교가 군산으로 옮겨가자 별다른 고등 교육기관이 없던 군산시로서는 환영하는 분위기가 대단하였다. 특히 단정한 제복 차림의 해양대생들은 그 지역 처녀들의 동경의 대상이 되었던 것으로 보인다. 그런 연유인지 초기 해양대학 졸업생 중 호남 지역이 처가인 사람들이 많다.

군산 시대의 또 하나의 특징은 학교의 관할권이 교통부에서 통위부(현 국방부)로 이관되었던 점이다. 이로 인하여 해양대학생과 교직원들이 준(準) 군인 신분으로 대우받았고, 학생들의 경우 해안경비대(현 해군)의 사관 후보생에 준하여 군복과 급식이 이루어져서 어려운 중에도 보급이 비교적 여유 있게 이루어졌다. 해안 경비대에선 배속 장교를 파견하여 학생들을 대상으로 사관 후보생에 준하는 군사 훈련도 실시하였다. 당시 파견되었던 배속 장교 중에는 공정식(후에 해병대사령관 역임) 씨도 있었다.

1925년 9월 밀양에서 태어나 1947년 해군 사관학교(1기)를 졸업한 뒤 통영함 함장, 연합참모본부 작전부차장, 해병대 제3전투단장, 해병대사령관(1964~66) 등을 역임한 뒤 중장으로 예편하였다. 6.25전쟁과 베트남전쟁 등에 참전하여 무공을 세웠고, 예편 뒤에는 제7대 국회의원을 역임하였다.

원양실습항해

우리 1기생들은 졸업을 앞두고 승선 실습을 하게 되었다. 실습선은 부산해사부(현 부산지방해양청) 소속의 부영 선박이었던 LST인 KBM 2호로 불리던 선박이었다. 1기생들이 실습선에 승선한 것은 1947년 8월이었다.[7] 이 실습선을 타고 함께 실습하였던 학생들은 약 75명 정도였다. 1기생으로 입학한 사람은 항해와 기관과 합쳐 90여명이었으나,[8] 남북 간의 왕래가 어려워지면서 북한 지역에서 와서 입학한 학생들이 학교를 다니지 못하고 떠난 사람이 많았기 때문이다.

---

7) 象步는 1948년 2월 경에 승선한 것으로 구술하였으나, 한국해양대학교50년사에 따르면, 1947년 8월부터 1948년 1월까지 승선 실습을 하였다.

8) 1946년 1월 5일 1기 입학식에는 항해과와 기관과 40명씩 총 80명이 입학하였고, 1946년 11월 통영해양대학 재학생 9명이 선발고사를 거쳐 1기생으로 편입하였다. 한국해양대학교50년사에는 1기 졸업자가 74명으로 되어 있으나, 한국해양대학교총동창회 인명록에는 1기생으로 항해과 46명, 기관과 29명 등 총 75명이 등재되어 있다.

실습은 초기에는 인천과 부산 등 연안 항해를 주로 하였다. KBM 2호는 전적으로 실습만을 목적으로 운항한 것이 아니라, 영업을 위하여 운항하면서 실습도 겸하는 형태였다. 그 이유는 전술한 바와 같이 해방 후 교통수단이 불편하여 경제활동에 지장이 많았기 때문에 이 문제를 풀기 위하여 미군정 당국이 미 상륙용 함정 등 10여척을 무상 대여하여 수송활동을 하도록 하였고, 그 중 한 척에 승선하였기 때문이다. 그러다가 원양 실습으로 상하이 항까지 운항하게 된 것이다.

지금 기준으로는 상하이까지 항해한다는 것은 그리 대단한 것이 아니지만, 당시로서는 굉장한 이벤트가 아닐 수 없었다. 특히 학생들로서도 한국 땅을 벗어나서 처음으로 외국을 방문한 것이므로 매우 뜻 깊은 항해였다고 할 수 있다. 더구나 상하이는 당시로서는 홍콩과 더불어 동양에서는 가장 잘 발달된 국제도시였다. 우리가 상하이에 기항한 후 1년도 안되어 중국 본토가 공산화되면서 대외적으로 폐쇄되어 1980년대 말까지 외국인이 거의 방문하지 못하는 도시가 되었다. 그리고 지금은 상하이가 중국 경제의 상징으로 다시 태어난 도시라는 점에서 한국해대 1기생의 상하이 원양 실습 항해는 매우 의의가 크다고 아니할 수 없다. 연습선은 갈 때는 공선으로 가고, 올 때는 미군의 의약품을 싣고 온 것 같다.

가고 올 때의 일화 몇 가지를 소개한다. 당시는 외국과의 교역이 일반화되지 아니한 시기였다. 당시의 해외 여행객이라면 으레 무엇인가 그곳에서 값나가는 것을 사 가지고 가서 그곳에서 팔고, 돌아올 때 또 인기 있는 상품을 사 가지고 와서 팔아 차익을 챙기는 소위 보따리 장사가 성행할 때다. 더구나 한 푼이 아쉬운 학생들의 첫 번째 해외여행이었으므로 그들도 이러한 보따리 장사에 관심을 갖지 않을 수 없었다. 학생들 간에 무엇을 사 가지고 가는 것이 좋은가를 놓고 상당한 정보교환과 논의가 있었다.

1기생의 상하이 원양항해(1947. 10.17)

나중에는 학생들이 모여서 공개적으로 '무엇이 좋다더라' 하는 의견을
교환하는 모임까지 있었다. 대체로 오징어와 사과, 홍삼 등이 인기 있는
품목으로 거론되었는데, 그 중 오징어가 제일 인기가 있어서 국내 가격의
10배 정도를 받을 수 있을 것이라는 의견이 지배적이었다.

상하이 최초의 한국선[9]

1947년 하면 해방의 감격이 아직 가시지 않고 어수선한 가운데에서도
국민 모두가 나라를 위하여 일하겠다는 희망에 부풀어 있던 때이다. 해운
계도 역시 그 예외는 아니어서 미국으로부터 선박을 도입해 오기는 하나

---

9) <국기에 대한 경례>(부산일보 1981.11.18).

이를 운항할 상선사관이 부족하여 속성교육을 실시하기 위하여 LST 1정을 연습선으로 삼아 해양대학 학생 70여명을 승선시켰던 것이다.

　태극기를 달고 한국 선원으로 운항되는 선박으로서는 상하이로 가는 최초의 선박이었다. 사나운 동중국해의 물결을 헤치고 상하이에 입항하였을 때 지정된 부두에는 수백명의 동포들이 손에 손에 태극기를 들고 환영 나와 있었다. 접안이 끝난 뒤 널찍한 갑판 위에서 환영식을 가지게 되어 먼저 마스트에 태극기를 게양하면서 애국가를 제창하게 되었다.

　"동해물과 백두산…"이 나오자 동포들의 목소리는 울음 소리로 변했다. 목을 놓고 우는 것이다. 왜정 치하에서 쫓겨 다니며 숨어서 태극기도 마음대로 흔들어보지 못하던 그 무서운 압제에서 해방되어 이제는 조국도 찾았고 태극기도 마음대로 게양하고 흔들 수 있게 된 기쁨에 더하여 꿈에도 그리던 모국으로부터 찾아온 태극기를 단 조국의 배 위에서 갖는 환영식에서 그들의 감정을 표현할 수 있었던 유일한 방법은 오직 기쁨의 울음 뿐이었다는 것은 짐작하고도 남음이 있다.

김구 선생과의 인연

　나는 이 여행에서 김구 선생과 관련된 심부름을 하였다. 안중근 의사의 조카인 안춘생(安椿生, 1912~2011)씨는 우리 누님(李仁秀)과 친분이 있는 사이였는데, 그분의 여동생이 김구 선생님의 큰 며느님이셨던 안미생씨였다. 당시 홀로 되셨던 안미생(安美生, 1916~2004)씨는 어떤 연유였는지는 모르지만 상하이에 머물고 계

누님 이인수

셨다.[10] 그래서 누님이 안부를 전할 겸 선물도 전해 달라고 해서 그렇게 하기로 하였다. 선물로는 사과 한 상자를 가지고 갔다. 1947년 10월 중순 상하이에 도착한 뒤 사과 상자를 가지고 동기생인 허동식 씨와 함께 당시 유행하던 자전거식 인력거를 타고 찾아갔다. 안미생 씨는 매우 반가워하면서 극진하게 대접하고, 자기 딸 효자에게 전하는 조그마한 선물을 전해 달라고 부탁하기도 하였다. 귀국 후 이 선물을 가지고 경교장으로 김구 선생님을 직접 찾아뵙고, 안부와 선물을 전하였다. 김구 선생님은 해양대학과 해외 진출의 중요성에 대하여 역설을 하시면서 격려하셨는데, 아주 인상적이었고 많은 것을 생각하는 계기가 되었다. 그로부터 약 1년 후인 1949년 6월 26일 김구 선생님은 암살되셨고, 중국은 1949년 10월에 공산화되어 외부와의 연락이 차단되어 버렸다. 김구 선생님과 큰 며느님간의 마지막 교신을 바로 내가 연결한 결과가 되었다.

안미생(安美生)

1916년 안중근 의사의 동생인 안정근의 2남 4녀 중 차녀로 베이징에서 태어났다. 가족을 따라 중국 각지를 전전하다 홍콩의 센트베리(Centeberry) 학원을 졸업하고 윈난성(雲南省) 쿤밍(昆明)의 곤명서남연합대학(1938년 청화대학이 일시 개명한 대학)에 입학했다. 대학을 졸업하고 충칭의 영국 대사관에서 근무하다가 김구의 맏아들인 김인(金仁, 1917-45)을 만나 연애 결혼했고, 임시정부와 재중경 애국부인회 등에서 활동하면서 김구의 비서 역할을 수행했다.

---

10) 1945년 11월 김구와 함께 귀국하여 경교장에 머물고 있던 안미생 씨가 어떤 이유에서 다시 1947년 경 상하이에 가시게 되었는지는 알려진 것이 없다.

11) http://blog.naver.com/kona88/172062525.

12) 역대정부 수반 유적 복원사업을 소개하는 서울시 공식 블로그(http://blog. daum.net/ nationsuban /131).

인물: 장우석, 안미생, 김구, 안우생(좌에서 우로)[11]

1942년 딸 효자(孝子)를 낳았으나 1945년 2월 남편 김인을 폐렴으로 여읜다. 안미생은 1945년 11월 23일 임시정부의 환국 제1진이 귀국할 때 김구와 김규식 등을 수행하여 고국으로 돌아와 경교장에서 거주하였다. 1948년 이후 돌연 미국으로 건너갔는데, 시아버지 김구가 암살되었을 때도 뉴욕에서 조전만 보냈을 뿐만 장례식에는 참석하지 못했다. 그녀의 미국에서의 행적은 확실하지 않은데, 1950년 3월 23일자 신한민보의 기사에 따르면 뉴욕의 포덤 대학(Fordham University)에서 신문학을 전공하고 있었고, 교민 내에서 큰 존경을 받고 있었음을 확인할 수 있을 뿐이다. 2004년에 사망하였다.[12]

1기생의 조기 졸업

당초 한국해양대학은 3년제로 교육할 계획이었으나, 업계에서 해기사 부족을 보충하기 위하여 조기 졸업을 시킬 필요가 있다는 여론이 있었다. 해방 후 일본인들이 물러나게 되자 해기사들이 크게 부족하게 되었다. 그래서 한국해양대학에도 우리가 입학하기 이전인 1945년 12월에 단기양성소가 설치되어 이듬해인 1946년 8월에 을종1급항해사 12명과 을종1급기관사 4명이 각각 수료하기도 하였다. 따라서 우리 1기생들도 2년 정도의 교육을 마치고 1948년 2월에 졸업을 하게 되었다. 이것이 뒤에 한국해양대학이 정규대학으로 인정되고, 졸업생이 학사 학위를 인정받는 데 상당한 장애 요인으로 작용하였다.

흔히 한국해양대학의 창설에 대하여 당시 우리나라에는 고급해기사가 승선할만한 선박이 거의 없는 상황이었으므로 고급해기사를 양성할 대학을 설립할 절실한 필요성이 있었겠느냐고 말하는 사람들도 더러 있다. 그러나 이것은 당시의 사정을 잘 모르고 하는 소리다. 해방 당시 우리나라에는 대형선을 운항할 수 있는 자격과 능력을 가진 해기사가 100여명에 불과했다. 일본의 상선학교 출신이 9명, 진해고등해원양성소 출신이 86여명, 그리고 하급선원에서 승진하여 고급해기사가 된 몇 사람과 일본 외의 해외에서 해기사 교육을 받고 승선생활을 한 몇 사람이 전부였다.13) 이에 비하여 해기사에 대한 수요를 보면 귀속재산이기는 하였지만 조선우선(후에 대한해운공사로 흡수)이 보유한 10여 척의 선박과 부영선박(部營船舶)14)이라고 해서 미군정이 2차대전 당시 건조하였던 상륙용함정 등 10

---

13) 동경고등상선학교 출신자 9명(항해 7명, 기관 2명), 진해고등해원양성소 출신 86명 (항해 51명, 기관 35명) 등이다.

여척을 과도정부 교통부에 대여하여 운영하도록 하였는데, 이 선박의 운항요원을 보충하기에도 빠듯한 실정이었다. 척당 10명의 해기사가 필요한 대형선을 기준으로 할 경우, 100여명의 해기사로는 대형선 10척을 운항할 수 있는 데 불과했다.

게다가 지금의 해군의 전신인 해안경비대가 창설되면서 경비정을 운항할 수 있는 간부요원을 모집하게 되자 상당수가 그쪽으로 빠져나가기도 하였다. 또 하나 정부의 해운관련 부서나 대형기계나 기관을 취급하는 기관에서는 고급기관사로서 대형 기관을 취급해 본 기관사를 필요로 하였다. 이 때문에 대한민국 정부 수립을 전후한 시점에서 고급해기사의 부족현상이 아주 심각하게 나타났던 것이다. 인력이 필요한데 공급이 원활하게 되지 않을 때 취할 수 있는 가장 쉬운 방법은 약간 무리해서라도 하급자를 승진시키는 것이다. 그러나 그렇게 할 경우, 하급직의 공동화가 우려되므로 정부 역시 무리한 방법이기는 하지만 한국해양대학 학생의 조기졸업 방침을 정하였던 것이다. 이러한 무리수가 통할 수 있었던 것은 바로 한국해양대학을 관리하던 중앙부서가 당시 문교부가 아닌 통위부(현 국방부)였기 때문에 가능하였다고 할 수 있다.[15]

---

14) 당시 미군정이 원조 물자 형태로 미국 상륙용 함정 등을 한국 정부에 이양하여(무상 대여 형태를 취하였던 것으로 보인다) 필요한 곳에 활용하도록 하였다. 이러한 선박을 당시 해사행정기관이던 교통부가 받아 직영하였는데 이를 부영(部營) 선박이라고 불렀었다. 후에 이 부영선박과 조선우선을 합하여 국영기업체인 대한해운공사가 탄생하게 된다.

15) 象步는 졸업 당시의 관할부처를 교통부로 구술하고 있으나, 1947년 1월부터 관할부처가 교통부에서 통위부로 변경되었다. 관할부처가 다시 교통부로 이관된 것은 1949년 2월 15일이다.

1기 졸업 기념사진(1948.2.27)

실습선 YMS와 동형선(1948)

　군산으로 이전하여 우여곡절도 많았지만 그런 대로 정착되어 갈 무렵
6.25가 발발하였다. 전세가 남한에 불리하여 군산도 적치하로 들어갈 위
기가 되자 해양대학도 철수하지 않을 수 없었다. 피난은 일단 YMS 라는
500톤급 목조 소해정인 실습선으로 부산으로 피난하였다. 항해 중 목포에
한번 들러 보급품도 싣고 부산 영도의 한진중공업 앞바다에 계류를 했다.
그런데 부산에도 해양대학을 수용해 줄 만한 시설이 남아 있을 리가 없었
다. 할 수 없이 당시 관할 관청인 교통부와 교섭하여 거제리에 있던 철도
직원 관사촌에 있는 부지의 일부를 할애 받아 여기에 천막을 치고 학교가

다시 활동하게 되었다(1953.10.5). 그리고 이 거제리의 천막생활은 그 후 UNKRA의 자금으로 새로운 교사를 확보하여 옮겨갈 때까지 2년 간이나 지속되었다. 피난 생활로서는 너무 긴 세월이었던 셈이다.

거제리 천막교사

제3장

사회생활

교통부 해운국 공무원 생활

1기생들이 1948년 2월 27일 해기사의 부족을 이유로 조기 졸업하고 나서 학교가 해운 관청과 협의하여 직장을 배정하고 알선하였다. 1기생들은 대체로 3곳으로 취업하였다. 교통부 해운국의 공무원이 되는 것이 그 하나였고, 다음으로는 당시 부영선박으로 불리던 교통부 직영 선박의 해기사로 승선하거나, 조선우선의 선박에 취업하는 길이었다.

나는 교통부 해운국에 발령 받아 1948년 3월부터 1949년 1월까지 약 1년간 근무하였다. 당시 교통부에 함께 배정 받았던 사람들 중에는 후에 해운 담당 고급 공무원으로 승진하였던 이원옥 씨, 울산도선사를 하면서 여러 가지 좋은 일을 하였던 유래혁 씨 등 대여섯 명이었다.

그러나 나는 교통부 해운국의 공무원 생활이 그리 달갑지 아니하였다. 우선 집이 성북동의 아버지 집에서 출퇴근을 해야 했는데, 교통부는 용산에 있었다. 성북동에서 용산까지 출퇴근하는 데 이용할 수 있는 교통수단은 당시 전차뿐이었다. 출퇴근 자체가 보통 괴로운 일이 아니었다. 교통부 재직 중 내 기억에 남은 많은 일중의 하나가 당시 졸업생들을 중심으로 설립하였던 해양대학 동창회의 활성화를 위하여 동분서주하였던 일이다. 그러나 전체적인 생활은 만족할만한 수준은 못 되었다.

중앙보육원 부속 농공중학교 교사 생활

그 때 선친께서는 당시 국립이었던 사회부 부설 중앙육아원이라는 고아원의 운영 책임을 맡고 계셨다. 구한말에는 경제가 매우 어려워서 고아들이 많았다. 이필화(李苾和)[1]라는 분이 이 아이들을 모아서 움막 같은 곳에 수용하고, 어디서 어떻게 하여 구하였는지는 알 수 없으나 식량 등을 구해다가 이들을 먹여 살리고 있었다. 이필화라는 분은 자신도 재력가거나 그런 사람은 아니었고, 어떤 방법으로든 먹을 쌀을 구해다가 고아들을 돌보아 주었다고 한다. 구한말이라는 시대적 상황과 본인의 재산이 별로 없음에도 이 어려운 일을 해냈다는 점에서 이 분은 아주 특출한 능력이 있는 분이었던 것으로 보인다. 잘은 몰라도 아마 우리나라 사람이 설립한 최초의 고아원이 아니었을까 생각된다.[2]

---

1) 이필화는 卜術로 秘書僧까지 오른 인물로서 봉상시부제조(奉常寺副提調)로서 우리나라 최초의 국립극장격인 협률사의 책임을 맡고 있었으나, 1906년 4월 17일 상소를 통해 협률사의 연극공연이 음란하므로 폐지할 것을 건의하였다. 다음은 그의 상소의 개요다. "나라의 도덕이 바로 잡히려면 공자의 말처럼 鄭聲을 추방해야 하는데, 협률사에서는 밤이 늦도록 남녀가 어울릴뿐만 아니라, 싸움이 잦은 점으로 보아 연극이 마치 정성과 같다. 연극이란 어느 나라에나 다 있는 것이지만, 그것은 배우나 천한 무리들이 생계를 위해서 벌이는 구차한 행위에 불과할 뿐만 아니라, 음란한 목소리와 난잡한 몸짓으로 사람의 눈과 귀를 현혹시킴으로써 풍속을 문란케 하고 청소년들로 하여금 학문과 일에 게으르게 하므로, 협률사를 폐지해 주십시오." 고종은 이 상소를 받아들여 협률사를 폐지하였다. 김현숙, 『식민지 근대의 내면과 매체 표상』, 깊은 샘, 2006, p.185 각주; 유민영, 『한국현대희곡사』, 새미, 1997, p.57.
2) 이필화는 1906년 3월에 경성고아원을 설립하였다. 경성고아원은 강제병탄 뒤 조선총독부에서 운영하는 사회사업기관인 제생원(濟生院) 사업의 일부로 흡수되었다. 제생원은 1911년에 <경성부령>으로 설립된 것으로, 양육부·맹아부·의료부의 3부로 나뉘어 운영되었다. 양육부는 고아의 수용과 교육을 관장했는데, 고아의 숙소를 1호에서 6호로 나누어 나이 든 아동과 어린아이를 구분하여 수용하였다. 한민족문화대백과사전.

경성고아원은 매우 어렵게 유지되었음을 보여주는 기사가 1907년 12월 24일 황성신문에 실려 있다. 기녀 100여명이 경성고아원이 운영비가 극히 적어 유지하기가 매우 어렵다는 이야기를 듣고 서로 협의하여 자선연주회를 개최하여 그 수익금을 경성고아원에 기부하기로 하였다는 것이다. 기사는 '자애롭고 선한 어진 군자들이 오셔서 감상하기를 업드려 바란다'는 내용이다. 다음은 황성신문 기사의 전문이다.

"기등(妓等)·백여명이 경성고아원 경비규세하야 유지극난지설(維特極難之說)을 문하고 난상(爛商)협의하여 자선연주장을 야주현 전 협률사에 개최하여 수익을 급수히 해원에 기부할 터이옵고 순서는 여좌하오니 자선하신 인인군자(仁人君子)는 내림 완상하심을 복망(伏望).

순서
평양랄탕패-환등-창부땅재죠-승무-검무-가인전목단-선유락-항장무-포구락-무고-향응영무-북춤-사자무-학무.
妓 외에도 자미있는 가무를 임시하야 설행함. 음11월 21일 위시하야 한삼야(限三夜) 개장함. 매일 하오 칠시에 개장하야 지 11시 폐장함."

발기인
궁내부 행수기생 계옥
태의원 행수기생 연화
상의사 행수기생 금화 죽엽 계선 앵무 채련3)

---

3) http://www.ikoreanspirit.com/news/articleView.html?idxno=27672.

이 소문이 왕실까지 알려지게 되자 왕실에서 왕실 소유의 토지 수백만 평을 하사하였다.[4] 이곳에 고아들을 수용할 수 있는 집을 짓고, 이 땅에서 나오는 소작료를 받아 고아원 운영비로 충당하였다. 중앙육아원은 태릉의 육군사관학교 자리에 있었다. 이 경성고아원은 한일병탄 뒤 조선총독부의 사회사업기관인 제생원에 흡수되었다. 이 고아원은 일제강점기를 거쳐 신생 대한민국정부에까지 이어지게 된다.

사회부 부설 국립중앙육아원

사회부 부설 중앙육아원은 1949년 5월 6일 대통령령 제92호에 따라 설립되었다. 관보 제85호(1949.5.6)에 따르면, 사회부 장관의 소관으로 중앙육아원을 설립하고, 그 원장은 서기관으로 임명하고, 총무과, 교도과, 양호과를 두도록 했다. 동란 중이던 1952년 12월 26일(관보 제804호)에 직제를 일부 개정하여 총무과를 서무과로 변경하고, 소재지를 경기도 양주군 노해면 공덕리로 명기하였다. 1949년 중앙육아원 개원 이후 원장에 누가 임명되었는지는 관보에서 확인할 수 없고, 동아일보의 정부인사기사에 1955년 8월 3일에는 윤석린 서기관이, 이듬해인 1956년 8월 25일에는 윤영갑 전 원호국 원호과장이 중앙육아원장에 임명된 것을 확인할 수 있다. 중앙육아원의 소재지인 양주군 노해면은 1963년에 성북구로 편입되었다가, 1973년 성북구가 도봉구로 분구되었고, 1988년부터 노원구에 편입되었다.

1948년 8월, 대한민국 정부가 수립되자 초대 사회부 장관으로 전진한 선생이 취임하였다. 아버님과 전진한 선생과는 앞서 언급한 것처럼 매우 절친한 사이였는데, 어느 날 전 장관께서 아버님에게 이 '고아원의 운영을

---

4) 象步는 300만평으로 구술하였으나, 확인할 자료가 없어 수백만 평으로 고쳤다.

맡아줄 수 없겠는가'하고 간청하였다. 아버님께서는 '그런 일로 관계(官界)에 발을 들여놓는 것이 싫다'고 거절하였는데, 전 장관은 '그러지 말고 그곳을 한번 둘러보고 나서 결정하라'고 하셔서 한번 돌아보셨다. 넓은 대지에 환경이 아주 좋아 마음에 드셨는지 아버님은 이 제의를 수락하여 국립중앙육아원의 원장이 되셨다. 당시 부지가 수십만 평이었다고 하니 대단한 규모였다고 할 수 있다.5) 당시 이 육아원에는 국민학교와 농공(農工)중학이 부설되어 있었고, 유치원생 및 국민학생이 300여명, 중학생이 50여명 정도 있었던 것으로 기억한다.

아버지가 이 육아원의 원장이 되면서 아들인 나도 주말이나 시간이 있을 때 자주 들르곤 하였는데, 이곳이 아주 마음에 들었다. 수십만 평의 넓은 대지에는 야산과 논밭(고아들의 식량자급을 위한 농지), 그리고 운동장 시설 등 갖출 것은 다 갖추었는데, 이곳에는 돌보아주어야 할 동생 같은 고아들이 350여명이 있었다. 이들이 나를 잘 따르므로 이들을 이끌고 산야를 헤매면서 엽총을 가지고 사냥도 하고, 고아들과 호연지기를 키우기 위한 토론도 자주하면서 이곳에 매료되게 되었다.

당시 중앙육아원의 형편은 상당히 좋은 편이었다고 기억된다. 우선 토지가 있고 일부 농지는 직접 농공중학의 학생들의 실습을 겸하여 경작하였고, 소작료도 들어오던 시대이므로 당장 먹을거리를 걱정할 처지는 아니었다. 또 당시 군정을 위하여 와 있던 미군 부대에서 원조로 각종 생활용품들을 수시로 보내 주고 해서 생활은 당시 수준으로서는 중상에 속할 정도로 넉넉하였다.

육아원에 머무는 시간이 많아지면서, 아버님이 가지고 계셨던 책들도 읽게 되었다. 그때 내가 탐독하였던 책은 유럽의 농촌부흥운동이나 페스탈

---

5) 象步는 60여만평으로 구술하였지만, 자료를 찾지 못해 수십만 평으로 고쳤다.

로치(Pestalozz)와 같은 위인전들이었다. 당시 내 생각으로는 이들이 커서 이 육아원을 떠날 때 그들이 어떻게 살아갈 것인가가 걱정이었다. 그래서 나름대로 그들의 미래를 위하여 덴마크의 농촌 개척의 사례들을 연구하여 그들이 자립할 수 있는 방안을 찾아보기도 하였고, 그 일환으로 부지 내의 공터에 돼지감자를 심어 이것을 사료로 해서 돼지를 양육하여 팔아서 자립 기금을 적립하는 방안을 구상하여 실행에 옮길 단계에까지 이르기도 했다.

1949년 즈음에 이 육아원에 부설된 농공중학의 교사 한 분이 개인사정으로 사임하게 되었다. 당시는 교사의 임금이 워낙 박봉이었기 때문에 사람을 쉽게 구하지 못하고 있었다. 그래서 아버님의 권유도 있고, 나도 그렇게 하고 싶어서 1949년 1월 해운국을 사임하고 농공중학의 지도교사로 전직하여 6.25를 만나게 된다.

6.25의 발발과 원아들과의 피난길

내 일생 중 6.25를 전후하여 약 2–3년간 고아원의 지도교사를 한 시간이 아마도 해운 내지 해기사와 관련되지 않은 직업에 종사한 유일한 시간이 아닌가 생각한다. 그러면서도 나에게는 매우 특별한 기간이기도 하였다.

1950년대였던가 60년대였던가는 기억이 정확하지 않으나, 미국 영화사가 제작한 '전송가(戰頌歌)'라는 영화가 있다. 무대는 바로 한국전쟁이고, 내용은 고아원의 지도교사 한 사람이 고아들을 이끌고 어려운 피난길에 오른다. 온갖 고난을 다 겪는 과정에서 미공군의 헤스 대령의 도움을 받아 무사히 고아들을 피난시킨다는 줄거리다. 우리나라에서도 이 영화가 장기간 상영되었고, 매우 인기 있는 영화이기도 하였다.

1957년 더글라스 서크 감독이 제작한 영화로 록 허드슨이 주연을 맡았다. 한국 전쟁 고아의 아버지로 불리우는 헤스(Dean Hess) 대령의 실화를 소재로 한 작품이다. 헤스 대령은 2차대전시에 폭격실수로 어린이들을 비롯한 많은 민간인들을 살상한 죄책감에 전쟁 후 목사가 되었다가, 한국전이 발발하자 재소집되어 한국공군의 전투기 조종사들을 훈련시키는 교관이 된다. 자신이 훈련시킨 조종사들과 함께 전투에서 많은 전공을 세워가

던 그는, 어느날 고아들을 수용한 시설을 알게 되어 그들을 돌보아주게 된다. 그러다가 1.4후퇴가 되자 고아들의 피난길이 막막해진 것을 안 그는 필사적으로 사방에 손을 써서 마침내 그들을 수송할 수송기를 얻어내어 제주도로 무사히 피신시키는 데에 성공한다. 그가 보살핀 제주도의 고아원은 그후로도 오랫동안 유지가 되었다. 전반부의 항공촬영과 공중전 씬이 좋고, 후반부는 휴머니티가 넘치는 작품이다. 록 허드슨의 연기가 가장 좋았던 작품으로 평가된다.6)

그런데 이 영화의 줄거리가 내가 근무하던 고아원의 원아들을 인솔하여 피난길에 오르는 과정, 그리고 피난길에서의 고생담 등을 종합할 때 이 전송가의 줄거리가 바로 우리의 피난길의 고생담과 줄거리가 매우 유사하다. 그래서 우리 일행의 피난여정을 영화화 한 것이 아니냐는 의견을 내는 사람도 있으나, 이 영화와 나의 피난길 여정은 전혀 관계가 없다.

6) http://movie.naver.com/movie/bi/mi/basic.nhn?code=13482#story.

이 영화와 우리 일행의 피난행렬 간에 차이가 있다면 전송가에서는 지도 교사가 여자였던 것과 피난길을 도와준 실력자가 전송가에서는 미 공군 대령으로 되어 있으나, 실제 피난길에서는 피난 정부의 사회부였던 점이 다르다. 또 하나 다른 점은 피난길에 대령의 도움으로 비행기를 탄 장면이 나오나, 실제는 여러 차례 기차를 얻어 타고 피난하였던 점 정도가 다르다.

1950년 6월 27일[7) 아침, 고아들과 함께 학교의 실습 논에서 모를 심고 있던 중 북으로부터 피난민 대열이 하나 둘씩 보이기 시작하더니 시간이 지날수록 그 수가 불어났다. 6.25 전쟁이 발발한 것이다. 그 이튿날도 또 다음날도 피난민의 대열은 계속 불어나기만 하였다. 그럼에도 불구하고 정부에서는 아무런 지시도 없이 조용하니 고아들도 불안하지만 그대로 앉아 기다렸다. 불안하기 때문에 한 곳에 집결시켜 놓고 개별 행동은 하지 못하도록 하고 추이를 살피고 있었다. 28일 저녁 무렵이 되자 말을 탄 기마 박격포 부대가 후퇴해 오면서 고아들이 모여 있는 것을 보고 이곳은 위험하니 빨리 피난을 가라고 일러 주었다.

급한 대로 혼자서 행동하기 어려운 어린아이들은 마침 차편이 하나 있어 여기에 태워 영등포에 있던 정부 복지시설인 각심원(覺心院, 정신지체 장애자 수용 시설)으로 보내고 중학생들과 남자 선생 한 사람, 그리고 나는 일단 남아서 끝까지 추이를 지켜보기로 하였다. 얼마 후 누군가가 와서 이곳에 있던 육군사관학교의 방위를 담당한 아군과 인민군이 교전할 계획이기 때문에 대단히 위험하니 빨리 피하라고 하였다. 그때는 이미 집단행동을 할 수 있는 상황이 아니었다. 한강교는 이미 6월 28일 새벽에

---

7) 象步는 6월 25일 아침으로 구술하였으나, 6.25일 남침을 시작한 북한군은 26일 13시경 의정부를 점령하고, 27일 오전에는 국군이 미아리와 창동 일대를 포기하였고, 28일에는 서울이 북한군에 점령되었다.

폭파되어 한강을 건널 수도 없었다. 할 수 없이 학생들을 몇몇씩 조를 짜서 각자 알아서 영등포의 각심원으로 집결하라고 하고, 피난길에 올랐다. 나를 포함한 몇 사람은 천호동 쪽으로 걸어가서 거기서 다리를 건너 다시 걸어서 영등포까지 갔다.

용케도 이탈자가 많이 발생하지 않아 고아들이 영등포의 집결지에 도착해 있었다. 그러나 영등포도 이미 안전지대가 아니었다. 정부는 수원으로 떠나 버렸기 때문에 육아원의 책임부서인 사회부의 공무원을 만날 수도 없었다. 몇몇이 낙오되어 아직 찾아오지 못한 아이들이 있었으나, 그들을 하염없이 기다릴 수만은 없는 형편이었다. 뒤 처진 아이들이 오면 수원으로 오라는 메시지를 남겨 놓고 다시 수원으로 걸어서 피난길에 나섰다. 수원에 도착하여 조금 기다리니 낙오되었던 고아들도 다 찾아오고 해서 모두 다시 재집결하였다.

집단 피난길

그러나 정부는 수원에서 잠시 머물다 곧 대전으로 옮겨가 버렸다. 다시 외톨이가 된 셈이다. 할 수 없이 다시 걸어서 남하할 수밖에 없었다. 지치고 굶주린 상태에서 천안에 도착하니 거기에 피난민 구호소가 있어서 피난민들에게 식사를 제공하고 있었다. 여기서 주린 배를 채우고, 각각 흩어져 내려오는 고아들을 다시 수습하여 본격적인 집단 피난길에 오르게 되었다.

50여 명이 넘는 고아들을 인솔하고 걸어서 피난을 한다는 것은 보통 어려운 일이 아니었다. 집단행동을 하기 위해서는 어떻게든 교통수단을 이용해야 한다고 생각하고 천안역에 가서 그곳을 지키고 있는 헌병을 찾아가서 "국립중앙육아원에 있던 고아들을 집단으로 피난시켜야 하는데 도저히 걸어서 갈 수 없으니 대전까지 가는 교통편이 없겠느냐"고 물으니, 이 헌병이 역 구내에 정차 중이던 화물열차를 가리키면서 "저 열차가 대전 가는 열차이니 몰래 타고 있으면 대전까지 갈 수 있을 것"이라고 귀뜸해 주었다. 그래서 몰래 화물차에 숨어들어 가만히 있으니까 한참이 지나고 나서 열차가 출발하여 어렵사리 대전까지 갈 수 있었다. 대전역에서 내린 후 역 근처에 짓다만 공장이 하나 있어서 여기서 고아들을 기다리게 해 놓고 피난 정부가 어디에 있는지를 수소문해서 사회부를 찾아가 자초지종을 이야기하고 대책을 호소하였다.

사정을 들은 사회부가 충남 도청에 이야기를 해서 도청에서 쌀과 부식을 공급해 주었다. 비어 있는 집을 하나 빌려서 여기에 고아들을 수용하고, 여기저기서 책도 구하고 해서 다시 공부도 시작하였다. 하루는 최창순 사회부 차관(재임 1949.1.27~1952.1.11)이 오라고 해서 갔더니 피난민중을 발급하는 업무 등 사회부의 일을 보도록 하는 동시에 차관의 비서 일도 하라고 해서 그렇게 하면서 며칠을 지냈다.

대전 전투와 재피난

그러나 전세는 갈수록 악화일로였다. 정부는 다시 대구로 피난을 갔다. 그러나 인솔자인 나와 고아들은 일단 대전에 남기로 하였다. 갈 곳도 마땅치 않을 뿐만 아니라 최악의 상황에서 적 치하에 들어간다고 해도 고아들을 설마 죽이기야 하겠느냐고 생각하였기 때문이다. 마침 피난 가면서 집주인이 집 좀 보아 달라고 했는데, 그 집에는 쌀 등 먹을 양식도 비교적 넉넉하였다. 그러던 중 하루는 외출했던 고아가 들어오면서 '바로 이 앞에서 헌병을 만났는데 주민들이 피난 가도록 독려하면서 피난 가지 않는 사람들은 전원 사살할지도 모른다'고 전해주었다. 아마도 대전에서 전세를 만회할 대회전을 계획하고 있었던 듯하다.

그 소리를 듣고 할 수 없이 다시 피난길에 오르기로 하였다. 내려오면서 고생한 것을 감안하여 우선 먹을 것부터 챙기기로 하였다. 이것저것을 가지고 전대를 만들어서 그 집에 남아 있던 쌀을 여기에 담아 각자 어깨에 메도록 하였다. 이렇게 챙긴 쌀이 그 후 피난길에서 고아들이 굶주리지 않는 아주 중요한 식량이 되어 주었다. 사회부에 있을 때 고아들을 인솔하는 인솔자라는 신분증을 하나 만들어 가지고 있었기 때문에 전번 피난길보다는 든든하였다.

대전을 떠나 한참 내려가다 세천역에 가서 전번 천안에서와 같은 방법으로 군인들에게 부탁하니 기차를 탈 수 있도록 주선을 해주어 정부가 있는 대구로 갔다. 대구에서는 어느 목사님의 호의로 그가 인도하는 교회에서 며칠을 신세지게 되었다. 일단 고아들을 교회에 머물도록 해 놓고 사회부를 찾아가서 대책을 호소하였다.

목포 고하도를 향하여

사회부에서도 어떻게 할까 고심하다가 목포로 가라는 지시가 나왔다. 목포 인근의 고하도에 정부가 운영하는 불량소년수용소가 있었는데, 정부에서는 전쟁이 끝나고 다시 서울로 돌아갈 때까지 이곳에 머물도록 하라는 것이다. 그러면서 목포까지 가는 여비라면서 당시로서는 상당히 고액인 한국은행 국고 수표를 끊어주었다. 이 수표 한 장을 들고 다시 걸어서 목포로 향하는 행군이 시작되었다. 그간 요령도 생기고 해서 대구역에서 기차를 얻어 타고 삼랑진으로, 삼랑진에서 다시 기차를 얻어 타고 진주로 갔다. 여기까지는 그래도 순탄하였다.

진주에 도착하여 어느 교회를 찾아가 하룻밤 자고 갈 수 있도록 부탁하였으나, 목사가 냉정하게 거절하였다. 할 수 없이 일단 물러 나왔다가 다시 가서 교섭하여 하룻밤 교회에서 잘 수 있도록 허락을 받았다. 처음에 거절한 이유가 고아들이라 교회 집기 같은 것을 상하게 하거나 교회에 비치된 물건을 손대지 않을까 하는 우려 때문이었을 것으로 생각되어, 고아들에게 특별히 당부하여 절대로 교회에 피해가 가지 않도록 주의를 주었다.

문제는 진주에서 순천까지였다. 당시 이 구간에는 철도가 없었다. 도로 교통이 있을 수도 없는 상황이었다. 순천까지만 가면 순천에서 목포까지는 기차가 통하므로 지금까지 경험으로 보아 기차를 얻어 타기는 그리 어렵지 않을 것으로 생각하였다. 여기 저기 수소문 끝에 진주에 주둔 중인 군부대를 찾아가 사정을 말하고 순천까지 가는 교통편이 없겠느냐고 상의하였더니 장교 한 사람이 선선히 지금 그쪽으로 가는 차가 있으니 빨리 와서 그 차에 타면 그 차 가는 곳까지는 태워다 주겠다는 것이었다.

이렇게 군용 트럭을 얻어 타고 순천으로 향하던 중 하동 근처에서 반대쪽에서 오는 버스와 마주치게 되었다. 두 차가 정차하여 운전사끼리 대화를 나누더니 군용 트럭 운전병이 '이 차는 더 이상 안가고 되돌아가니 고아들은 다 내려라'고 말하는 것이었다. 알고 보니 이 트럭은 국군 패잔병을 수송하기 위하여 가는 차였는데, 도중에 만난 버스가 마지막 패잔병을 싣고 오는 것으로 더 이상 패잔병이 없으니 갈 필요가 없어졌다는 것이다.

할 수 없이 내려서 순천 방향으로 걸어갔다. 한참 가다 보니 반대편에서 오는 사람들은 많은데, 우리가 가는 방향으로 가는 사람은 한 사람도 없었다. 그래도 무턱대고 한참을 가는데, 현지 면장이라는 분이 우리 일행을 불러 세우더니 '그대로 가는 것은 무리이니 일단 자기 면에 있는 분교에서 자고 가는 것이 어떠냐'고 하였다. 날도 저물어 가고 고아들도 지쳐 있었으므로 그분의 호의를 받아들여 그곳에서 하룻밤을 묵기로 하였다. 그 면장이라는 분은 동네 아주머니들을 동원하여 밥도 해주고 자는 데 필요한 여러 가지를 마련해주기도 하였다.

다음날 고맙다는 인사를 하고 떠나려 하니 면장 이 목포로 간다는 것이 무리일 것 같으니 이곳에 며칠 머물면서 정세를 보고 나서 결정하는 것이 어떠냐는 의견을 내었다. 그러나 일단 정한 목표가 목포이니 갈 수 있는 데까지 가보겠다고 하고, 그 동네를 떠났다. 도중에 곳곳에서 검문이 심해졌다. 한참을 가다 보니 같은 육아원에 근무 중이던 선생님과 조우하였다. 이 선생의 이야기를 들으니 바로 얼마 전 채병덕 총참모장이 바로 하동 쇠고개 전투에서 전사하였고(7.24), 국군이 패배하여 후퇴하는데 호남 지역은 이미 적에게 점령당하여 더 이상 갈 수 없을 것이라고 전해주었다.

가던 길을 되돌려 부산으로

할 수 없이 가던 길을 되돌려 마산을 목표로 향하여 걷기 시작하였다. 천신만고 끝에 마산에 도착하였다. 그곳에는 국립결핵요양소(현 국립마산결핵병원)가 있었는데, 사회부 소관이었으므로 찾아가서 자초지종을 알리니 며칠 묵을 수 있도록 주선해 주었다. 그곳에서 며칠 쉰 후 다시 부산으로 가기로 결정하였다. 마산역에 찾아가서 사정을 이야기하고 부산으로 가는 차편을 부탁하여 기차를 타고 부산으로 갔다. 서울을 떠난 후 한 달여의 피난길 중에 처음으로 의자가 있고 창문이 있는 객차에 몸을 싣고 부산으로 갈 수 있었다.

고아들을 수용소에 인계하고

고아들을 적당한 곳에서 기다리게 하고, 사회부가 있는 경남도청으로 찾아가서 담당 과장을 만나서 전후 사정을 이야기하였다. 나는 당장 고아들이 잘 수 있는 숙소를 알선해 달라고 요청하니, 담당 과장이 한마디로 "지금 잘 곳이 어디 있어요" 하고 퉁명스럽게 거절하였다. 난감하지만 그대로 물러날 수 없어 우물쭈물하면서 대구를 떠날 때 가지고 떠났던 고아인솔증과 한국은행 국고 수표를 꺼내 보였다. 그랬더니 이 과장의 태도가 180도 달라지면서 전후 사정을 다시 상세하게 묻고, 당시 피난민으로 만원 상태인 피난민 수용소의 일부를 비우게 하고 고아들을 수용할 수 있도록 주선해 주었다.

일단 고아들을 수용시켜 놓고 그간 목욕 한번 하지 못하고 옷 세탁 한번 하지 못한 채 입은 옷 그대로 뒹굴어 거지꼴이 된 내 자신을 보고 새삼 놀랐다. 그래서 국제시장으로 가서 군복 물들인 옷 한 벌을 사서 입고 목욕과 이발도 하고 말쑥한 차림으로 이튿날 담당과장을 찾아가니 전혀 알아보지 못하였다. 담당 과장을 만나 여러 가지 고맙다는 인사를 하고, 대전에서 헤어졌던 최창순 사회부 차관을 다시 찾아가니 반가워하면서 비서실에 다시 근무하라고 해서 그 이튿날부터 근무하게 되었다.

그 얼마 뒤 9.28 서울 수복에 따라 서울로 올라가 정들었던 국립중앙육아원에 돌아왔다. 그러나 얼마 지나지 아니하여 1951년 1.4후퇴로 다시 부산으로 피난하였는데, 부산에 머물 곳을 구하지 못하였다. 그래서 거제도에 포로수용소가 설치되면서 그 근처에 고아를 수용할 수 있는 시설도 병설되어 다시 고아들을 인솔하고 이 수용소로 가서 한참을 생활하다가 정든 고아들과 헤어져서 부산으로 다시 나왔다. 이것으로 내가 국립중앙육아원 원생들과 함께 6.25 동란 중에 겪은 전송가는 끝이 났다.

제4장

교수 시절

해양대학 교수로 취임

우여곡절 끝에 고아들을 부산까지 인솔하였고, 그 후 정부 방침으로 이 고아들이 거제도의 수용소에 수용되었다. 나는 그곳까지 따라가서 지도교사로서 활동하였다. 그러나 여러 가지 우여곡절도 많았고, 그 곳에 머무는 것이 좋은 것인지에 대하여도 의문이 생기던 차에 아들의 장래에 대하여 걱정하던 아버님이 인도에 유학할 것을 권하셨다. 나는 곧 유학을 가기로 마음먹고, 1952년 4월에 중앙육아원 지도교사 직을 사임하고, 부산으로 나와 영어학원에 다니면서 유학준비를 하였다. 그러나 인도로 유학을 가려던 내 계획은 실현될 수 없게 된다. 이유는 이승만 박사와 인도의 지도자간에 외교적으로 분쟁이 생기면서 ILO 지원으로 한국 학생을 받기로 하였던 계획을 인도 정부가 취소해 버렸기 때문이다.

이렇게 인도 유학이 무산되어 버리자 무엇을 할까 고민하던 중에 동기생으로 당시 대한해운공사에 근무 중이던 박현규 씨의 권유로 1953년 4월에 대한해운공사에 취업하게 된다. 박현규 씨는 한국해양대학을 졸업한 뒤 대한해운공사에서 꾸준히 근무하면서 활동하여 대리로 승진하여 당시 해기계장으로 재직 중이었다.

해운공사에 입사하자마자 일본의 요코스카에서 한 달 간 해기사 업무에 관한 집중훈련을 받았다. 귀국 후 선박부에서 한 1년 쯤 육상 근무를 하던 중 한국해양대학의 이시형 학장으로부터 해양대학 교수로 와 달라는 연락이 왔다. 1954년 3월의 일이었다. 하느님 같이 받들어 모시던 은사의 명을 어기지 못하여, 나는 해양대학으로 옮겼다.[1] 그때까지만 해도 이것

---

1) 象步는 대한해운공사를 1954년 4월에 사직하고, 한국해양대학으로 이직한 것은 1954년 9월이었다. 이시형 학장의 권유를 받고 象步는 4월에 대한해운공사에 사직서를 제출했으나, 학기 중이어서 한국해양대학으로 바로 부임하지 못하고 2학기가

이 내 평생직장이 된다고는 생각하지 아니하였다. 당시 한국해양대학에는 1기생 중 손태현(항해), 김용석(항해), 정희정(항해), 허동식(항해), 강경욱 (기관), 강남수(기관) 등이 교수로 재직하고 있었다.

영도 중리에 새 교사(校舍)를 신축 이전

내가 해양대학에 부임하였던 1954년 9월 당시, 해양대학은 거제리의 천막 교사에 있으면서 UNKRA 자금으로 영도 중리에 새 교사를 신축 중이었다. 나는 자리를 옮긴 후 약 1년이 지나서 손태현 교수가 맡고 있던 학생과장 보직을 인계 받아, 행정업무에도 관여하게 된다. 그때가 신축교사가 준공되면서 불완전한 대로 거제리 천막을 벗어나서 신축 교사로 이전할 때인데 지금과는 달리 예산이 넉넉하지 못 한 때였기 때문에 이전 작업의 상당 부분을 학생들의 손을 빌려야 했고, 그 과정에서 학생과장으로 여러 가지 역할을 하였다.

해양대학이 영도의 중리 교사(현재 부산 남고와 부산체고)로 이전하게 된 데는 2기생 장길상 동문의 역할이 컸다. 당시는 휴전은 되었으나, 한국의 거의 모든 분야가 미국에 의존하여야 할 형편이었다. 실제로도 미국은 UNKRA(United Nations Korea Reconstruction Agency)라는 기구를 통하여 한국의 재건, 특히 경제재건을 돕고 있을 때였다. UNKRA의 업무를 수행하기 위하여 많은 미국 전문가가 한국에 파견되어 여러 가지 일을 하고 있었다.

시작되는 1954년 9월에 부임하게 된 것으로 보인다.

거제리 천막 교사에서의 수업

　이러한 요원 중의 한 사람으로 스캔린(Scanline) 선장이 해무담당관으로 UNKRA 부산지부에 근무하고 있었다. 대한해운공사에 근무하던 2기생인 장길상 씨가 스캔린 선장을 만나게 되었는데, '해양대학이 군산에 있다가 부산으로 피난 와서 거제리에서 지금도 천막 교사 신세를 못 면하고 있다'는 사정을 이야기하고, 'UNKRA 자금으로 해양대학의 교사를 신축해 주면 한국 경제 재건에 많은 도움이 될 것'이라고 설명하며 도움을 청했다. 이 말이 계기가 되어 스캔린 선장이 UNKRA(단장 Lt. General John B. Coulter) 본부에 보고하게 되어 운크라에서 토의를 시작하였다. 당시 UNKRA의 교육담당자가 프랑스인 아베이유(MS. Abeille) 과장이었는데, 쿨터 단장과 아베이유 과장 간에 의견이 합치되어 해양대학 재건 사업이

탄력을 받기에 이르렀다.

그 뒤 해양대학 재건 사업이 급속도로 진행되어 신축하자는 쪽으로 의견이 모아졌다. 이에 UNKRA에서는 부지는 한국 정부가 마련해 주면 건축비를 지원하는 것으로 정리가 되었다. 당시 주무부처인 교통부에서는 신선대를 권하였다. 당시 신선대는 군부대와 검역소도 있었고, 6.25 이후 피난민도 있었다. 손태현 학장의 회상으로는 신선대에 대지를 확보했는데, 보사부와 군대에서 반대하여 무산되었다고 한다. 해양대학의 이전 부지를 찾는 데 애를 먹던 중 1954년 2월 해양대학설립후원회장을 맡고 있던 이영언(李榮彦) 의원(재임 1954-1958)의 주선으로 영도구 동삼동에 2만여 평의 부지를 확보할 수 있게 되었다.

그런데 문제는 학교 부지까지 진입로는 말할 것도 없고, 전기도 들어오지 않았다. 영도번영회에서 진입로 1700여미터를 만들어주겠다고 약속했으나, 제대로 이루어지지 않았다. 김주년 교수와 김승만 교수(체육) 등이 거제리 교사에서 수업을 하던 학생들을 인솔하여 하루에 6시간씩 교대로 노력봉사를 해서 1954년 여름에 진입로가 완성되었다. 그때는 관의 압력이 통하던 때여서 그렇게 보릿밭을 갈라서 차량 통행로를 만들었고, 뒤에 진입로에 편입된 땅에 대해서는 주인들에게 보상을 해주었다. 당시 신축교사 이전 자금 규모가 39만 달러였다.[2] 지금 생각하면 학교 이전 예산으로는 턱없이 작은 금액이지만 당시의 화폐가치와 당시 우리나라의 경제현실로 본다면 거액이었다고 할 것이다.

---

[2] 한국해양대학 50년사와 象步의 구술 모두 UNKRA의 지원금액을 35만 달러라고 하였으나, 확인된 자료에 따르면 39만 달러여서 수정하였다.

UNKRA의 교육 분야 원조 금액은 총 1088만 1천 달러였는데, 이중 90%인 984만 5천 달러가 시설원조에, 10%인 103만 6천 달러가 기술원조에 투자되었다. 시설원조 중 고등교육기관에는 경북대 의대에 109만 3천 달러, 한국해양대학에 33만 1천달러, 기타 대학에 77만 1천 달러가 투자되었고, 기술원조에서는 경북대 의대에 26만 6천 달러, 한국해양대학에 5만 9천 달러가 각각 투자되었다. 그러므로 시설과 기술 원조를 합치면 한국해양대학에 39만 달러가 투입된 셈이다. 한국해양대학 원조에는 교실, 실험실, 기숙사, 사택, 기타 편의시설 건축 등의 시설 원조와, UNKRA 직원에 의한 기술 원조, 한국 교수의 해외 유학 등의 기술 원조를 포함하고 있다. 기술 원조의 경우 UNKRA 항해학 담당 교육직원 1명과 해양대학 과학담당 교육직원 1명 등 2명이 건물 설계, 설비계획, 교육과정 개정, 교수 방법 및 교원에 대한 강습활동을 수행하였다. 또한 해양대학 교수 2명이 King's Point에 6개월 간 유학하는 프로그램까지 포함하였다. 이 프로그램에 따라 손태현 교수와 강경욱 교수가 파견되었다.

FOA /ICA도 1956년과 1959년 각각 3만 달러와 12만 3천 달러를 한국해양대학에 지원하였다.[3]

UNKRA 사업으로 해양대학 신축 계획이 추진되자, 이 문제를 총괄할 자문관(advisor)으로 미국 연방해양대학교(King's Point) 출신의 알렉산더 로스(Captain Alexander Roth) 선장을 파견하였다. 이 분이 해양대학의 발전에 매우 많은 기여를 하였다. 로스 선장은 UNKRA 자금을 받아 와서 학교 신축 공사와 관련된 대외 교섭을 혼자 다 책임을 지고 추진했다. 뿐

---

3) 이창익, 1950년대 미국의 대한교육원조와 교육계의 동향, 연세대 교육대학원 석사학위논문, 2005.2, pp.29 & 39.

만 아니라 해양대학의 교과과정의 개편에도 관심을 가져 미국의 킹스 포인트의 교육과정과 교재를 구해 와서 이것을 참조하여 해양대학의 커리큘럼을 개편하도록 도와주었고, 미국 상선사관학교의 제도를 도입하도록 권고하고 협력하는 등 많은 도움을 주었다.

후일담으로 1986년 해양대학 연습선인 한바다호가 허일 선장의 지휘 아래 원양 실습 항해를 할 때 괌에 입항한 일이 있었다.[4] 그런데 칠순의 노구임에도 불구하고 포트 캡틴(Port Captain)으로 근무하던 로스 선장이 한바다 호로 찾아와서 환담을 하였고, 중리 교사 신축 당시에 촬영하였던 사진 등을 건네주어 현재 해양대학 박물관에 귀중하게 보관하고 있다.

영도 중리교사

---

4) 象步는 "80년대 초 피지의 어느 항구"로 구술하였으나 1986년 한바다 호는 괌에 기항하였다.

학장의 교체

해양대학의 설립자로 이시형 초대학장을 꼽는 데 이의가 없다. 그러나 해양대학이 발전하여 성장하는 과정에서 여러 차례 행정책임자가 교체되었다. 그 대세를 보면 다음과 같다. 개교 이래 1960년대 초까지는 주로 일본의 상선학교에서 해기사 교육을 받은 사람이 주축이 되어 학장으로 일하였으며, 이 분들의 교체 과정에는 하등의 이의나 갈등이 없었다. 일본 상선학교 출신으로 해양대학의 행정 책임자로 일하였던 분은 이시형 선생을 비롯하여 황부길 선생과 윤상송 박사가 있다.

그러나 국립대학의 특성상 정치력이 개입하게 되고, 그런 과정에서 엉뚱한 사람이 학장으로 취임하면서 갈등을 겪기도 하였다. 그러한 학장 중한 분이 황인식 박사였는데, 그분이 학장으로 취임한 것이 첫 번째 갈등이었다. 군산으로 학교가 이전하고 얼마 뒤인 1947년 1월에 해대의 관할권이 통위부(정부수립 이후 국방부)로 넘어가고 5월에 군산으로 이전하는 등 어수선한 상황에서 이시형 학장이 해임되고, 6월에 후임으로 황인식씨가 학장으로 취임하였다.5) 황인식 씨는 미국으로 유학하여 박사학위를 받은 분으로 이승만 박사와 매우 가까운 사람이라고 한다. 해양대학의 관할이 국방부로 이관되면서 기존의 해기사들의 입김이 상대적으로 약화된 틈을 타고 들어온 셈이라고나 할까?

---

5) 象步는 "군산으로 이전하고 얼마 뒤에 해양대학의 관할부처가 바뀌었다"고 구술하고 있으나, 실제는 1947년 1월 관할부처가 바뀌고, 5월에 군산으로 이전하였고 황인식 박사는 6월에 학장으로 취임하였다. 이러한 역사적 사실에 근거하여 맞게 고쳤다.

황인식(黃寅植)

　　1889(고종 26)년 12월 23일 충청남도 공주에서 태어났으며, 1909년 영명학교(永明學校)를 제1회로 졸업하고, 평양 숭실학교에 입학하여 1912년에 졸업하였다. 1912년 6월 모교인 영명학교 교사로 부임하여 교육자의 길을 걸었다. 1921년에는 영명학교 교사직을 사임하고, 미국으로 유학을 떠났다. 1925년에 미국의 뉴욕에 있는 콜롬비아 덴버 대학을 졸업하였으며, 1926년 귀국하여 다시 영명학교 교사에 복직하였다.

　　1929년 11월에 광주학생운동이 일어난 직후 영명학교 학생들과 동맹휴학 운동을 벌이다가 다른 교직원, 학생들과 함께 일본 경찰에 체포되었다. 1937년 7월에는 안신영(安信永) 창가(唱歌) 사건에 연루되어 평양경찰서에 구금되었다가 심한 고문을 당한 후에 석방되었다.

　　1945년 해방 직후에는 미군정 중앙 정부의 최고 고문으로 내각에 참여하기도 하였으며, 1945년 11월에 미군정하의 지방장관으로 충청남도 도지사대리로 부임하였다. 1947년 6월 3일 국립조선해양대학의 학장에 임명되었다. 그러나 학생들의 반발로 그의 학장 취임식은 7월 26일에야 이루어졌다. 학생들은 '상선사관' 출신이 해양대학장을 해야 한다는 주장을 내걸고 전교생이 인근 군산초등학교 옥상에 모여 농성과 단식투쟁을 벌였다. 학생들이 그의 취임을 거부하고 취임식 참석을 거부하자 그는 '참석을 거부한 300여 명의 학생들을 퇴학에 처하는 동시에 반성문을 쓰고 복교원을 내는 학생은 다시 등교하기를 허용하겠다'하여 7월 28일 오전부터 300명의 학생 전원 복학하였다.

　　해양대학 재직 중 그는 1947년 9월 20일 과도정부에 건의하여 군산해양대학의 조선학과 신설을 인가받고 바로 20명을 추가로 선발하여 그 해

2학기부터 입학시켰다. 이어 중앙정부와 시에서 주는 사업비와 각종 보조금을 지원받고, 내무규칙 등을 만들어 학내 체계를 마련하였다.

그는 해양대학의 학부형 총회를 처음으로 만들었다. 1947년 11월 16일 학부형 창립총회를 개최하고, 초대 이사장에 학부형 박봉서, 부이사장에는 서울 학생의 학부형인 정영기와 고문봉을 선임하고, 이사에 최병선, 임영순, 정영기, 오경달(공주 출신), 남궁열, 이지우, 김주성(이리 출신), 이영하, 윤영규(부산 출신), 감사에 장경환, 구장환(서울 출신), 간사에 박래진, 양현, 고문에 조선해양대학장, 군산시장, 해양경비대 군산경비사령관 등을 선발하여 학교운영지원회 규정을 만들었다.

1949년 3월 해양대학장직을 사임하고, 폐교되었던 공주 영명학교를 공주영명중학교와 공주영명고등학교로 복교시키고 교장으로 취임하였다. 1965년 76세로 별세하였다.6)

이러한 인사에 반발하여 당시 재학 중이던 1, 2기생들이 군산 교사에서 데모를 하기도 하고, 격렬한 반대 시위를 하기도 하였다. 그러던 중 1949년 2월에 해양대학의 관할부처가 국방부에서 교통부로 환원되게 되었다. 그러자 황인식 학장은 슬그머니 사직하게 되었고, 3월에 다시 평교수로 계시던 이시형 선생이 3대 학장에 취임하게 된다.

그러던 차에 1950년 5월에 교통부 해운국장으로 일하던 황부길 선생이 학장직을 겸하게 된다. 학장이 바뀌게 된 이유는 행정 처리상 실수가 감찰위원회에 의해 지적되어 이시형 학장이 책임을 지고 학장직을 사임하게 되었기 때문이다. 그러나 황부길 학장이 해운국장직을 겸하고 있었던 터라 실질적인 학교 운영은 이시형 부학장에게 일임되어 있었다. 그 사이 6.25 전쟁이 나고 말았다. 동란 중인 1951년 8월, 황부길 선장이 학장직을

---

6) 한국학중앙연구원/ 디지털공주문화대전; 위키백과(http://gongju.grandculture.net/Contents/Index?contents_id=GC01701029& http://ko.wikipedia.org/)

사임하게 되자 부학장이던 이시형 선생이 학장에 재취임하였다. 황부길 선생은 1953년 여객선 창경 호 사건과 여객선 행운 호 사건이 잇달아 터지자 책임을 지고 7월에 해운국장직에서 물러났다. 이렇게 되자 이시형 선생은 동경상선대학의 1년 선배인 황부길 선생을 만나 "황 선배가 나보다 행정도 잘 알고, 대외 교섭력도 좋고 하니 해양대학 학장직을 맡아 달라"고 요청하였다. 이렇게 해서 황부길 선생이 학장이 되고 이시형 학장 스스로 부학장으로 강등하여 함께 근무하는 미담을 남기기도 하였다.

황부길 학장 재임 중에는 UNKRA의 자금 지원으로 영도 중리 교사 신축이 한창 진행되던 때였다. 황부길 선생이 1953년 7월에 학장으로 오셨고, 1954년 8월에 교사 신축 공사가 착공하였다. 해양대학의 영도 중리 교사 건축이 거의 마무리되어가던 1955년 3월 이승만 대통령이 쿨터 단장과 함께 해양대학 신축 현장을 시찰하였다. 황부길 학장은 이승만 대통령으로부터 질책을 받게 되었는데, 그 이유는 'UNKRA' 자금으로 해양대학과 해군사관학교를 각각 짓기를 원했던 이승만 대통령의 뜻과는 달리 해양대학 단독 교사를 짓게 되었기 때문이다. 이러한 저간의 사정으로 황부길 학장이 중리 교사 완공 5개월여를 앞둔 1955년 7월에 학장직을 사임하게 되었다.[7]

이렇게 되자 이시형 학장이 다시 7대 학장직을 맡게 되었다. 이시형 학장이 7대 학장으로 취임한 1955년 7월부터 1년여 동안 대학가에는 개혁의 바람이 몰아쳤다. 1955년 8월에 대학설치 기준에 관한 대통령령이 공포된 데 이어 이듬해인 1956년 10월 22일에는 전국대학 55개 대학 중 경기여자사범대학과 국제대학 등 2개교를 폐교하고 31개 대학의 학과의 정원 감축 및 폐과가 단행되었다. 해양대학은 1955년 2월에 관할부처가 교통부에서 상공부로 이관된 데 이어 1956년 7월 14일에 문교부로 이관

되고 교명도 국립해양대학에서 한국해양대학으로 개칭되었다. 한국해양
대학은 대학정비에서는 큰 영향을 받지 않았다.

그러나 11월에 신임 학장으로 신성모 장관이 임명되자 해양대학에도
개혁의 회오리가 몰아치게 된다.

황부길 선장과 천지 호

천지 호는 우리 해운계에서 꽤나 이름이 알려진 선박이다. 대한해운공
사는 주미 공사관의 주영한의 알선으로 유조선 천지 호를 도입하기로 하고
1953년 말 이재송 선장을 인수책임자로 하여 이탈리아 현지로 파견하였다.
이재송 선장은 천지 호를 검선해 본 결과 '인수할 수 없다'고 본사에 타전
하였으나, 주미공사관 측에서 국가의 체면상 그럴 수는 없으므로 인수하기
로 결정되었다. 결국 이재송 선장은 이탈리아에서 출항하여 여러 차례 기
관 고장으로 고생을 한 끝에 싱가포르에 입항한 뒤 본사 사장 앞으로 "I
kill you."라는 유명한 전문을 발송하고 하선하여 귀국하여 버렸다. 그 뒤
천지 호는 수리를 마치고 1954년 1월 14일 부산항에 가까스로 입항하였다.
대한해운공사는 악명이 높아진 천지 호를 운항할 선장을 찾지 못하자, 마
침 학장직에서 물러나 있던 황부길에게 선장직을 맡아줄 것을 요청하였다.
이런 사정으로 황부길 선장이 천지 호의 선장으로 승선하게 되었고, 그의
지휘아래 천지 호는 몇 차례 기관 고장을 겪으면서 미국에서 원유를 싣고
귀환하였다. 황부길 선장은 무사히 항해를 마치고 귀국하자 대한해운공사
는 예우 차원에서 유조선 유천 호(1,023총톤) 한 척뿐인 대한유조선주식회
사라는 자회사를 설립하여 황부길 선장을 사장으로 임명하였다.[8]

---

7) 『한국해양대학50년사』, pp.109-113.
8) 한국해사문제연구소, 『잃어버린 항적』, 2001, pp.162-164.

자력회

앞서 언급한 대로 해대의 관할부처가 여러 차례 바뀌게 되었는데, 1955년 2월에 교통부에서 상공부로 바뀌게 되면서 문제가 터졌다. 그것은 학생들에게 등록금을 받아야 한다는 것이었다. 우리 대학은 1945년 개교 당시부터 관비 교육 원칙을 지켜왔기 때문에 입학시 소정의 입학금을 제외하고는 학생들로부터 한 푼도 받지 않았었다. 당시 해대생 중 많은 학생이 등록금을 낼 형편이 안되었기 때문에 해대에 진학한 경우가 많았다. 그런데 하루아침에 등록금을 내야 할 상황이 되니, 학생과장을 맡고 있던 나로서도 참으로 난감한 상황이었다. 당시 학교에는 10기~12기가 재학 중이었는데, 조사해보니 30여명이 등록금을 낼 형편이 안되었다. 특히 2학년인 11기들은 상공부로 바뀌고 난 직후 입학하여 이전 기수들과 달리 상당액의 입학금을 낸 데다 2학년 진급하자마자 등록금까지 내야하는 상황에 처하게 되었다.

이 문제를 어떻게 해결해야 하나 고심한 끝에 자력회라는 것을 만들기로 했다. 우선 등록금을 내지 못하게 된 학생들은 일단 입학 및 등록을 한 뒤 학기 중에는 학생들을 대상으로 부식을 팔거나 세탁을 해주기도 하고, 방학 동안 일을 해서 자력으로 등록금을 마련해 보자는 취지였다. 당시 학교의 부식이라는 게 보잘 것이 없었는데, 학기 중에 자력회 학생들이 국제시장에서 치즈 같은 것을 사다가 배식 때 학생들에게 팔기도 하고, 세탁소를 직영하여 학생들의 제복을 다려주기도 하여 돈을 모았다. 그런데 이것만으로 30여명의 등록금을 충당할 수 없었다. 그래서 1956년 여름 방학 때 마침 국고로 교사 뒤에 옹벽을 쌓도록 되어 있던 것을 자력회에 맡기기로 했다. 자력회에서는 기술자 1명을 채용하고 자력회 회원 일부와 비회원 학생 일부 등 30여명으로 옹벽공사를 마무리 지었다. 이것이 현재 부산남고 교사 뒤의 옹벽이다. 박정희 대통령이 시작한 새마을운동을 해양대학의 내가 먼저 시작한 셈이었다. 몇 년 뒤 국정감사에서 이것이 문제가 되어 시말서도 쓰기는 했지만, 자력회 회원들이 졸업 후에 각 분야에서 크게 활약한 것을 생각하면 지금도 잘한 일이었다고 자부한다.

자력회명단

10기(3학년)

항해과 : 김택문(전 한국해양대 교수)
민병언(한국해양대 명예교수 작고)
장상봉(전 단해공업 부사장)
조연술(전 군산항 도선사)
조정각(전 Lasco 해운 부사장)

기관과 : 갈종수(전 한진중공업 상무이사)
김부현(현 태성흥업 사장)
박세익(전 반도선박 기관장)
안덕기(전 Eastern Shipping 기관장)
이국영(전 조양상선 상무이사)
이종원(전 경희대학교 교수)

11기(2학년)

항해과 : 남일현(전 인천항 도선사)
박장균(전 고려해운 뉴욕사무소장)
송정석(전 여수항 도선사)
안충승(현 한국해양대 석좌 교수)
정세모(한국해양대 명예교수, 작고)

기관과 : 김원녕(전 한국해양대학교 교수, 작고)
　　　　　김문희(전 우진해운 사장, 작고)
　　　　　김춘식(현 한국해양대 명예교수)
　　　　　장재봉(전 범양상선 기관장)

12기(1학년)
항해과 : 김경구(전 범진해운 대표, 작고)
　　　　　박종무(전 천경해운 선장)
　　　　　이윤수(현 KCTC 부회장)
기관과 : 이자영(전 우일설비 대표)

자력회와 함께(1956.8) 앞줄 좌측 두 번째가 象步

신성모 학장의 취임과 해대의 개혁

신성모(申性模, 1891~1960) 씨는 건국 직후와 6.25 동란을 겪는 과정에서 내무부장관(1948~1949), 국방부장관(1949.3.7~1951.5.5), 국무총리 서리 (1950.4.20~11.22)를 지낸 대한민국 현대사의 첫 장을 크게 장식했던 사람이다. 그러나 이 분에 대한 정치적인 평가는 긍정적이기보다는 부정적인 견해가 더 지배적이다. 이유는 국방부장관 재임시에 6.25 동란이 발발하면서 초기 전황이 한국에게 결정적으로 불리하게 전개되어, 거의 망

신성모 학장

국 직전의 사태까지 전개된 데 대한 도의적 책임이 있었기 때문이다. 뿐만 아니라 미군의 참전으로 패세(敗勢)를 만회한 후에도, 국민 방위군 사건(1951.1), 거창 양민 학살 사건(1951.2) 등 주로 국방부가 정치적 책임을 져야 할 사건이 연속으로 발생하였다. 게다가 그의 정치적 활동에서 평가받을 만한 두드러진 업적이 없었기 때문이다.

그러나 국방부장관을 사임한 후, 4.19 직후에 사망할 때까지 신성모 씨는 해운행정에 대한 보이지 않는 큰손으로 기능을 하면서 여러 가지 역할을 하였다. 이 분이 해기사로서 해운행정의 발전에 기여한 공로에 대해서는 여기서는 언급을 피하고, 해대 학장으로 재임 중에 하신 역할에 대하여 회고해 볼까 한다.

이시형 선생은 신성모 학장을 매우 존경하였음은 분명하다. 이시형 선생은 이야기를 통해 신성모 씨에 대해 이미 잘 알고 계셨다. 신성모 학장은 독립운동을 하시다가, 영국으로 가서 공부를 하셨고, 그 뒤에 인도에서

선장 생활을 하셨다. 그러면서 중국에 있는 독립투사와 미국에 있는 독립투사간의 연락을 맡고 있었던 분으로 알려져 있었다. 바다를 제패하여 대영제국을 건설하고, 세계의 최강자가 되었던 영국의 선장 자격을 갖추신 신성모 씨에 대한 존경심은 당시 고급 해기사라면 다 가질만 하였을 것이다. 인도에서 해방을 맞아 1948년 11월에 환국할 적에 이시형 학장이 신성모 학장이 오신다는 얘기를 듣고 직접 인천까지 가서 찾아뵙고, 자신이 맡고 있던 해양대학 학장직을 맡아 달라고 간청하였다고 한다. 신성모 씨도 관심을 나타냈었다고 하는데, 신성모 씨가 귀국하자마자 바로 관직 생활을 했기 때문에 해양대학 학장으로 모실 기회가 없었다. 이처럼 이시형 학장의 마음 속에는 캡틴 신이 계시니까 해양대학의 학장으로 모셔야겠다는 생각을 갖고 계셨던 것 같다.

이시형 학장은 그 후, 해대 학장으로 계시면서도 신성모 씨를 대선배로서 깍듯이 모셨다. 신성모 씨는 1951년 5월 국방부장관을 물러나고 그 이듬해 11월에 해사위원회 위원장직을 맡게 되었다. 이 해사위원회는 해운과 관련된 문제에 대하여 무소불위의 권한을 행사하였던 것으로 보인다. 이시형 학장은 정부의 도움을 요청할 필요가 있을 때 선물을 가지고 학생과장직을 맡고 있던 나를 대동하고 자주 신성모 위원장을 방문하였고, 깍듯이 예의를 갖춘 후 업무를 보고하고 협조를 요청하면 신성모 위원장도 가능한 범위에서 최선의 도움을 주곤 했다.

해사위원회(海事委員會)

해사위원회는 정부 수립을 전후하여 몇 차례 설립이 시도된 바 있다. 1947년 11월 해사위원회 조직이 완료되어 일반해사, 해운에 대한 국책을 세우고 그 중요 사항을 심의하는 군정장관의 자문기관으로 조직되었다.

당시 해사위원회는 관제(官制)가 아니나 장차 관제로 해사분야 최고기관이 될 것으로 계획되었고, 주 업무는 운항, 선박, 선원, 항로의 전문위원회를 구성하였다(동아일보, 1947.11.12).

그러다가 6.25 이후 야기된 해난사고 등이 사회여론을 비등시켜 해상안전대책 마련이 시급하게 되어 1952년 11월 대통령직속으로 심의기관으로 해사위원회가 설치되었다. 당초 해사위원회는 해사안전확보를 주로 하여 선박검사와 선원시험을 관장하도록 의도하였으나, 정부조직법과 당시 현행법상 심의기관으로서 실무행정을 집행하는 것은 어렵다는 점 때문에 해사위원회는 교통부의 선박검사와 선박직원시험 집행에 입회하는 것을 주된 업무로 하게 되었다. 1952년 11월 임명된 초대 해사위원회의 구성원은 다음과 같다.

위원장 : 신성모
위 원 : 박옥규, 이종우, 조운제, 김종섭, 권태춘, 성철득[9]

국무총리 서리까지 역임한 신성모 씨가 무슨 생각으로 해양대학 학장으로 부임하였는지는 알 수 없으나 해양대학으로서는 큰 사건이 아닐 수 없었다. 뿐만 아니라 이 분은 부임하자마자 해양대학의 개혁에 착수하였고, 그 개혁의 시행 과정에서 본의 아니게 불리한 처우를 받게 된 사람들도 나타났다. 그 때문에 신성모 씨의 해대 학장으로서의 업적에 대해서는 해기사 사회에서 상반된 두 가지 평가가 엇갈리고 있다.

우선 신성모 씨의 해대 개혁 과정에서 피해를 보거나 불리한 처우를 받게 된 분들의 입장에서 보면 다음과 같은 일들이 섭섭한 요소로 받아들여진 것으로 보인다. 첫째, 이시형 전 학장에 대한 예우를 전혀 고려하지 아

---

9) 『한국해운10년사』, pp.83-85.

니하였다는 점이다. 부임한 뒤 첫 교내 순시 때의 일이다. 전술한 바와 같이 황부길 학장이나 황인식 학장 등이 해대 학장으로 재임할 때 이시형 선생은 미련 없이 부학장으로 강등을 자처할 만큼 욕심도 없고, 강직한 분이다. 신성모 씨가 학장으로 부임하자 이시형 학장에 대한 예우로 고심하던 당시 강경욱 교무과장이 전례에 따라 이시형 부학장의 집무실을 학장실 옆에 따로 만들어 드렸다.[10] 전례도 있고 하니 모든 교직원들이 이 일을 자연스럽게 이 일을 받아들였다. 그러나 신임 신성모 학장은 교내를 순시하다가 부학장실을 지나다가 "이 방은 뭐 하는 방이지?" 하고 질문하였다. 수행하던 강경욱 교무과장이 자초지종을 설명하자, "이 방 치워"라고 단칼에 지시하였다. 이것으로 이시형 학장과 해양대학과의 인연은 끝나게 된다.

더 이상 학교에 있을 수 없게 된 이시형 선생은 해양대학을 떠날 수밖에 없었고, 오래 거주하던 해양대학의 관사도 당장 비워 주어야 하는 어려운 처지가 되었다. 해양대학의 사실상 창립자이고, 해기사들의 정신적인 구심점이었던 이시형 학장이 하루아침에 길거리로 쫓겨나서 실업자가 되어버린 셈이다. 신성모 학장이 1956년 11월 말에 부임하였으니 이시형 학장은 엄동설한에 집도 절도 없는 처지가 되어버린 것이다. 당시 동창회장을 1기생 박현규 씨가 맡고 있었는데, 그가 적극적으로 나서고 동문들의 기부를 받아서 대신동에 집 하나를 매입해드렸다. 이시형 학장은 1985년 돌아가실 때까지 이 집에서 사셨고, 지금도 그 며느님과 손자들이 살고 있다.

두 번째 문제는 해대의 교수진에 대한 문제다. 신성모 학장의 교육철학

---

10) 象步는 당시 교무과장을 이범상 교수로 구술하고 있으나, 신성모 학장 재임시인 1956년부터 1957년 3월까지 해양대학의 교무과장은 강경욱 교수였다. 『한국해양대학50년사』, p.780.

은 한마디로 "일본식 교육으로는 안 돼"라는 것이다. 중국과 영국에서 고급해기사 양성 교육을 받았고, 영국 상선의 선장으로 근무했던 신성모 학장의 교육철학이 군국주의 일본식 교육으로 안 된다는 것 자체는 하등 이상할 것이 없다. 그러나 당시의 상황과 그 후의 조치들이 문제다. 해양대학 출범 당시에는 일본식이 아닌 교육으로 해기사를 양성할 만한 교수 자격을 갖춘 사람이 한 사람도 없는 상황이었고, 이후에도 해양대학을 졸업한 사람들로 충원해야 하는 현실적인 여건을 고려할 때, 이 교육철학을 그대로 실천할 경우 기존의 교수진 거의가 학교를 떠나야 할 형편이었다. 그렇다고 현 교수진보다 더 훌륭한 교수진을 국내에서 구할 수도 없는 것이 현실임에도 불구하고 개혁의 칼을 실제로 휘두른 것이 문제였다.

이 문제가 현실화되었다. 맨 처음 표적이 된 분이 이영철 교수였다. 이영철 교수는 해양대학 기관학과 1기생으로 당시 관리과장직을 맡고 있었다.[11] 신성모 학장은 어느 날 "관리과장, 함께 산책이나 할까? 배 얼마나 탔어? 3~4년 탔습니다. 그러면 배 좀 더 타고 와!" 이렇게 해서 이영철 교수가 학교를 떠나게 되었고, 이후에도 많은 교수들이 신성모 학장에게 불려가 "공부 좀 더 하고 와" 또는 "배 좀 더 타고 와"라는 말을 듣고 해양대학을 떠나야 했다.

이것은 어떤 사람들에게는 결과적으로 전화위복이 되기도 했지만, 당시 당하는 사람으로서는 황당한 일이 아닐 수 없었을 것이다. 신성모 학장이 이렇게 해대 교수는 승선 경험이 많아야 된다거나 학식이 깊어야 한다는

---

11) 象步는 이영철 교수의 당시 직함을 서무과장으로 구술하였으나, 1956년 황부길 학장 재임시 해양대학에는 교무과, 학생과, 관리과가 있었고, 교무과장은 강경욱 교수, 학생과장은 이준수 교수가 각각 맡고 있었다. 관리과는 서무 내지 총무에 비견되나 한국해양대학50년사에는 역대 보직자 명단에 관리과는 보이지 않고, 중리 교사 이전 당시(1955.10.5) 이영철 교수가 관리과장, 최춘호 교수가 교무과장, 이준수 교수가 학생과장을 각각 맡고 있었다. 『한국해양대학교50년사』, p.153.

교육철학을 가지고 있었는지, 아니면 기존의 세력을 자기 세력으로 갈아 치우기 위한 평계였는지는 확인할 길이 없다.

해대 교가의 제정

이렇듯 어수선한 학교 분위기 속에서도 신성모 학장은 여러 가지 해대 발전에 기여한 공로가 크다는 것은 부인할 수 없다. 그 중 하나가 해대 교가를 제정한 것이다. 신성모 학장이 부임하고 나서 '해대에 교가가 있냐'고 물으신 일이 있었는데, 당시 해대에는 교가라는 것은 없었고, 해대 요가가 교가처럼 불려지고 있었다. 그런 사정을 아시고 신 학장이 '그러면 교가를 만들어야 되겠다'고 말씀하셨다. 신성모 학장이 어느 날 열차를 타고 출장을 가던 중 뒷 좌석에서 재미있게 담소를 나누는 소리가 들려와 돌아보니 '가고파'의 작사가인 이은상 씨였다. 그래서 서울에 내릴 적에 신성모 학장이 이은상 씨에게 '해양대 학장인데, 해양대의 교가가 없으니 교가를 만들어달라'고 부탁을 하셨다. 그 뒤 이은상 선생이 길을 가는데, 마침 해양대 제복을 입은 학생이 있어서 불러 '해양대 학생이냐'고 묻고 '그렇다'고 대답하자, '그러면 학장님께 이것 갖다 드려라' 해서 교가의 가사를 전달받게 되었다. 이렇게 전달받은 가사에 이흥렬 씨가 곡을 붙여 해양대 교가가 만들어졌는데, 어떤 경로로 이흥렬 씨에게 작곡을 의뢰하게 되었는지는 알 수 없다. 이것이 1958년 10월의 일이다.

퇴출 방법에 이의 제기

신 학장 부임 초기에는 "공부 좀 더 하고 와!" 보다는 "배 좀 더 타고 와!" 가 주류를 이루었다. 이러한 분위기가 구체화되자, 해대에 근무하는 교수진들은 전전긍긍하지 않을 수 없었다. 그래서 당시 해대의 원로 교수라고 할 수 있는 이범상 교수와 송용기 교수 등이 신 학장에게 '교수들을 무작정 내보낼 것이 아니라 차제에 유학을 보내 실력을 쌓아오도록 하자'고 건의하였다. 즉 해외 유학이 어려운 상황에서 교수의 자질을 향상시키는 방안은 국내 유학이라도 하도록 하여 재충전을 한 후 활용하도록 하자는 것이다. 그 뒤로는 신성모 학장은 "공부 좀 더 하고 와"라고 말하는 비율이 더 높아졌다고 한다. 그렇게 해서 학교를 떠난 사람들 중에는 허동식 교수와 김용성(김광숙) 교수가 있다. 이것은 순전히 추측할 수밖에 없는 문제인데, 신성모 학장이 허동식 교수와 김용성 교수를 내 보낸 것은 아마 이 두 분의 고향이 평안도여서 이시형 학장의 직계로 생각했기 때문인 듯하다. 결국 허동식 교수는 경희대학교에서 해상법을 공부한 뒤 한국선급을 만들어 학교로 복귀하지 않았고, 김용성 교수는 서울대학교에서 기계학을 공부하고 학교로 복귀하였다.

한편, 어수선해 진 해대의 분위기를 일신할 필요를 느낀 우리들도 그대로 있을 수 없다고 생각하였다. 혼자서는 안 된다고 생각한 나는 해양대학 출신의 교수들을 한 데 모아 놓고, 이럴 바에야 차라리 전원이 사표를 내고, 신 학장의 판단에 맡겨 떠날 사람은 떠나고 남을 사람은 남게 하자고 제안하였다. 이것은 어떻게 보면 신 학장에게 재량권을 주는 의미도 있으나, 다른 한편으로는 집단 저항의 의미도 있다고 해야 할 것이다. 그러나 일이 성사되기 전에 신성모 학장에게 알려져 버렸다. 이 일을 주동하였던 내 입장이 난처하고 묘하게 되었다.

국제법 공부

나는 돈이나 직위 같은 것에 대해서 별로 신경을 쓰지 않는 편이다. 더구나 그 당시는 노총각이었기 때문에 처자식을 먹여 살려야 할 걱정도 없으니 더 대담할 수 있었다. 이미 허동식 교수와 김용성 교수가 서울에서 공부를 하고 있었다. 이제 학교를 나갈 사람이 내 차례가 된 것으로 생각한 나는 신 학장을 찾아뵙고, '저 공부 좀 더 하고 오겠습니다.'고 자청하였다. 신 학장이 '무슨 공부를 하고 싶은가?' 하고 묻길래, "국제해양법을 공부하고 싶습니다."고 대답하니, "해양대학에 국제해양법은 필수적이지."라고 하면서, 서울대 총장, 고려대 총장, 그리고 연세대 총장 세 분에게 소개장을 각각 써 주면서 찾아뵈라고 하였다.[12] 먼저 서울대의 윤일선(尹日善, 재임 1956~61) 총장을 찾아가니, 윤 총장이 '학사학위가 없어서 대학원 입학 자격이 안된다'고 입학을 거절하였다. 바로 고려대의 유진오(俞鎭午, 재임 1952~65) 총장을 찾아갔는데, 신 학장의 추천장을 내미니 반갑게 맞아주면서 학사학위가 없이 대학원에 입학할 방법이 있는지 법전을 뒤져보더니 '학사학위 없이는 대학원 입학이 안된다'고 했다. 마지막으로 연세대의 백낙준(白樂濬, 재임 1946~60) 총장을 찾아갔는데, 바쁘다는 핑계로 만나주지 않았다. 관할부처가 문교부가 되기 이전 해대 졸업자들은 학사학위가 없었다. 그러니 세 대학의 총장들이 나의 대학원 입학을 허가하지 않은 것은 당연했다.

당시 신성모 학장에게 쫓겨난 허동식 교수가 서울대의 서돈각(1920~2004) 교수 밑에서 상법을 공부하고 있었다. 서돈각 교수의 매부가 엄민영(1915~69)이라는 분이었는데, 당시 경희대학교의 법과대 학장으로 계셨다. 그래서 허동

---

12) 象步의 가족 중 신성모 학장의 두 번째 부인(전 이화여대 음대 학장)을 잘 아는 분이 계셔서 이야기를 해서 간접적으로 서로 알고 있는 사이였다고 한다. 특별히 소개장을 써 준 이유가 그것이었는지 알 수 없다.

식 교수가 서돈각 교수를 통해 엄민영 학장에게 '해양대학 교수들이 대학 원에서 공부를 하고 싶다니 입학시켜 줄 것'을 부탁했다. 그러자 엄민영 교수가 '한 학기 동안 공부를 해서 성적이 되면 합격시켜 주겠다.'고 반허 락을 했다. 그후 나는 경희대에서 청강생 신분으로 추우나 더우나 도시락 을 싸갖고 다니면서 열심히 공부했다. 그래서 1958년 2학기에 경희대학교 법학과 대학원에 입학을 했다.

엄민영(嚴敏永)

1919년 2월 4일, 경상북도 김천시 봉계면 태화리에서 태어났다. 김천 보통학교를 졸업하고, 1939년 일본 규슈제국대학[九州帝國大學] 법문학 부를 졸업한 후 미국 노스웨스턴대학원을 수료하였다. 고등문관시험 행정 과에 합격하여 조선총독부 관리가 되었고, 일제 강점기 말 전라북도 임실 군수와 무주군수를 지냈다.

광복 후 전라북도 농산과장, 전라남도 농림국장을 거쳤다. 그 뒤 학계 로 진출하여 대구대학교 교수와 서울대학교 법과대학 교수를 거쳐 1957년 4월 1일 경희대학교 법대학장이 되었다. 1948년 제헌국회의원 선거에서 전라북도 임실군 선거구에 민주당 소속으로 출마, 참의원에 당선되어 정 계에 입문했다. 1961년 5.16군사쿠테타가 일어나자 자유민주당으로 들어 갔고, 자유민주당에 내분이 일자 5.16 주도 세력이 창당한 민주공화당으 로 이동했다. 국가재건최고회의 의장인 박정희의 고문으로 발탁된 후 1963년 제28대 내무부장관을 역임한 데 이어 1966년에도 제30대 내무부 장관을 역임했다. 1967년 주한일본대사에 임명되어 도쿄에서 임무 수행 중 1969년 12월 10일에 사망했다.[13]

---

13) 한국학중앙연구원; 디지털김천문화대전(http://gimcheon.grandculture.net/Contents/ Index? contents_id=GC03200989)

이렇게 어렵게 공부를 시작했는데 경희대학교에는 국제법 전공자가 없어 서울대의 국제법학자인 이한기(후에 국무총리 역임) 교수의 지도를 받게 되었다. 그런데 이한기 교수와 나는 국립대학 교수 신분이었지만, 나이는 이한기 교수가 다섯 살 위였다. 이한기 교수는 나에 대한 호칭이 껄끄러우셨던지, 어느 날 "당신은 학생이고 나는 선생이니 내가 이군! 이군! 부를 테니까 이해하게"라고 하셔서 나도 좋다고 해서 수업 내내 그렇게 부르셨다. 시간강사 자격으로 경희대 대학원의 국제법 강의를 맡으신 것인데, 2년 동안 1주일에 한번씩 1：1로 진지하게 공부하였다.

이렇게 해서 2년만에 석사 학위를 마치고(1960.3) 내친 김에 박사 과정에 도전 해보기로 했다. 우선, 학교의 신성모 학장을 찾아뵙고, 그 뜻을 말하니 쾌히 '박사학위 마칠 때까지 교수 신분을 보장할 테니, 소신껏 해보라'고 해서 박사과정을 준비하고 있었다. 경희대에 석사과정에 입학할 때는 제2외국어로 불어를 했는데, 서울대 박사과정을 진학할 때는 독어를 공부해서 박사과정 입학시험에 합격을 했다.

이한기(李漢基)

전남 담양 출생. 1943년 도쿄[東京]대학 법학부를 졸업하고, 1956년 미국 컬럼비아대학에서 수학하였으며, 1969년 서울대학에서 법학박사학위를 받았다. 1949년 서울대학 문리대 강사, 1952~1980년 동 법대 교수, 1966~1970년과 1976~1980년 동 법대 학장, 1970년 동 사법대학원장, 국제법학회장, 1972년 서울대학 연구교수, 1974년 도쿄대학 객원교수를 지냈다. 1977~1995년 학술원회원(국제법)으로 있었으며, 1980년 감사원장, 1983~1995년 한일(韓日)문화교류기금 이사장,

이한기(李漢基)

1983년 경기대학 대학원 객원교수, 1987년 국무총리를 역임하였다. 유럽에서 형성된 국제법을 한국적 시각에서 체계화한 법학자로서 평가받고 있다. 국민훈장동백장, 청조근정훈장과 일본 훈장 일등욱일대수장(一等旭日大綬章)을 받았으며, 저서에『국제법학』,『아시아 정세변동과 한국』,『한국의 영토』등이 있다. (두산백과)

그러나 서울대 박사과정에 입학하자마자 4.19가 터졌다. 이러한 정국에서 공부를 계속할 수 없을 것으로 판단하여 해양대학을 살리기 위하여 해대로 복직하였다. 허동식은 학위를 마치고 잠시 동안 서울대 조선학과에 시간강사로 출강을 하다가 1960년 6월에 한국선급을 설립하여 학교로 복직하지 않았다.

윤상송 학장의 취임

1960년 3.15 부정선거에 항거하는 4.19 학생 시위가 일어나서 자유당 정권이 붕괴되게 된다. 국민들은 자유당 정권의 독재에 진절머리를 내고 있을 때니 대환영이었으나, 자유당에 빌붙어서 영화를 누리던 소위 집권층에게는 청천벽력이 아닐 수 없었다. 모든 것이 뒤죽박죽이 되어 질서가 없어지고, 처음부터 모든 것이 새 출발하는 듯이 보였다. 해양대학이라고 예외일 수는 없었다. 해양대학에서 가장 강한 충격을 받은 사람은 신성모 학장이었다. 그는 귀국 후 이승만 대통령의 절대적인 신임을 받았던 사람이 아니었던가! 신성모 학장은 4.19와 이승만 박사의 하야를 보고 충격을 받아 뇌출혈로 쓰러진 지 한 달여만인 1960년 5월 29일 세상을 하직하게 된다.

신성모 학장이 사망하자 해양대학 학장으로 누구를 모실 것인가를 놓고 고심하게 된다. 당시 동창회장을 오랫동안 맡고 있던 박현규 씨를 비롯한 중견 동창생들, 그리고 학교에 몸담고 있던 나와 손태현 교수 등이 구수회의를 거듭한 끝에 윤상송 씨를 새 학장으로 영입하기로 결정하였다. 논의 과정에서 전에 학장이나 해무청장을 역임하였던 이시형 선생이나, 황부길 선생을 다시 모시자는 의견이 없었던 것은 아니었다. 그러나 4.19후의 사회적 분위기는 모든 것이 새로 출발해야 한다는 여론이 왕성하여 보다 젊고 연부역강(年富力强)한 윤상송 씨를 모시기로 하고, 수락을 요청하였다. 윤상송 학장은 처음에는 극구 사양하였으나, 삼고초려 끝에 승낙을 받고, 모시게 되었다. 윤상송 학장은 신성모 학장이 돌아가신 지 두달여 만에 제9대 학장으로 부임하였다(1960.8.4).

해대생의 병역 문제와 해군예비원령

윤상송 학장이 1년 남짓 재직하였던 기간 중 여러 가지 일을 많이 하셨다. 그 중에서도 중요한 일의 하나가 해군예비원령을 완성시킨 일이다. 초창기 해대 졸업생에 대한 병역 문제는 6.25 이후 우리나라에 징병제도가 생긴 이래 계속 있어 왔던 문제였다. 그러나 대체로 징병제 시행 초기는 전시였으므로 선박들이 전시 통제하에 있었고, 군 당국에서도 전쟁 수행에 선박과 그 선박을 운항하는 요원들이 얼마나 중요한가를 익히 알고 있었으므로 해대를 졸업한 선박운항요원들에 대하여 병역 면제 조치를 해주었다. 또 일부는 해군측의 수요에 응하여 해군 장교로 복무하게 되어 병역문제는 자연스럽게 해결되었다. 그러면서도 간간이 해대 졸업생들의 병역이 문제가 되어 육군 이등병으로 징집되는 사례가 있었으나, 대부분의 경우 해대 동창회가 적극적으로 해운 당국과 병무 당국을 설득하여 큰 물의 없이 잘 해결되어 왔었다.

그러다가 신성모 학장이 취임하면서 해군예비원령(1958.10)을 만들어서 해양대학 재학생에 대하여 군사 교육을 시키고, 졸업과 동시에 해군 장교로 임관할 수 있게 되었다. 해군에서는 현역에 필요한 사람만 현역으로 징집하고, 나머지는 바로 예편하도록 하여 병역 문제를 해결하는 동시에, 비상시에 해군예비역 고급인력을 확보할 수 있게 되었다. 이 제도는 신 학장이 재임 중에 준비 작업은 마쳤으나, 제도가 완성되어 마무리된 것은 아니었다. 윤 학장이 취임 한 후 혼란 중에도 이 문제를 깨끗이 완성하여 해양대학의 백년대계를 완성하였다.

윤 학장의 또 하나의 공로는 신 학장의 재임 중 해군 예비원령을 제정하면서 사각지대에 들어가게 된 7, 8, 9기의 병역문제를 해결한 것이다. 그때는 휴전 성립후 상당기간 지난 후여서 승선요원의 수요가 많은 것도 아니어서, 승선하지 못한 해대 졸업생들이 많았는데 이들이 육군 이등병으로 징집될 처지가 되어 버린 것이다. 윤 학장은 취임하자마자 백방으로 활동하여 이들에게도 해군예비원령이 적용되도록 하여, 일정한 훈련을 받고 해군 장교에 임관하고 바로 예편하는 특례조치를 만들어 냈다. 4.19 이후 국민들의 병역기피에 대한 관심이 매우 높던 시기에 이러한 조치를 이끌어 낸다는 것은 기적에 가까운 일이라고 당시의 사정을 아는 관계자들이 이구동성으로 이야기한다.

이종철 제독의 학장 취임과 퇴임

윤 학장이 취임하고 채 1년도 안되어서 5.16 군사쿠데타가 일어났다. 그 결과 윤 학장이 이유 없이 물러나야 했고(1962.12), 후임으로 해군사관학교 1기생이고 해군 제독이었던 이종철 씨가 학장으로 부임하게 되었다. 군사 정부 하이기는 하였지만 패기만만하였던 해대에서는 이것을 그대로 좌시할 수 없는 일로 생각하였다. 전술한바 있는 황인식 학장의 예에서와 마찬가지로 교수회의와 동창회에서는 '반대'하기로 결정하였다. 나와 손태현, 그리고 동창회장인 박현규 씨가 선임되어 이종철 학장을 찾아가서 '해양대학의 역사와 특성을 역설하고, 학장에 취임하지 않는 것이 좋겠다'는 것이 학교의 의사라는 것을 전달하였다.

우리들을 맞이한 이종철 신임 학장은 "찾아온 뜻을 충분히 알겠다. 건의를 받아들일 용의도 충분히 가지고 있다. 다만 내가 이 자리로 오게 된 것은 내 자신의 의사라기보다는 군 내부를 정리할 필요가 있다는 다른 요인이 있어 그리 된 것으로 보인다. 내가 만약 부임 자체를 거부할 경우, 나 때문에 군 내부의 인사 정리에 상당한 차질이 있을는지 모른다. 그런 것을 원치 않으니 일단 부임하여 얼마간 집무하다가 적당한 시기에 스스로 물러나겠다. 그 기간이 길지 않을 것을 약속 한다"고 하여 그대로 물러나왔다. 이종철 학장은 약속대로 1년이 채 안되어 스스로 사임하는 형태로 사직하였다(1963.9).

이종철 제독은 학장 재임 중 해대가 안고 있던 난제 하나를 해결하였다. 해군예비원령을 제정할 때 재학생 전원을 대상으로 하였다. 그러나 해군 장교가 되기 위해서는 해대 입학보다 훨씬 엄격한 신체검사 기준이 적용되었다. 재학생 중 이 신체검사 기준에 미달하여 해군 예비 사관이 못된 사람들이 70여명이나 나왔다. 논리대로 한다면 다른 병역 특례가 없었으므로 그들은 당연히 육군 이등병으로 징집되어 복무해야 할 상황이었다. 그러나 이것은 징병 제도가 생긴 이래 그때까지 병역이 면제되어 온 해대생과 해기사의 특수성을 스스로 부인하는 결과가 된다.

학교에서는 염치 좋게도 이 문제의 해결을 이종철 학장에게 부탁하였다. 이 학장은 이 부탁을 받고 해사 동기생이고 당시 참모총장이던 이맹기 제독을 찾아가서 자초지종을 설명하고, 병역면제의 특례를 만들어 줄 것을 부탁하였다. 이 부탁을 받은 이맹기 해군참모총장은 쾌히 이를 승낙하고, 70여명에 대하여 일단 해군에 입대시켜 단기간의 군사 훈련만 실시한 후 전원을 하사관으로 예편시키는 형태로 병역을 실질적으로 면제시켜주었다. 해군 출신인 이종철 학장과 이맹기 제독이 아니면 할 수 없는 용기 있는 결단이 아니었던가 생각된다.

손태현 학장의 취임

이종철 학장이 스스로 사임하는 형태로 물러나서 학장직이 공석이 되자, 후임 학장을 누구로 할 것인가 하는 문제가 제기되었다. 그전까지도 해양대학의 경우, 다른 대학과는 달리 동창회와 학내 교수들의 여론이 학장을 결정하는 데 많이 작용하였다. 황인식 학장 취임 때의 학생들의 반대 시위나, 윤상송 학장의 삼고초려 끝의 영입, 이종철 학장에 대한 취임 거부 건의 등이 모두 이런 맥락에서 나왔다고 할 것이다.

교수회의에서 난상 토론 끝에 손태현 교수를 후임 학장으로 천거할 것을 만장일치로 결의하였다. 당시 난상 토론을 통하여 많은 사람의 이름이 오르내렸다. 그러나 최종적으로는 손태현 교수와 나 두 사람으로 압축되었고, 최종적으로 손 학장으로 하되, 임기는 한번으로 끝나는 것으로 조건을 달았다. 지금과는 달리 대학의 행정 책임자를 교수회의에서 선임하는 제도가 전혀 없을 때였으므로 교수회의에서 선임하였다고 해서 무슨 구속력이 있는 것은 아니었다. 다만 임명권자에게 천거하는 수준에 그쳤다. 그러나 다른 학교와는 달리 해양대학의 경우, 학교와 동창회가 똘똘 뭉쳐 일단 추천한 사람을 끝까지 관철시키는 추진력과 로비력을 갖고 있었다. 그런 면에서 해양대학 동창회는 다른 대학교와 다른 독특하고 강한 결집력을 가지고 있었다.

무슨 이유에서였던지 당시 인사권을 가지고 있던 문교부(이종우 장관, 재임 1963.3.16~12.16)에서는 이 안을 선뜻 수용하려 하지 않았다. 그래서 동창회와 해양대학이 총동원되어 로비를 하여 손태현 학장이 임명되게 된다. 이로써 해양대학은 개교이래 처음으로 이 학교 졸업생이 최고 행정책임자로 임명되게 되었고, 그 후 이 전통은 민주화가 되고, 대학 총장을 교수회의에서 실질적으로 선출하는 제도가 정착될 때까지 이어지게 된다. 그런 면에서 해양대학은 다른 대학에 비하여 적어도 4반세기는 앞섰다고 할 것이다. 이렇게 해서 손태현 학장이 1963년 9월에 취임하게 된다.

손태현 학장의 재임 중 학구열의 제고와 함께 해양대학 교과 및 교육내용의 충실화가 이루어졌다. 특히 손 학장 재임 중인 60년대 중반쯤에 해기사를 위시한 선원의 해외취업 문제가 눈에 띄게 활성화되었고, 우리나라 해운업자들도 해외로부터 중고선을 도입운항 하는 등 해운업도 발전하기 시작되었다. 이렇게 되면서 해기사직과 해양대학에 대한 일반 국민들의 인식도 달라지게 되었고, 해기사 면허 소지자의 취업기회도 늘어나기 시작하였다. 이에 따라 그동안 승선할 수 있는 기회를 잡지 못하여 해기직과 관련 없는 다른 분야에 종사하던 사람들이 하나 둘씩 본업인 해운업과 그 주변으로 찾아 들게 된다. 해운 행정, 특히 선원 관련 행정도 사회적인 수요의 증가로 활기를 띠게 된다. 이렇게 되자 공·사석에서 해양대학을 차제에 확장시키고 해기사를 대량 양성할 필요가 있다는 의견도 제시되게 되어 이 문제가 주요 토의 주제가 되는 경우가 많게 되었다.

이러한 논의에 대하여 손 학장의 자세는 약간 보수적이었던 것으로 기억하는 사람들이 있다. 이유는 수요가 있고, 인기가 있다고 하여 해기사를 준비 없이 양산할 경우, 해기사 교육의 질을 저하시킬 우려가 있으니, 필요하다면 충분한 준비를 갖추고 하지 않으면 안 된다는 입장이었던 것으로 보인다. 학자로서는 흔들림 없는 훌륭한 자세라 할 것이나, 사회적인 수요를 외면만은 할 수 없는 것이 아니냐는 반론도 나올 수 있는 문제가 아닌가 생각한다.

이한림 장군과 해대의 인연

이한림 장군은 5.16 군사쿠데타 당시 1군사령관으로 있으면서 쿠데타에 반대하여 끝까지 저항하는 자세를 지키다가 쿠데타군에게 체포되어 강제 퇴역 당한 강골의 육군 중장이다. 이 분은 2000년에 해양대학에서 명예경영학박사 학위를 받으셨다. 강골인 예비역 육군 장성과 해양대학과 무슨 인연이 있어서 해양대학에서 명예박사 학위를 드렸고, 본인이 이것을 기꺼이 받으셨는지는 세인들은 의아해 할 사람도 있을 것이다. 그러나 이한림 장군과 해양대학은 우연한 기회를 통하여 아주 깊은 인연을 맺게 된다.

쿠데타의 소용돌이도 어느 정도 진정되고, 누구나 이제는 경제 재건에 앞장서야 할 때라고 생각할 때, 이한림 장군이 1963년에 설립된 국영기업체였던 한국수산개발공사 초대 사장으로 부임하게 된다. 수산개발공사는 원양어업을 통하여 경제 개발을 달성해 보자는 야심찬 군사 정부의 계획의 하나였다. 사장으로 부임하자 당장 선박에 대한 전문지식을 가진 경영인을 구하는 일이 급선무였다. 이한림 장군은 1964년 4월 윤상송 전 학장에게 선박담당 상임고문으로 취임해 줄 것을 요청하였는데, 이는 윤상송 학장의 처남인 전두열 씨가 이한림 장관과 친분이 있었던 데 기인한 것이었다.

윤상송 학장은 이 요청을 받아들여 상임고문으로 취임하였으나, 상임고문이라는 직책이 어떤 현안에 대해 책임을 가진 자리가 아니었다.[14] 그래서 윤상송 학장은 1966년 4월 수산개발공사의 상임고문직을 사임하면서 나를 선박담당 이사로 추천하였다. 당시 나는 해양대학의 부교수 겸 실습감으로 재직하고 있었는데, 갑자기 이러한 제안을 받게 되어 내키지는 아니하였으나 거절하는 것이 예의가 아니라고 생각하고 학교를 사직하고 수산개발공사 본사가 있는 서울에서 근무하게 되었다. 그러나 그 기간은 1966년 6월부터 10월까지 4개월에 불과했다.

---

14) 象步는 윤상송 박사가 상임고문 직을 고사하고 자신을 추천했다고 구술하였으나, 윤상송 회고록에 따르면, 상임고문에 취임한 뒤 象步를 추천한 것으로 확인되어 바로 잡았다.

1921년 2월 10일, 함경남도 안변군의 독실한 천주교 집안에서 출생하였다. 그의 집안은 대한민국 최초의 천주교 영세자 이승훈의 방계 후손이기도 하다.

신경군관학교를 졸업하고 일본육군사관학교에 유학한 뒤 만주군 장교로 복무했다. 박정희와는 신경군관학교와 일본육사 동기이다. 일제 패망 후 미군정 영역으로 들어왔다. 1945년 12월 5일 군

이한림(李翰林)

사영어학교 1기생으로 입교하여 1946년 2월 26일 임관하였다.

육군 제1군사령관으로 재직 중이던 1961년에 5.16 군사정변이 일어났다. 이한림은 군의 정치 개입을 반대하여 박정희의 군사정변 주도 세력과 대척점에 섰으나 곧 육군 중장으로 예편해야 했다. 1963년부터 1966년까지 수산개발공사 사장, 1968년부터 1969년까지 진해화학 사장, 1969년부터 1971년까지 건설부 장관을 지냈고, 관광공사 사장을 거쳐 1974년부터 1980년 초까지 주 터키 및 호주 대사를 지냈다. 2012년 4월 12일 사망하였다.(위키백과)

짧은 기간 동안이었지만 서울에서 근무하는 동안 내 사무실로 해대 동창회 간부들이 모여들게 되면서 해대 발전에 대한 여러 가지 논의가 이루어지기도 했다. 주로 1기의 박현규 씨와 2기의 신태범 씨 등이 자주 드나들었다. 그러자 자연스럽게 사장인 이한림 씨와도 만나서 인사하게 되고, 저녁 자리도 같이 하게 되었다. 이때 이한림 장군은 해대동창회의 뜨거운 애교 정신을 발견하면서 우리들과 급속하게 가까워지게 되었다. 당시를 회고해보면 해대 일의 90%는 동창회에서 하였고, 학교의 행정담당자들은

문제가 있으면 서슴없이 동창회에 연락하곤 했다. 그것도 서울에서 사업을 하면서 고정적인 사무실과 비서가 있어 연락이 비교적 쉬웠던 박현규 씨와 신태범 씨에게 연락을 하면 그들이 동분서주하면서 문제를 해결해 내었다.

이렇게 된 것은 해대 졸업생, 특히 동창회 간부들의 애교심의 발로라고 할 수 있겠다. 그러나 현실적으로 보면 해대에서 제기되는 문제의 해결은 90%이상이 서울에서 해결하여야 하는 사안이었다. 그런데 학장 등 학교 행정담당자들이 서울까지 일일이 왕래하는 데 시간과 비용이 많이 들뿐만 아니라, 문제 해결을 위한 로비활동에도 적지 않은 비용이 소요되었다. 박봉하에서 고생하는 해대의 행정책임자들이 이러한 비용을 조달한다는 것이 사실상 불가능하였다. 따라서 동창회가 나서서 자기 일로 생각하고 동분서주하였던 것이다. 이와 같은 독특한 한국해대의 운영방식과 동창회의 애교심을 눈으로 직접 목격하고, 박현규 씨와 신태범 씨 등의 동창회 임원들과 깊이 대화를 해본 이한림 장군은 그 후 한국해양대학의 열렬한 후원자로 변신하셨다.

윤상송 학장 후임으로 수산개발공사에서 4개월 여 짧은 기간 동안이나마 내 나름대로의 주관을 갖고 이한림 장관을 성실하게 보필했다. 어느 날 과장, 부장, 부사장 등이 이한림 사장실을 들락달락 하는 것이었다. 나는 회사에 온지 얼마 되지도 않아서 사내에 이렇다 할 인맥이라고는 없었다. 그때 몬로비아에서 수산개발공사 소속 어선에 사고가 났다는 전문이 들어온 것이 있었다. 나도 사고 전문을 받았지만, 아직 정확한 상황을 파악한 것이 아니고 그저 전문 한 장 들어온 것 뿐이었기 때문에 아직 사장에게 보고할 거리가 아니라고 생각했다. 그런데 과장, 부장, 부사장은 서로 먼저 이 사실을 이한림 사장에게 보고하려고 호들갑을 떤 것이었다. 그래서 나는 사장실로 찾아가서 "제가 선박이사인데 왜 저에게는 아무도 보고하지 않고, 사장님에게 직보하는 것이냐? 아직 정확한 실태를 파악하지 못해서 보고하지 않고 있었다"라고 따졌다. 그런데 나중에 상황을 파악해보니 아무 문제가 없는 것으로 드러났다. 그러자 이한림 사장이 나를 호출하더니 "아깐 미안했오"라고 사과하면서, "오늘 술 한잔 하자"고 청하는 것이었다. 그날 밤 나는 이한림 사장하고 반도호텔에서 밤새 술을 마셨다. 그 분도 술이 쎄셨지만, 내 주량도 그에 못지 않았기 때문에 나와 이한림 장관은 남자 대 남자로서 친하게 된 계기가 되었다.

그러나 수산개발공사는 창립 이후 계속 부실이 누적되어 왔던 터라 이한림 사장이 그 책임을 지고 사임하였다. 나도 수산개발공사를 사임하고 1966년 11월에 해양대학으로 복귀하였다. 그러나 한번 맺은 인연은 지속되었다. 해양대학 동창회 임원들은 기회가 있을 때마다 야인이 된 이한림 장군을 초대하여 고급술집에서 같이 즐기기도 했다. 아무 관계도 없는 사람들이 자기를 불러 저녁과 술대접을 하는데 좋아 하지 않을 사람이 없다. 이한림 장군과 해양대학은 개인적인 교류 차원을 넘어서 거의 공적인 관계로 발전하게 된다.

제5장

학장 시절

학장 취임과 해대 이전 문제

세월이 흘러 1967년 말이 되어, 손태현 학장의 4년 임기의 만료가 임박하게 되었다. 후임 학장을 누구로 할 것인가에 대하여 설왕설래가 있게 되었다. 자세한 내막은 알 수 없으나, 손 학장이 임기를 더할 것인가, 그렇지 않으면 4년 전의 약속대로 임기를 끝내고, 나를 학장으로 할 것인가를 놓고 고심하였다고 한다. 여러 가지 상황을 고려하여 내가 후임 학장이 되었다. 1968년 1월이다. 나는 학장에 취임하자마자, 해양대학을 조도로 이전하여 해양대학의 100년 대계를 마련한다는 계획을 마련하였다.

해양대학을 이전해야 한다는 생각은 이미 손태현 학장 때부터 있어 왔다. 그 단적인 예로 1965년 10월 26일 박정희 대통령이 해양대학을 방문했을 때, 손태현 학장이 "대학을 발전시키기 위해 부산항 입구 쪽으로 옮겼으면 한다"는 의견을 제시한 것이다. 당시 손태현 학장은 '예산이 얼마나 되느냐?'는 박정희 대통령의 질문에 '12억원'이라고 해서 결국 성사되지 못하였다. 박정희 대통령으로서는 해대 이전에 대해서는 공감한 듯 보였다고 하는데, 공장 두어개를 지을 수 있는 금액에 해당하는 예산 12억원을 마련할 방법이 없었던 것이다. 손태현 학장은 박정희 대통령의 숙소인 동래관광호텔까지 찾아가 한번 더 해대 이전을 간청했다. 그러자 박정희 대통령은 '예산이 너무 많이 드니 이전은 천천히 생각하기로 하고, 우선 당장 내가 도와줄 수 있는 것을 말해 보라'고 했다고 한다.[1]

---

1) 『한국해양대학교50년사』, pp.173-174.

해대 이전 문제는 이전에는 한국 최대의 상항인 부산항의 입구로 이전 해야 한다는 상징적인 의미가 있었다면, 내가 학장으로 부임한 1968년도 에는 현실적인 문제가 되어버렸다. 왜냐하면 1968년 입학생부터 정원이 항해과와 기관과 각각 100명씩 200명으로 늘어났기 때문이다. 중리 교사 는 각과 정원이 50명이었을 때 건립되었기 때문에 1969년이 되면 이미 중리 교사는 시설 부족에 봉착할 게 너무나 뻔했다.

그래서 해양대학을 이전할 터를 찾던 중 조도를 마음에 두게 되었다. 조도로의 이전을 발상하게 된 동기는 해대 직원 중 조도에 친척이 사는 사람이 있었는데, 그가 조도에 대하여 많이 알고 있어 현지를 돌아보고 이곳으로 이전하여야겠다는 생각을 굳히게 되었다. 약간 터가 좁다는 것 이 아쉬웠으나 매립을 통하여 상당한 토지를 확보할 수 있을 것을 가정하 였고, 무엇보다 부산항에 출입하는 대형선의 왕래가 빈번하여 해양대학 학생들의 교육상 아주 좋은 적지라고 생각하였다. 나는 이 안을 박현규 동창회장 등과 상의한 결과 적극적으로 추진하기로 하였다. 그러나 소요 예산을 과연 확보할 수 있을 것인가? 조도의 주민들과 타협하여 주민들의 삶의 터전을 새로 마련해주어야 하는 일 등 난제들이 산적해 있었다.

우선 당시 조도에는 주민들이 거주하고 있었는데, 이들이 해대 이전에 동의해 줄지 의문이었다. 나는 먼저 조도에 친척을 둔 직원을 통해 해양 대가 조도로 이전할 경우 땅을 팔겠는지를 주민들을 대상으로 조사를 시 켰다. 그 결과, '땅을 팔겠다'는 비율이 50%가 넘었다. 당시 조도에는 동 삼초등학교 조도분교가 있었는데, 비가 오거나 바람이 불면 선생이 조도 에 들어오지 못해 수업을 하지 못했다. 그래서 내가 조도분교를 없애고 주민들이 모두 영도로 이전하면 비가 오나 눈이 오나 학교에서 공부할 수 있지 않느냐고 바람을 잡았다. 조도에 사시던 할머니 한 분이 자기 손자 가 학교를 졸업해 넥타이를 매고 출근하는 것을 보는 게 소원이라고 얘기하기도 했다. 멸치잡이로 먹고 사는데, 조도분교에 다니는 손자가 학교를 못다니게 되면 결국 형이랑 삼촌 따라 멸치잡이 어부가 되는 게 보통이었다. 할머니들은 그것이 가슴 아픈 일이었던 것이다. 그래서 나는 "제가 해 드리겠다"고 하면서 조도의 땅 절반 정도를 살 수 있었다.

원군이 된 이한림 장군

일단 조도 이전을 추진하기로 결정한 1968년 어느 날 국영기업이었던 진해화학 사장으로 부임한 이한림 장군이 진해화학을 방문하는 길에 해양대학에 들렀다. 당시 이한림 장군은 비록 5.16쿠데타에 반대하기는 하였지만, 우리나라 육군 중에서 인격적으로 가장 존경받는 군의 대선배의 한 사람인 동시에 박정희 대통령의 일본육사 동기생으로 매우 가까워서 정부 내에서 영향력이 컸다. 그래서 나는 이 분의 도움을 받기로 하고, 극진히 영접하는 동시에 조도로 이전하였으면 좋겠다는 구상을 보고하였다. 이 소리를 듣고 조도 현장을 방문하였던 이한림 장군은 '조도가 너무 좁아서 해양대학의 백년대계로 보기는 어려우니 다른 곳을 찾아보는 것이 어떻겠느냐'는 의견을 내보였다. 이에 대해 나는 "우리는 바다를 일터로 하는 해기사를 양성하는 기관이다. 육군이 땅위에서 활동하는 군인이라면, 해군은 바다를 운동장으로 하는 직업이다. 우리의 운동장은 태평양이다. 그러니 태평양을 바로 앞에 바라볼 수 있고, 우리나라 최대의 상항인 부산항에 드나드는 국내외의 대형선을 가장 가까이에서 보고 산교육을 생활로 배울 수 있는 이곳이야말로 해대의 최적지"라고 대답하였다. 이한림 장군도 고

개를 끄덕이면서 수긍하고 적극 지원할 것을 약속하였다. 임기응변이었지만 지금 생각해도 내 답변은 그럴듯했던 것 같다.

1969년 2월 이한림 장군은 건설부장관으로 발령을 받게 된다. 박 대통령이 이 분을 건설부 장관으로 발탁한 이유는 그 당시 자기 정열을 모두 쏟아서 추진 중이던 경부고속도로 공사를 촉진하기 위한 것이었다. 이한림 장관도 이러한 박대통령의 뜻을 받들어 경부고속도로 건설에 매진하게 된다. 하루가 멀다 하고 현장을 직접 다니면서 건설을 독려하고 다녔다. 재미있는 사실은 건설부장관의 경부고속도로 건설 현장 방문에 아무 관련이 없는 박현규 씨와 신태범 씨 등 해대 동창들이 자주 동행할 것을 요청받곤 했고, 이러한 요청을 두 동창들이 거절하지 않고 동행하게 되었다는 사실이다. 이 동행길에 자연스럽게 해대 이야기가 나오게 되고, 이한림 장관도 해대의 조도 이전에 관심을 가지고 도와주게 된다. 이러한 도움 중 큰 것만 몇 가지를 열거하면 다음과 같다.

첫째, 해양대학이 조도로 이전하기 위해서는 조도가 부산의 도시계획상 교육지구로 지정되어야 한다. 절차상으로 보면, 부산시가 도시계획에 반영하고 이것을 건설부의 중앙도시계획위원회에 상정하여 통과된 뒤 건설부장관이 고시를 하여야만 확정되는 것이 순서다. 이러한 절차를 밟기 위해서는 상당한 시일이 소요되고 복잡한 절차를 거쳐야 한다. 그러나 이한림 장관은 부산시에서 상정하지도 않았는데, 장관 직권으로 조도를 부산시 도시계획상 교육지구로 지정 고시해 버린다. 부산시 실무자들은 반대하였지만, 당시 나폴레옹이라는 별명을 가진 호랑이 건설부장관의 이러한 조치에 말 한마디 못하고 받아들였다.

두 번째는 학교 건립을 위해서는 상당한 면적의 바다를 매립해야만 했다. 이 매립 면허 소관부처는 건설부이다. 이한림 장관을 찾아가 매립이 필요하다고 하자, 해도를 꺼내 놓고 어디를 어떻게 매립할 것인지 설명하라고 해서 설명하니 그 자리에서 실무자를 불러 매립 면허를 할 것을 지시해서 바로 매립 면허가 나왔다(1971.4.2).

셋째, 조도가 영도에 부속된 섬이다. 그러니 여기에 학교를 건립할 경우 학생들은 배를 타고 영도를 드나들어야 한다. 이것은 보통 어려운 일이 아니다. 희망 같으면 조도와 영도를 연결하는 다리나 방파제 같은 것이 있어서 현재와 같이 연륙(連陸)이 되면 좋겠으나, 해대로서는 엄두가 나지 않았다. 밑져야 본전이라고 생각하고, 이한림 장관에게 부산항의 장기 개발계획의 일환으로 조도와 영도를 연결하는 방파제를 건설해 줄 수 없겠느냐고 넌지시 의견을 제시하였더니, 말을 듣자마자 "좋은 생각"이라고 즉각 찬성하여 조도와 영도를 연결하는 방파제 건설 계획을 세우라고 실무자에게 지시한다. 실무자들이 당장 예산이 없다고 하자, 다른 예산을 전용해서라도 바로 착공하라고 지시하여 부랴부랴 다른 예산들을 전용하여 방파제 건설 계획을 추진하게 된다. 이 방파제 건설 계획에 대하여 당시 김학렬 경제기획원장관 겸 부총리(재임 1969.6~1972.1)가 반대를 하였다고 한다. 그러나 이한림 장관은 건설 업무는 내 소관인데 왜 부총리가 간섭이냐고 오히려 화를 내고 이 일을 소신대로 밀고 나갔다.

넷째, 방파제 건설계획을 세우는 데 실무자들은 예산을 최소화하기 위하여 지형상 가장 가깝고 공사비가 덜 들어가는 방안으로 설계하였다. 그 결과 방파제가 지금의 동삼동 하리의 횟집 밀집 지역으로 비스듬하게 건설되게 되어 해대 본관 건물과 일직선으로 연결되지 아니하여 보기 안 좋을 것이라는 의견이 나왔다. 그래서 건설부를 찾아가서 의견을 그대로 보고하였더니 이한림 장관이 '알았으니 내려가 있으라'고 해서 부산으로 내려왔다. 부산에 도착해 보니 어느 새 실무자가 측량사를 대동하고 현장에서 기다리다가 어떻게 해 주었으면 좋겠느냐고 물어서 의견을 이야기해서 지금의 방파제를 건설하게 되었다.

다섯째, 방파제를 건설하기 위해서는 다른 곳에서 대량의 암석을 운반해 와야 했다. 이것을 처음에는 다대포 인근 산에서 가져오는데 거리도 멀고, 운반에도 애로가 많아 공사의 진척이 영 더디어 언제 이 공사가 완공될지 모를 지경이다. 그래서 실무안으로는 조도의 뒷산의 일부를 헐어서 여기서 나는 암석을 사용하면 공사가 간편하고, 공사비도 저렴해져서 좋을 것이라는 의견이 나왔다. 그래서 그렇게 하자고 제안하였으나, 자연 훼손으로 부산항의 경관을 해친다는 이유로 박영수 부산시장이 강력하게 반대하여 건설부에서도 어쩌지 못하였다. 그러던 중 박 대통령이 부산시를 연초 초도 순시를 할 때 이 문제가 제기되었고, 해야 한다는 이한림 건설부장관의 의견과 부산항의 경관을 해치니 불가하다는 부산시장의 의견이 팽팽하게 대립되었다.

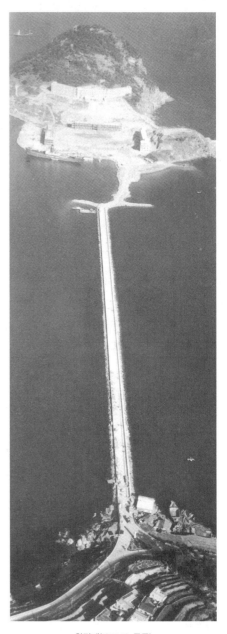

한림제(1974.12 준공)

조용히 듣고 있던 박 대통령이 중재안으로 조도에서 암석을 채취하되, 채취가 완료되고 나면 절대 보기 싫지 않도록 복원하도록 의무화하는 것이 어떠냐는 중재안을 내어 그렇게 결정되었다. 중재안이라고 하지만 사실상 건설부 안을 찬성한 셈인데 박 대통령도 외화벌이의 역군인 고급해기사를 양성하는 해양대학을 아주 관심 있게 바라보고 있었음을 보여주는 사례다.

문교부의 반응

나는 이 안을 추진하는 데 실무적으로 아주 큰 공을 세운 사람으로서 전용인 서무과장을 잊을 수 없다. 학교 이전을 하자면 이전 예산을 문교부 예산으로 편성해야 했다. 예나 지금이나 국립대학이 정부 예산을 따는 데는 문교부가 사실상 파견한 서무과장이 적극적으로 나서지 않으면 안 된다. 전용인 과장은 이 문제를 추진하는 동안 자칫 잘못하면 직업공무원을 그만두어야 할지도 모를만한 모험을 무릅쓰는 일도 마다하지 않았다. 그는 시종일관 나를 도와 각종 난관을 묵묵히 극복하면서도 불평 한마디 하지 않았다. 해대의 조도 이전은 전용인 서무과장의 헌신이 없었다면 성사되기 어려웠다고 생각한다.

해대의 조도 이전 문제를 처음으로 공식 제기할 때의 문교부 장관은 문홍주 장관(재임 1966.9~1968.5)이었다. 우선 문교부 장관을 설득하지 못하면 이 문제가 정부안에서 발붙일 곳이 없다. 그래서 문 장관을 상대로 로비가 필요하여 양재원 당시 동서해운 사장을 동원하여 문 장관에게 접근하였다. 양재원 씨는 문 장관이 부산대 총장으로 있을 때부터 매우 가깝게 지낸 사이였다. 동남아해운의 양재원 씨의 중재로 문 장관을 요정으로 초대하는 데 성공하였다. 당시에는 공무원의 접대라면 예외 없이 요정에서 이루어지던 때였다. 여기에 해대 학장인 나와 박현규 동창회장 등이 참석하여 문 장관에게 해대 이전의 필요성을 역설하고, 협조해 줄 것을 간곡하게 부탁하였다. 문 장관은 농반진반(弄半眞半)으로 '해양대학을 조도로 이전하려면 학장과 동창회장이 발가벗고 토인 춤을 추면 도와주겠다'고 해서, 나랑 동창회장이랑 기꺼이 전라(全裸)로 인디안 춤을 췄다. 이것으로 우리의 조도 이전에 대한 의지를 각인시키게 되었고, 문 장관의 협조로 해대 이전안이 문교부의 공식 의제로 받아들이도록 되었다.

그러나 호사다마라고 1968년 5월 말에 문 장관이 사임하고 후임으로 권오병 장관(재임 1965.5~1966.9, 1968.5~1969.4)이 취임하였다. 권오병 장관은 해대 이전안에 대하여 강하게 반대하였는데, 그 이유는 당시 문교부의 가장 큰 과제가 서울대학교를 이전하는 문제였기 때문이다. 이 계획은 지금의 대학로에 자리잡고 있던 서울대학교가 좁아서 옮겨야 한다는 것이 표면적인 이유였다. 오히려 대학생의 반독재 투쟁과 데모가 자주 일어나던 당시에 서울대가 청와대와 너무 가까운 것이 신경이 쓰여 옮기자는 것이 근본적인 것으로 서울대 이전안은 다분히 정치적인 이유가 컸다. 권오병 장관으로서는 자기의 모교이기도 한 이 서울대학교 이전안을 빨리 잘 성사시키는 것을 최대 과제로 삼았다. 그러니 뭉칫돈이 들어가는 해양대학 이전안이 후순위로 밀릴 수밖에 없었다.

해대 이전안은 권 장관의 반대로 예산이 전액 삭감될 위기에 처하였다. 그러나 나와 전용인 과장이 '어떻게 하든 문교부 실무자들을 구워삶아서 장관 모르게라도 예산을 책정하도록 하자, 그리고 이것이 문제가 될 경우, 공무원을 사임할 결심을 하자'는 중대한 결심을 하였다. 그만큼 해대의 조도 이전 계획은 나의 인생을 건 큰 모험이었다. 드디어 문교부 장관 임석

하에 다음해 예산안을 보고하는 회의가 열렸다. 당시는 군사 문화의 영향으로 브리핑이라는 제도가 정착되어 있을 때다. 해양대학 이전 예산도 이 브리핑 차트에 들어 있었다. 이 부분을 보고할 때 권오병 장관이 벼락을 칠 경우 모든 것은 끝나게 되어 있었다. 의식적이었는지 실수였는지는 알 수 없으나, 브리핑 중 다음 장으로 넘길 때 한 장이 겹쳐 넘어가서 해양대학 이전 예산안 보고가 누락되어 버렸다. 이렇게 해서 주무장관인 권오병 장관도 모르는 사이에 해대 이전 예산안이 문교부 예산에 포함될 수 있었다.

이 일이 있은 얼마 뒤 권오병 문교부장관이 국회의 불신임 결의로 물러나고, 후임에 홍종철 장관(재임 1969.4~1971.6)이 문교부 장관으로 부임하였다. 관례에 따라 해대 학장으로서 나는 장관에게 신임 인사차 들렀다. 일정이 바빠서 문간에서 인사만 하고 나오기로 하고 장관실에 들어갔는데 "해대 학장입니다"하고 인사드리자마자, 홍 장관이 "해대 이전 문제가 있지요? 그 문제를 중점적으로 검토해 봅시다. 그런데 지금은 시간이 없으니 오후 2시에 시간이 나니 가지 말고 그때 오시오"라고 해서 신임 인사차 들른 것이 해대 이전 문제를 중점적으로 논의하는 방문으로 바뀌었다. 막 취임한 홍 장관이 누구에게 무슨 이야기를 들어서 해대 이전 문제에 그렇게 적극적으로 나오게 되었는지 아직도 잘 모르고 있다. 짐작컨대 당시 건설부 장관이던 이한림 장관이 새로 부임한 홍 장관에게 부탁한 것이 아닌가 하고 추측할 따름이다. 그러나 내 짐작이 거의 맞을 것이 홍종철 장관은 5.16 쿠데타 주체로서 박 대통령의 최측근으로 승승장구하던 시절인데, 군의 대선배이고 박정희 대통령과 죽마고우 같은 이한림 건설부장관을 결코 외면할 수 없는 사이로 문교부장관으로 부임하자 이한림 장관에게 부임인사차 들렀을 것이고, 그 자리에서 해양대학에 대하여 이한림 장관이 설명하고 적극 도와주었으면 좋겠다고 부탁하였을 가능성이 높다. 그만큼 이한림 장관은 해대 문제에 관심이 높았고, 또 적극적이셨다.

이렇게 홍 장관의 관심 표명으로 이전안이 활기를 띠게 되었으나, 얼마 후 홍 장관이 사정비서관으로 옮겨가고, 그 자리에 민관식(재임 1971.6~1974.9) 씨가 문교부장관으로 취임하였다.

조도에는 민간인 토지뿐만 아니라 국방부 및 해군본부가 관리청으로 되어 있는 토지가 상당 부분 있었다. 조도가 부산항의 입구에 있으므로 부산항을 방어하고, 해안을 감시하기 위한 육군이 관리하는 토지와 해군본부가 보유 함정에 공급할 유류보급시설을 마련하기 위한 토지였다. 이 것을 그대로 둘 경우 토지사용문제로 군과 마찰이 일어날 소지가 있었다. 그래서 해대 이전 문제라면 발벗고 나서 주시던 이한림 장관에서 부탁하였더니 이한림 장관이 국방부에 부탁하여 용토 폐기하고 문교부에 관리이전 시켜 주었다. 이 문제의 실무는 당시 국방부 차관이던 유근창 차관(재임 1970.7.4 ~ 1973.10.19)이 직접 나서서 해결해 주었는데, 유 차관은 군 재직시절에 이한림 장군의 보좌관을 역임했던 사람이었다.

민 장관에게 부탁하니 이 분은 매우 적극적이어서 직접 현장에 와서 둘러보고 여러 가지 의견도 제시하고, 예산을 집중 배정해서 이전안이 빨리 매듭 되도록 하라는 지시를 하기도 하였다. 그때까지만 해도 1969년부터 해대 이전 예산이 매년 1억원 정도 책정되는 게 고작이었다. 그렇게 가면 완공하는데 10년은 걸릴 것이다. 그래서 10억원 정도를 집중 지원해 줄 것을 요청하였고, 민 장관이 그렇게 하도록 담당자에게 지시하였다. 그러나 10억원의 예산을 빼내기가 어려워서 1972년도 예산으로 5억원 정도를 배정받게 되면서 해대 이전 문제에 속도가 붙게 되었다.

1969년에 조도의 토지를 매입하고, 1970년에 교사 착공을 한 지 꼭 5년 만인 1975년 11월에 조도 교사를 준공하게 되었다. 조도 교사 이전에는 15억원이 소요되었다.

홍종철(洪鍾哲, 1924.9.20~1974.6.9)은 군인, 정치가이다. 본관은 남양(南陽)이다. 평안북도 철산군 출생이며 원적지는 평안남도 안주군(현 평안남도 안주시)이다. 1948년 서울대학교 상과대학을 수료했으며, 1949년 육군사관학교를 졸업했다. 한국 전쟁 때인 1953년 미 육군 포병학교 고등군사반을 졸업(수료)했고 1955년 대한민국 육군 제9사단 포병대장을 역임했다.

홍종철(洪鍾哲)

1959년 육군대학교 정규과정을 졸업(수료)한 뒤 대한민국 육군 제6군단 작전참모로 복무했으며 1961년 5.16 군사 정변 이후에 수립된 국가재건최고회의 최고위원 겸 문교사회위원장을 역임했다. 1963년 육군 준장으로 예편, 같은 해 12월 26일 대통령 경호실장으로 임명되었고 1964년 5월 18일부터 1964년 9월 8일까지 제17대 문교부 차관, 1968년 7월 24일부터 1969년 4월 10일까지 제1대 문화공보부 장관, 1969년 4월 11일부터 1971년 6월 3일까지 제19대 문교부 장관을 역임했다.

1974년 6월 9일 새벽 6시 30분경 경기도 양주군 미금면 삼패리(현재의 경기도 남양주시 삼패동)에서 자신의 둘째 아들인 홍기룡과 함께 배를 타고 낚시를 하던 도중에 익사했다.(위키백과)

민병권 의원의 도움

군사 정부 시절 해운계와 해양대학을 많이 도운 정치인의 한 사람으로서 민병권 의원이 있다. 민 의원은 군인 출신으로 5.16쿠데타 이후 박 대통령과의 특수한 인연을 바탕으로 요직에서 많은 일을 한 분인데, 해양대학에도 많은 도움을 주었다. 그가 해운계와 인연을 맺은 것은 다소 정치적인 동기가 있다. 그는 이북이 고향이다. 정치에 투신하면 국회의원이 되어야만 정치인으로 장수할 수 있다. 그때 정치적 발판이 되는 곳이 고향이다. 그러나 이북 출신의 경우 고향이 남쪽에 없다. 어딘가에 고향 아닌 고향을 정해야 한다. 그래서 민병권 씨가 찾은 곳이 거창이다. 이곳에 민씨 집성촌이 있으므로 민병권 씨로서는 제2 고향으로 정할만한 조건을 갖춘 곳이었다. 그래서 민병권 씨가 거창이나 산청이 고향인 사람들을 찾다가 양재원 씨와 신태범 씨 같은 거창의 유지들과 자연스럽게 교유하게 되었다. 이렇게 되어 양재원 씨나 신태범 씨가 관여하는 업체의 후원자 역할을 하게 되었고, 이분들도 나름대로 민병권 씨가 자신들의 고향에 출마하고 국회의원이 되는 데 물심양면의 도움을 주게 된다.

처음에는 서로의 이해관계를 전제로 맺어진 인연이었지만, 오랜 사귐의 결과 인간적인 신뢰로 발전하게 되어 이 분들은 반평생을 고락을 같이 하는 동지가 되었다. 한번은 어떤 경위로 그렇게 되었는지는 알 수 없으나, 박 대통령이 해양대학을 오해하게 된 일이 있었다. 해양대학으로서는 청천벽력과 같은 소리인데, 청와대 깊은 곳에 있는 박 대통령과 선이 닿을 수가 없었다. 고심 끝에 민병권 의원에게 이야기 하니 이 분이 기회를 엿보다가 박 대통령에게 해양대학의 존재 의의와 해기사들의 여러 가지 긍정적인 기능과 역할을 강조하여 박 대통령의 결심을 바꾸게 하였을 뿐만 아니라, 오히려 해양대학의 팬이 되게 한 장본인이 바로 민병권 의원이다. 그 외에도 민병권 의원의 도움을 받은 것이 부지기수로 많다.

민병권(1918.9.27~1992.2.17)은 대한민국의 군인, 정치가이다. 본관은 여흥(驪興)이고 호는 송암(松巖)이며 황해도 사리원 출생이다. 일제 강점기 말기에 학병으로 강제징집된 것을 계기로 군인이 되었고, 한국 전쟁에도 참전했다. 5.16 군사정변 후 정치인이 되어 6~8대 공화당 국회의원(1963~1972), 9대 유정회 국회의원(1973~76), 교통부 장관(1977~78)을 역임하였다. 김형욱이 사망하기 전 박정희의 특사로 미국을 방문하여 김형욱을 설득한 바 있다.

민병권(閔丙權)

교명탑 조성

조도 이전과 더불어 상징물을 조성하면 좋겠다는 생각을 하게 되었다. 세계 유수의 해양계 대학에서는 미래의 상선 사관이 될 학생들에게 'Anchor Spirit'를 심어준다는 의미에서 닻을 교정에 전시하고 있다. 따라서 해양대학의 상징물로는 '닻' 보다 더 좋은 것이 없다고 생각하였다. 마침 1975년 8월에 한바다 호가 진수하였기 때문에 한바다 호의 닻을 기본 모형으로 하여 교명탑을 조성하고, 조도 캠퍼스에 나무를 심기로 하고 박현규 동창회장에게 협조를 요청하였다. 이에 동창회에서도 적극적으로 협조하기로 하고 동문들을 대상으로 교명탑 조성비 500만원과 상당액의 헌수금(獻樹金)을 모금해 주었다. '韓國海洋大學'이란 교명의 글씨는 이시형 학장이 직접 써주신 것인데, 뒤에 종합대학으로 승격하면서 '校'는 내가 써서 추가하였다.

　교명탑은 당시 조도 캠퍼스의 본관을 짓는 건설업자에게 건축을 의뢰하였다. 당시 우리나라에는 닻 모양의 조형물을 지어 본 사람이 없어서 어려움을 겪었는데 결국 무명의 조각가에게 의뢰하여 조도 이전 준공식에 맞추어 마무리 지었다.

교명탑(1975.11.15)

실습선 한바다 호의 건조

해대의 조도 이전과 함께 내가 학장 재임 중의 실적으로 들 수 있는 것 중의 하나가 실습선 한바다 호를 대일청구권 무상자금으로 건조한 것이 다. 해양대학은 1960년 초 대한해운공사가 운항하던 낡은 화물선인 김천 호(3081 GT)를 양수하여 이름을 반도 호로 고치고, 선박을 개조하여 학생 수용시설을 늘려서 실습선으로 활용해 왔다. 그러나 1937년에 건조된 반 도 호는 1970년대에 들어서자 선령이 30년을 훌쩍 넘는 노후선이 되어 실습선으로 활용하기가 더 이상 불가능한 상황이 되었다.

그래서 손태현 학장 재임시부터 실습선을 신조하기로 방침을 세우고 문교부에 예산을 요청한 바 있었다. 문교부는 국제개발협회(IDA)에 차관 을 신청하였으나, 국제개발협회의 차관은 기능교육에 한정된 것이어서 실 습선 건조는 그 대상에서 제외되어 뜻을 이루지 못했다. 내가 학장으로 재임했던 1960년대 말에서 70년대 초 당시는 정부예산 규모가 적었고, 그 에 따라 문교부 예산도 적어서 실습선 건조와 같이 예산이 많이 들어가는 사업을 정부 예산으로 건조한다는 것은 거의 불가능에 가까웠다. 이런 때 통하는 속담이 "외상이라면 소도 잡아먹는다"이다. 정부에서도 꼭 해야 할 일이라고 생각하면서도 돈이 없어 못하는 일은 외국차관(결과적으로 외 상이 된다)으로라도 우선 해결해 보자는 것이 당시의 분위기였다.

그래서 1970년에 국민투자기금 중 조선공업육성자금에서 융자받고자 하였으나 이 자금의 연간 운용 예산이 10억원 미만이어서 이 자금으로 실 습선 신조는 불가능하였다. 이듬해인 1971년에는 외무부를 통하여 네덜란 드정부의 원조를 요청하였으나, 네덜란드의 대외 원조는 정책적으로 고려 되는 국가에 한하여 UN 기구를 통하여 제공되기 때문에 신청에 응할 수 없다는 회신을 받았다. 그러자 문교부는 경제기획원, 외무부, 과학기술처 등을 통하여 대미부채상환금, 콜롬보 계획에 의한 영국 및 오스트레일리아의 원조, UN 특별기금, 기타 스칸디나비아 제국의 원조 자금 등에 의한 실습선 신조를 시도하였으나, 모두 실패하고 말았다. 한편에서는 미국의 전시 잉여 선박의 원조를 요청해 보기도 하였으나, 이들 선박은 모두 노후선인데다가 미국 의회의 동의를 얻어야 하기 때문에 실현 가능성이 없었다.

결국 해대의 실습선 신조 문제는 해대의 영원한 후원자셨던 민병권 장관과 이한림 장관의 도움을 받아 해결되었다. 당시 문교부 장관이었던 민관식 장관에게도 호소하였다. 앞서 지적한 두 분 장관과는 달리 민관식 장관은 해대와는 그렇게 뚜렷한 인연이 없었으나, 해대의 중요성을 누구보다 깊이 인식하고 도와주려고 애쓴 장관이었다. 민관식 장관과 해대의 인연이라고 한다면 당시 해대의 학장을 맡고 있던 내가 경기중학교 후배라는 것 정도였다. 또 하나의 도움이라면 역시 경기중학을 나온 과학교육국장 이해경 씨가 민관식 장관의 신임을 받고 있었는데, 이 분도 경기중학 동창인 나를 좋아하여 도움을 주려고 하였다는 것이다. 그 외에도 대일청구권자금을 총괄하는 당시 경제기획원 경제 협력 업무 분야에는 박현규 동창회장과 업무상으로나 개인적으로나 매우 가깝게 지내던 이선기(당시 경제기획원 경제협력차관보, 재임 1974.11~1977.9) 씨와 차화준(당시 경제협력국장) 씨가 많은 도움을 주었다.

해대의 조도 이전 문제를 도와준 가장 큰 공로자가 이한림 장관이라면 한바다 호의 건조의 제일 공로자는 단연 민관식 장관이었다. 그는 일단 이 일을 해보자고 수락한 후 거의 전 세계의 모든 국제원조기관과 도와줄 만한 국가들에게 모두 공문을 보내 실습선 건조를 위한 차관을 제공해 줄 수 없느냐고 타진하였으나 한결같이 부정적이었다. 나중에 알고 보니 차관이란 갚을 만한 능력이 있는 사업에서만 검토되는 것이지 실습선과 같은 수익성 없는 사업에는 거의 외면하는 것이 상식이다. 어쩌면 당연한 결과라고 할 수 있으나, 당시의 한국은 그만큼 국제 정세나 국제 경제에 어두웠다고 할 수 있다.

민관식(閔寬植)

민관식(閔寬植)

본관은 여흥(驪興), 호는 소강(小崗)이다. 1918년 5월 3일 경기도 개성에서 태어나 개성의 원정보통학교와 경성제일고보를 거쳐 서울대학교 농과대학의 전신인 수원고등농림학교를 졸업한 뒤 1940년 일본으로 유학을 떠나 1942년 교토대학 농림화학과를 졸업하였다. 1963년에는 교토대학에서 법학박사 학위를 받았다.

1954년 3대 국회의원에 당선되면서 정치에 입문한 뒤, 4 · 5 · 6 · 10대 국회의원을 지냈다. 1964년부터 1971년까지 대한체육회장, 1971년부터 1974년까지 문교부장관을 역임하였다. 이외에도 아세아정책연구원장, 성균관대학교 이사장, 상허문화재단 이사장 등을 맡기도 하였다. 특히 대한체육회장을 비롯하여 대한올림픽위원회 위원장, 서울아시안게임 조직위원장 등을 맡아 한국 스포츠의 근대화에 이바지하였기 때문에 '한국 스포츠 근대화의 아버지'라는 평가를 받는다.

학창시절 탁구와 테니스 선수로 활약할 만큼 운동을 즐겼다. 그의 호를 딴 소강배 전국중고테니스대회가 1973년 창설되어 매년 개최되고 있다. 저서로는 『끝없는 언덕』, 『한국교육의 개혁과 진로』, 『낙제생의 글과 그림』 등이 있으며, 체육훈장 청룡장, 국민훈장 무궁화장, 청조근정훈장, IOC 훈장 등을 수훈하였다. 2006년 1월 16일 노환으로 세상을 떠났다.

(네이버 두산백과사전)

민관식 장관은 계속 고심하던 중 마침 사용 중이던 대일청구권자금 무상분(PAC자금, property and claims) 중 문교부에 배정된 자금을 활용하는 쪽으로 마음을 굳히고 이 안을 박 대통령에게 건의하였다. 이 결재 서류에 박 대통령이 서명하면서 문교부의 최우선 프로젝트로 할 것과 이를 위해서 이미 배정된 자금도 가능한 것은 모두 회수해서 이 사업에 집중할 것을 지시하는 각서를 작성하여 내려 보내기까지 하였다. 그런데 이렇게 하면 일단 결정된 사업에 차질이 생겼다. 당초 너무 요구 예산 규모가 크면 당사자들이 예산 배정에 난색을 보일 것을 우려하여 모자란 줄 알면서도 소요 자금을 300만달러만 요청하였다. 그러나 당시의 선가로는 300만달러로는 실습선을 건조하기에 어림도 없는 금액이었다. 우여곡절을 겪으면서 계속 증액에 증액을 거듭하여 결과적으로 670만달러의 투자가 이루어지게 되었다.[2]

이렇게 되니 한정된 예산에서 다른 분야에 이미 배정되었던 예산까지 모두 회수해서 한바다 호 건조 예산으로 투입하는 해프닝이 계속해서 발생하게 되었고, 이 과정에서 다른 대학이 원망을 많이 하였다고 한다. 당시 고등교육국장으로 이 예산을 직접 다루던 분이 그의 은사가 대학 총장으로 있으면서 특별히 부탁하여 연구 기자재 구입 자금으로 5만달러를 배정한 것이 있는데, 이것까지 회수해서 한바다 호 건조자금으로 돌렸다고 한다. 이렇게 어렵사리 확보한 예산으로 일본의 우스끼조선소에 한바다 호를 발주하여 약 1년간의 건조기간을 거쳐 완공하여 1975년 7월에 인수하였다.

---

2) 象步는 680만 달러로 기억하고 있고, 해양대 50년사에서도 그렇게 기술하고 있으나 이는 착오이다. 경제기획원의 자료에 따르면 670만 달러가 사용되었다.

한바다 호의 진수(1975.8)

박 대통령과 해대

1961년 5.16 쿠데타 이후, 1979년 10월 박 대통령이 서거하기까지의 기간 중 대한민국의 크고 작은 일에 박 대통령의 흔적이 남아 있다. 그것이 직접이냐 간접이냐의 차이만 있을 뿐이다. 해운계도 예외는 아니었다. 한국 해운이 발전한 배경에는 박 대통령의 지대한 관심과 이 관심이 정책으로 입안된 것이 상당한 영향을 끼쳤다. 그 중에서도 해기사의 대량 양성과 이들의 해외취업을 통한 외화획득이 국가 발전에 긴요한 것으로 믿고 이를 정책적으로 뒷받침하는 데 박 대통령은 남다른 정열을 보였다. 학장이었던 나뿐만 아니라 많은 분들의 기억 속에 박 대통령의 이러한 관심을 담은 토막 이야기들이 전해지고 있다. 박 대통령과 관련하여 내가 기억하는 몇 가지 에피소드를 여기 적는다.

내가 학장이 되고 얼마 후인 1968년 연초 초도 순시 차 부산을 방문한 박 대통령을 영접하러 수영공항에 나간 일이 있다. 내가 "해양대학 학장입니다" 라고 인사하자 대뜸 "해양대학 정원을 배로 늘렸는데, 여러 가지 어려움이 있을 텐데 잘되고 있어요?"라고 관심을 표명하였다. 나는 실제 어려움을 겪고 있음에도 불구하고 "문교부 장관님이 도와주셔서 잘되고 있습니다"라고 대답했다. 당시 손태현 전임 학장과 함께 그 자리에 나갔었는데, 일을 마치고 돌아오는 길에 손 학장이 나보고 "어떻게 그렇게 얘기를 잘하느냐"고 해서 한바탕 웃은 일이 있다.

또 한 번은 1971년의 초도 순시에서의 일이다. 해대의 조도 이전 예산이 많이 삭감되어 고심하던 중인데, "해대에 어려움이 없어요?"하고 물어서 "조도이전 예산이 삭감되어 어려움이 많다"고 직소해 버렸다. 그러자 박 대통령이 관심을 표명하였고, 그 결과인지 삭감되었던 예산 중 상당 부분을 되살릴 수 있었다.

그 외에도 전술한 한바다 호 건조 예산 배정에 대해서도 많은 관심을 보였음은 전술하였다. 민관식 문교부 장관 재임 시절이다. 우리나라 선원이 해외취업으로 연간 2500만 달러를 가득하고 있던 시절이다. 나는 전술한 바와 같이 10년 이내에 선원의 힘으로 1년에 1억달러의 외화를 벌 수 있으니 실습선을 새로 만들어 달라고 요청했다. 그러자 민관식 장관이 "그러한 사실을 대통령에게 브리핑해도 좋으냐"고 반문하기에 다소 꺼림칙했으나 틀림없다고 대답했다. 문교부는 그 뒤 몇 년 동안 여러 외국의 기관에 차관 신청을 해 보았으나 모두 거절당하자 대일청구권무상자금으로 신조하는 것으로 결정하고 대통령의 재가를 요청했다. 그러나 박 대통령이 제1우선순위로 실습선을 건조하라는 지시각서를 내렸다.

이렇게 해서 타 대학에 배정된 예산까지 긁어 모아 670만 달러로 한바다 호를 건조할 수 있었다. 그 뒤 다른 대학들로부터 많은 원성을 들었지만, 10년 뒤 우리 선원들이 3억 달러의 외화를 가득하여 내 예상을 뛰어넘었다. 대일청구권자금으로 건조한 한바다 호가 이 자금으로 구입한 어떤 실험실습 기자재보다 가장 오래 그리고 가장 유용하게 사용되었다는 평가를 받았다. 몇 가지 에피소드에 나타난 것처럼, 박 대통령은 해양대학에 많은 관심을 보였다. 박 대통령은 해운과 해양대학의 중요성을 그 누구보다도 잘 알고 있었던 분이다.

박정희 대통령의 중리 교사 내교(1965.10.26)

1965년 체결된 한일국교정상화 협정에 따라 일본은 식민지치하 재산권에 대한 보상 성격으로 무상 자금 3억달러와 장기저리 유상자금 2억달러, 기타 3억달러 + α의 상업차관을 제공하기로 하였다. 무상자금 3억달러는 농림업 부문에 3819만달러, 수산업부문에 2718만 5천달러, 광공업부문에 1억 6408만 4천달러, 과학기술개발 부문에 2027만 2천달러, 사회간접자본 등에 440만 1천달러, 청산계정 및 은행수수료에 4586만 8천달러 등이 사용되었다. 한바다 호 건조 자금은 1975년에 도입된 무상자금 마지막 도입분 3810만 4천달러에 반영되었는데, 그 사용 내역은 농업부문 442만 5천달러(11.6%), 수산업 부문 93만달러(0.2%), 광공업부문 1846만 7천달러(48.5%), 과학기술개발에 963만 2천달러(25.3%), 기타 465만달러(1.2%) 등이다. 과학기술개발에 사용된 963만 2천달러 중 한바다 호 건조자금은 670만달러(70%)를 차지하여 가장 많은 금액이 반영되었다. 이어 과학기술연구시설확충에 160만 7천달러(16.7%), 학급학교실험실습시설 12만 5천달러, 의대 및 공대 실험실습기기도입 70만달러, 원자력연구시설확충에 30만달러, 천문대시험기구도입 20만달러 등에 사용되었다.　　　　　경제기획원, 대일청구권자금의 사용보고, 1975, p.11.

'한바다 호'의 세계 일주

1975년 11월 15일 조도 신축 교사 준공식과 한바다 호 명명식을 동시에 거행한 것으로 8년 간의 학장직에서 물러났다. 그러나 나는 곧 한바다 호의 실습감으로 승선하여 또 하나의 거사를 구상하였다. 신조선인 한바다 호는 1976년에는 대만과 싱가폴까지의 실습 항해를 다녀왔고, 이듬해인 1977년에는 보증 수리를 위해 우스끼조선소에 도킹(docking) 수리를 마쳐 한바다 호에 대한 신뢰성이 확보되었다. 이후 나는 실습감으로서 마음 속에 꿈꾸고 있던 세계일주 항해를 위한 계획을 수립하였다. 그러나 교내에서는 물론 교육부에서도 세계일주 항해에 예산 부족을 이유로 들어 난색을 표명하였다. 그러나 나는 동기생인 박현규 씨와 상의하여 천경해운과 대한해운, 고려해운 등의 해운업체와, 동창회, 그리고 교육부의 추경 예산 등을 확보하여 세계일주 계획을 입안하는 데 성공하였다. 한바다 호의 세계주항을 마치고 귀국하여 월간 해양한국'(1978년 2월호)에 세계주항기를 기고하였는데, 이를 여기에 전재한다.

한국해양대학 연습선 한바다 호는 1977년 9월 1일 학생 184명, 교관 15명, 보통선원 31명, 의사 1명, 기자 3명, 화가 1명(신동우 화백)을 태우고 부산을 출항하여 파나마, 뉴욕, 런던, 암스테르담, 함부르크, 르 아브르, 리스본, 바르셀로나, 나폴리, 아테네, 알렉산드리아, 콜롬보, 자카르타 등 13개국의 항구를 순방하고 128일 동안 2만 7천마일의 세계일주순항을 마치고 1978년 1월 6일 모항인 부산으로 귀항하였다.

세계일주 순항의 목적은 첫째, 우리나라 국제교육에 다변적 확대에 필연적으로 부수되는 해운력 증강과 항로 확장에 대비하여 상선대학 학생으로 하여금 범세계적인 운항실습경험을 가지게 함으로써 질적 향상을 도모하고, 해상유통기능의 원활을 기하여 약진하는 우리나라 경제에 박차를 가하는 데 일조가 되도록 하고, 둘째, 학생들이 선진해운제국의 발전의 역사와 현실을 실제로 견문하고 특히 상선교육기관, 해운, 항만기관 및 문화시설을 순방하여 그곳 발전의 소인과 장점을 배워옴으로써 우리나라 부강의 소지를 닦는 힘을 배양하는 동시에 상호의 친선을 통하여 국가간의 우의를 돈독히 함으로써 학생으로 하여금 국민외교의 일익을 담당케 하고자 하는 것이고, 셋째, 각 기항지에서 연습선을 재외공관장의 외교업무 수행상의 보좌적 시설로 제공하며, 현지 유관 인사들을 초청, 접대하여 한국에 대한 이해와 우호와 협력을 증진케 하는 장소로서의 역할을 다하게 하며, 또 교포들을 초청하며 모국의 약진상을 전하여 사기를 앙양하고 본국과의 유대를 더욱 공고히 하는 교량의 임무를 수행코자 하는 데 있었다.

이상과 같은 목적과 사명을 지니고, 전기 13개항 출입의 경험과 항만시설 견학을 비롯하여 파나마 운하와 수에즈 운하의 통과, 13개교의 상선대학, 8개소의 조선소, 15개소의 해운항만기관, 8개소의 박물관 등을 견학하고, 또 뉴욕에서는 워싱턴을, 르 아브르에서는 파리를, 나폴리에서는 로마를, 알렉산드리아에서는 카이로를 방문하여 선진국의 발전 양상을 많이 배웠고, 또 개도국의 실태를 참고로 하였다.

항해는 북대서양과 동중국해에서 파고 10m가 넘는 황천을 만났을 뿐, 그 외는 비교적 순탄하였고, 학생은 항해·기관의 각 학과를 3조로 나누어 1·2·3등 항해사와 기관사의 직무를 각각 주야 4시간씩 매일 8시간 실습 훈련하였고, 일정기간이 지나면 각 직무를 교대로 실시하여 귀국할 무렵에는 능숙하게 항해사와 기관사의 직무를 수행할 수 있게 되었다. 특히 세계 각 해역의 항로·기상·해상을 익히고, 중요 항만을 출입한 경험은 장차를 위해서 귀중한 공부가 되었다고 믿어진다.

기항지에 입항할 때에는 학생 전원이 갑판에 정렬하여 환영나온 교포들에 대하여 거수경례로써 인사를 하고, 접안이 끝나면 갑판상에서 입항식을 가졌다. 기항국의 국가와 애국가를 연주하며 국기에 대한 경례를 할 때에는 흐느끼는 교포들도 많았다. 연습선으로 세계일주 순항을 할 정도의 국력신장을 실제 눈으로 보는 기쁨과 자부, 300명에 가까운 늠름하고 절도 있는 학생들을 이국 땅에서 대하는 기대와 신뢰감, 고국의 땅인양 갑판상을 오르며 밟으면서 달래는 망향의 시름, 이러한 감정이 참기 어려운 눈물로써 표현되었으리라 믿는다.

    정박시의 행사는 거의 일정했고, 예방과 견학과 관광의 바쁜 일정이었
다. 파나마는 앞으로 중남미로 뻗어가는 우리나라 수출 상선의 관문으로
서의 가치가 중대하리라 믿는다. 뉴욕에서는 세계제일의 연방상선대학과
뉴욕 주립상선대학을 방문한 것이 퍽 인상적이었다. 우리 학생들은 그곳
학생들의 안내를 받아 교내 각 시설을 견학하면서 장차 바다에서 활약할
학도들의 공통된 포부를 주고 받으며, 우의를 다지는 젊은이들의 대화로
꽃을 피웠다. 때마침 그곳 전교생의 분열식이 있던 날이라 그들의 장엄하
고 사기 높은 분열은 깊은 감명을 우리들에게 주었다. 점심 때 그들 학생
식당에서 식사를 대접받으면서 학생들의 이야기는 그칠 줄을 몰랐다.

타워브리지를 통과 중인 한바다 호(1977.10.22)

전통적 해운왕국의 중심 런던에서는 웬만해서는 들지 않는다는 타워 브리지 밑을 통과하여 제2차대전과 한국동란에 참전했던 퇴역전함 벨파스트 호 옆에 명예로운 계류를 했다. 이토록 배려해준 런던항만당국과 좀처럼 접견을 하지 않는다는 런던 시장이 학생과 교관 대표를 만나 격려해준 호의는 무척 고마웠다. 연습선에 대한 예우를 극진히 해주는 해운존중의 전통을 배워야 하겠다고 생각하였다.

암스테르담에서는 헤이그에 있는 이준 열사 묘소에 전 학생이 참배하여 헌화와 묵념을 올리고 돌아왔다. 함부르크에는 정착한 교포들이 많아 밤늦게까지 학생들과 여흥을 즐겼으며, 르 아브르 항은 인천항과 자매결연을 맺고 있어 그곳 항만청에서 전 학생과 전 교관을 초청하여 성대한 리셉션 파티를 열어주어 퍽 고마웠고, 리스본에서는 학생들의 태권도 시범으로 우의를 다졌다. 또한 바르셀로나에서는 해양박물관에 새겨진 "항해는 필요하나 생명은 필요없다"라는 중세 스페인 항해인의 표어 판에 머리가 숙여짐을 느꼈다. 나폴리 시장을 예방하였을 때 부산시와 자매결연을 맺을 의사가 있음을 들었으며, 아테네에서의 선상 연회에는 수명의 한국동란 참전용사가 보여 진심으로 사의를 표하였다. 알렉산드리아에서는 아랍연맹 공동의 대규모 상선대학이 건설 중이며, 스리랑카와 인도네시아에서는 그들의 경제정책에서 한국을 본받아야 하겠다는 이야기를 듣고 우리나라가 무럭무럭 커지고 있다는 것을 실감하였다.

세계일주 순항을 끝내고 돌아온 승선자 모든 사람의 가슴에는 우리도 머지 않아 세계 어느 나라 못지 않은 부유한 나라, 강한 나라가 될 수 있다는 신념이 더욱 굳어지고, 따라서 해운에서도 언젠가는 세계 정상 수준의 해운국으로의 비약이 틀림없이 이루어질 수 있다는 확신을 가지게 되었다.

바르셀로나 콜럼버스 기념탑 앞에서(1977.11.17) 허일 선장·象步·김춘식 교관장

교수 자질 향상에 매진

앞서 기술한 바와 같이 신성모 학장이 부임하면서 기존의 교수들에게 "배 좀 더 타고 와" 또는 "공부 좀 더 하고 와" 하였다. 그것이 신 학장이 기존 세력을 내보내고 새로운 세력으로 재편하려 한 것인지 아니면 글자 그대로 순수한 마음으로 교수의 자질 향상이 필요하다고 느껴서 그런 것인지에 대하여 지금 확인할 길은 없다. 그러나 어찌하였던 신 학장의 이러한 조치가 있기 전까지는 해양대학을 졸업한 사람 중 재학 중 공부를 좀 잘한 측에 속하였다면 해양대학 교수가 되는 데 아무 문제가 없는 것으로 인정되어 왔다. 그러나 지금 생각하면 그것은 대학의 정상화라는 관점에서 보면 매우 비정상적인 상황이었다고 인정하지 않을 수 없다.

60년대 들어서면서 해양대학도 교수의 자질을 향상시켜야 한다는 의견이 나오게 되었고, 우수한 교수를 해외로 유학 보내야 한다는 의견도 나오게 되었다. 그러나 당시의 경제적인 여건으로는 유학비용이 큰 문제가 아닐 수 없다. 이러한 분위기 속에서 홍영표 교수와 전효중 교수가 1966년에 문교부가 시행한 일본 유학 시험에 합격하여 일본의 명문 대학인 동경공업대학에 유학하여 박사 학위를 받고 돌아왔다. 해양대학으로서는 최초의 경사였다. 그래서 두 분의 지도 교수를 한국으로 초청하여 아주 융숭한 대접을 하였다. 두 분 교수는 돌아가면서 해양대학이 교수를 동경공업대학 공학부에 유학 보내면 자기들이 책임지고 다 받아 훌륭한 공부를 할 수 있도록 하겠다고 약속하였다.

이에 힘입어 해양대학은 많은 젊은 교수들을 선발하여 동경공업대학에 유학을 보냈다. 그리고 이들은 하나같이 열심히 공부하여 훌륭한 연구 업적과 함께 박사학위를 가지고 돌아와 우리나라에서 그 분야의 일인자로 자리 잡게 된다. 내가 학장 재임 중 일본으로 유학을 하였던 분들로는 손진현 교수, 신민교 교수, 하주식 교수, 정세모 교수, 홍창희 교수 등 16명이 있다. 그 후로도 많은 교수들이 동경공업대학 공학부에 유학을 하게 되어 지금은 해양대학에서 정년을 마쳤거나 재직 중인 분들만 해도 수 십 명에 이른다.

초기에는 유학하는 데 돈이 가장 큰 문제였다. 그래서 학생들의 장학금과 교수의 연구 또는 유학에 필요한 재원을 마련할 목적으로 학장으로 취임한 1968년에 해양장학회를 설립하였다. 기금으로는 당시 대한해운공사 사장으로 계셨던 이맹기 제독에게 협조를 요청했더니 1백만원이라는 거금을 기부해주셨고, 그 후에도 물심양면으로 후원해주셨다.3) 그리고 천경해

---

3) 1968년 당시 삼양라면 1봉이 10원이었는데, 현재는 850원이다. 이 비율을 적용한다면 1968년 1백만원은 현재의 8500만원에 상응한다.

운의 김윤석 회장도 나의 협조 요청을 거절하지 않고 기꺼이 다액의 기금을 기부하였을 뿐만 아니라, 신민교 교수와 손진현 교수의 3년간 동경대학 유학비를 지원해주었다. 그리고 해운선사, 교수, 특히 실습 중인 학생들이 실습수당의 일부를 장학기금으로 기부하였는데, 그 금액도 상당했다. 이러한 기금으로 설립한 것이 해양장학회였는데, 이것이 현재 한국해양대학교 학술진흥재단의 모태가 되었다.

부록 **1**

象步 海洋文選

바다

좁은 지구라고 하는 사람이 있다. 바다를 생각지 않은 말이다. 지구 표면의 70% 이상을 차지하는 바다를 고려하면 넓은 지구가 된다. 바다에 의하여 지구가 좁아지기도 하고, 넓어지기도 한다. 그 바다를 인식하고 개척하고 또 바다로 진출한 민족은 번영하였다. 그 반면 바다에 무관심하였던 민족은 발전이 느렸다.

지금 우리가 살고 있는 국토는 섬나라나 다름이 없다. 그럼에도 불구하고 많은 사람들은 마치 우리가 넓은 대륙에서 살고 있는 것 같은 착각을 하고 있다. 특히 우리나라는 자원이 적기 때문에 공업으로 부국이 되기 위해서는 방대한 양의 원자재를 외국으로부터 수입해 와야 하고, 또 생산한 제품을 수출해야 하는데, 그 대부분은 선박에 의하여 수송된다. 총 화물의 99.8%가 해상운송되는 것이다. 여기에 해운의 중요성이 있다. 만약 우리나라에 한달 동안 한 척의 배도 들어오지 않는다면 그야말로 암흑세계가 될 것이다. 우리나라가 배와의 관계를 끊을래야 끊을 수 없는 이유가 바로 여기에 있는 것이다.

바다는 자원이다. 바로 수산자원, 광물자원, 에너지자원이다. 국민의 동물성 단백질 공급의 상당 비율을 수산자원에 의존하고 있고, 앞으로는 그 비율이 더 증대될 것으로 보이는 우리나라로서는 어업기술의 획기적 향상을 도모하고 어획고의 증대를 실현하여 국민의 건강 및 체위향상에 보다 큰 진전이 있도록 했으면 좋겠다. 현대는 자원 획득을 위한 싸움의 시대다. 자원의 개발확보가 바로 발전이다. 해양 속에 잠재하고 있는 자원의 개발을 위하여 우리도 선진 해양국가의 기술수준을 빨리 따라가도록 집중적인 대책이 절실히 필요하다.

한때는 국민학교(현 초등학교)까지도 적극성을 띠었던 해양탐구열도 요즘에 와서는 다소 식은 감이 없지 않다. 오늘날은 자기 나라의 영토를 확장하겠다고 남의 나라의 영토를 침범할 수 있는 시대는 아니다. 그 대신 자기 나라 권한 내에 있는 바다에 대한 개발로 영토를 확장할 수 있는 시대다.

지금까지 알려진 바로는 바다는 지구 위에만 있다. 그리고 바다는 인류의 생존을 위한 마지막 보루다. 자손을 위해서도 깨끗하게 또 평화적으로 이용하지 않으면 안될 것이다. 〈부산일보, 1985.9.11〉

바다는 우리의 생명선

■ 우리에겐 제2의 국토

우리는 섬나라와 다름 없는 땅에서 살고 있다. 그것도 좁은 국토에서 이렇다 할 자원의 혜택도 받지 못하고 있다. 그러나 우리의 조상이 물려준 가난의 유산 앞에서 한탄할 필요는 없다. 우리에겐 제2의 국토라 일컫는 광활한 바다가 있고 자원이 있기 때문이다.

옛부터 육지에서 잘 살 수 없었던 민족은 배를 만들어 바다로 뛰쳐 나갔다. 그 중 용기와 지혜가 뛰어났던 민족은 번영과 부강을 누렸다. 고대의 페니키아, 그리스 그리고 바이킹과 영국 등이 모두 그런 나라들이다.

본토 면적의 100배가 되는 식민지를 가지고 자국 영토에는 해가 지지 않는다고 자랑했던 영국의 번영은 영국의 어머니들이 이뤄 놓았다는 말이 있다. 영국 어머니들은 아이들과 식탁을 마주할 때 빵을 가리키면서 "이것은 무엇으로 만드느냐? 밀로 만듭니다. 누가 가져 오느냐? 선원들이 가지고 옵니다. 너희들은 누구를 존경하겠느냐? 선원들을 존경하겠습니다. 너희들은 커서 뭣이 되겠느냐? 선원이 되겠습니다." 이렇게 주고 받는 대화에서 영국의 어머니들은 아이들에게 해양 사상을 불어넣고 바다로 내보냈던 것이다.

■ 커서 선원이 돼라

어느 어머니도 사랑하는 아들을 험난한 바닷길로 내어보내고 싶지는 않았을 것이다. 그러나 나라를 위하여 아들과 헤어지는 아픔을 참아내는 장함이 영국의 어머니들에게 있었던 것이다. 또한 영국의 부모들이 아이들에게 주는 최초의 장난감은 전통적으로 배라고 한다. 아무 것도 모르는 젖먹이 어린아이에게 장난감 배를 주는 부모의 심정에는 "너도 커서 배를 타고 바다로 나아가 나라를 부강하게 해다오."라고 바라는 간절한 염원이 깃들어 있는 것이다.

우리 민족도 자랑스러운 해양의 역사를 가지고 있다. 신라 시대의 장보고는 황해와 남해의 해적을 퇴치하고 선박을 많이 만들어 일본과 중국을 종횡으로 누볐던 걸웅이었다. 정변으로 인하여 암살의 비운을 당하긴 했으나, 만약 그가 그런 비운의 최후를 맞지 않고 그의 활약이 더욱 확장되고 그 전통이 후대에 계승되었던들, 과대망상일지 모르나 오늘날 호주에서는 영어 아닌 우리나라 말을 쓰고 있었을지도 모른다. 민족의 해외웅비의 일대호기를 상실하고 만 셈이다.

그뿐인가? 우리는 위대한 바다의 성웅 충무공을 자랑하지 않을 수 없다. 노일전쟁 때의 해전에서 대승을 거둔 일본의 도고 장군에 대한 환영식에 많은 사람들이 그를 영국의 넬슨을 능가하는 대제독이라고 찬사를 보냈을 때 그는 자기는 넬슨에 필적될 수 있을지도 모르나 조선의 이순신 장군에게는 미치지 못한다고 이야기했다는 야화가 전해지고 있다. 우리 민족은 세계 제1의 위대한 제독을 탄생시킨 것이다. 앞으로도 충무공과 같은 위대한 제독이 또 탄생될 수 있고, 마땅히 배출돼야 한다. 상상컨대 충무공의 심중에는 모든 싸움을 이긴 후 그 여세를 구사하여 왜적의 본토까지 역습하여 나라의 한을 풀어보려는 비장한 작전도 숨겨져 있었으리라. 결국 하늘은 충무공의 전사로서 우리 민족의 해양개척의 웅대한 꿈을 꺾어버리고 말았다. 천추의 한이 아닐 수 없다. 더욱 아쉽기는 세계 최초의 무적 철갑선인 거북선의 유해 하나도 제대로 보존하지 못하고 있다는 것이다. 우리 민족의 보존 능력에 대한 일대 반성이 있어 마땅하다.

■ 전 인류의 관심 집중

오늘날 세계 인류의 관심은 해양에 집중되고 있다. 바다는 그만큼 무한의 가치가 있고, 인류의 마지막 자원이 바다에 있기 때문이다. UN에서는 해양법 초안을 마련하고 있고, 그 특색은 한마디로 자국의 바다를 많이 점유하겠다는 주장으로 일관하고 있는 느낌이다.

옛날에는 해양을 제패하는 자가 세계를 제패한다고 하였으나, 이제는 해양을 잘 이용하는 자가 부강을 누리게 될 것이다. 해운·수산·조선 등의 전통적 산업에 더하여 해양광물자원, 해양에너지 등의 미래 산업이 각광을 받게 될 것이다.

우리나라 근대 해운의 효시는 해방 직후로 볼 수 있다. 영에 가까웠던 상선대가 이제는 6백만톤으로 세계 제 19위로, 80년도의 해운 수입고는 약 19억 달러에 달하였다. 연간 움직이는 세계 화물의 총톤수는 40억톤, 세계 선박의 총톤수는 약 4억톤, 거래되는 운임은 약 1천억 달러이다.[1]

도서형 국가이며, 자원빈국인 우리나라가 공업대국으로의 꿈을 의도할 때 해운은 필수불가결한 산업이다. 세계로 굴러다니는 1천억 달러의 운임 중 우리가 얼마나 차지할 것인가는 우리 스스로의 노력과 역량에 있음을 상기해야 한다. 또한 우리 식탁의 단백질 공급원인 어류는 수산업의 발전에 기대할 수밖에 없다. 80년도 수산물 생산고는 250만톤으로 수출고는 약 9억달러에 달한다.[2] 어민소득증대, 복지어촌건설, 원양어업육성 등의 적극적인 정부 시책에도 불구하고 어촌인구는 감소일로에 있다고 한다. 후계자 양성을 위한 국민적 해양인식의 고취가 전개되어야 할 것이다. 또

---

1) 우리나라는 2012년 말 현재 710척의 국적선과 898척의 외국적선 등 총 1608척, 7970만 DWT의 상선대를 지배하여 세계 제5위의 지배상선대 보유국가가 되었으며, 2012년 한해 동안 344억달러의 운임을 벌어들였다.
2) 우리나라는 2012년 말 현재 원양, 양식, 내수면 등에서 318만톤의 수산물을 생산하여 23억달러를 수출하였다.

앞으로는 대규모의 재배어업이 발전할 것으로 예상되므로 연구와 보급이 요망되고 있다.

우리나라 공업분야에서 기적적 발전을 이룩한 것의 하나로 조선공업을 꼽을 수 있다. 수출선 수준량으로는 세계 제2위로, 건조실적으로는 제4위로 올랐으며, 연말의 수출액은 11억 달러로 예상되고 80년대 말에는 세계 1위로 오를 전망이다.3) 더욱이 조선공업은 200종에 가까운 다부문의 종합적 공업이므로 관련산업의 발전을 촉진하는 파급효과가 지대하다.

해양에는 조석·파랑 등 해수의 운동에 따르는 에너지와 해수가 가지고 있는 열에너지가 있다. 이같은 해양에너지 이용에 대한 적극적인 연구와 교육을 실시할 때가 시급하게 되었다. 선진국에서는 이미 조석 발전, 파력 발전, 해수의 온도차 발전이 실용화 단계에 있다고 한다.

아울러 해저와 그 지하에도 다양한 광물자원이 잠자고 있다. 해양자원 개발이란 지구 표면적의 71%를 점하는 광활한 바다의 자원을 조사하여 인간의 능력을 극대화하며 거기에 부존하는 무한에 가까운 자원을 개발·이용하려는 장대한 사업이다.

우리 민족의 잠재력을 다시 일깨워 새로운 인식의 차원에서 해양산업, 즉 해운·수산·조선·해양에너지·해양광물자원 등에 국민 모두가 참여와 슬기를 모아야 할 것이며, 그러기 위해서는 초등교육과정에 국사나 지리를 필수로 배우듯이 해양도 마땅히 필수로 배워야 할 것이다.

■ 선박은 영토의 일부

우리는 오랫동안 바다를 망각해온 민족이다. 가장 가까우면서 가장 멀리 보아왔던 우리들의 바다, 그 바다가 우리의 생존권과 함께 존재하는

---

3) 우리나라는 2012년 말 현재 수주 700만 CGT, 건조량 1200만 CGT, 수주잔량 2800만CGT를 달성하였고, 총 397억 달러를 수출하여 세계1위의 조선국이 되었다.

것이라면 우린 바다의 길로 뛰쳐나가야 하는 것이다. 바다를 경제적·과학적·생산적으로 배우고 개척하고 지켜야 하는 것이다.

우리들의 조상은 우리들에게 바다로 나가는 것을 가르치는 데 인색했지만, 이젠 우리 모두가 한 배를 타고 항해하는 공통분모가 되어 해양으로 나가야 한다.

국제법은 선박을 영토의 일부로 간주할 것을 허용치 않으나, 실질적인 인공의 부동(浮動)영토임을 알아야 한다. 그리고 바다를 어린이의 놀이터로 만들어주고 해양박물관도 만들어주자. 그리하여 바다에서 벼농사를 지을 수도 있다는 꿈을 꾸게 하자. 끝없이 뻗어가는 어린이의 공상에 바다의 꿈을 심어 주자.　　　　　　　　　　　〈부산일보, 1981.11.14〉

바다의 금메달을 쟁취하자

해운은 해양국가의 동맥이다. 국제수지의 개선·무역의 증진·국방력의 강화·연관산업의 발전·국민취업률의 향상 등의 기능을 가진 해운의 발전은 우수한 선원·우수한 선박·우수한 경영자·우수한 해운정책을 요건으로 한다. 한국경제에 있어서 해운은 모든 타산업에 선행하여야 하며, 해기원 육성기관의 충실은 한국경제발전에 직결된다.

한국의 해운은 아직 여명기에 있다. 긴 동면에서 깨어나 칩거의 구멍에서 이제 막 머리를 외계에 내민 자세이다. 그러나 여명기는 밝은 장래를 약속하고, 칩거에서 벗어나면 넓은 활동 영역이 기다린다.

작금 한국의 선복은 급증하였고, 항로는 확장되었으며, 하동량은 증가일로에 있고, 조선공업은 점차 본 궤도에 접근하고 있다. 한국해운의 태동이 시작되려는 것이다.

이 때에 바이킹의 용기와 성자의 인덕과 전능의 해기를 지닌 해기원이 아쉬움은 물론이다. 한국의 해기원은 우수하다고 한다. 그러나 우리는 이 말에 귀를 기울여서는 안된다. 이 말은 우리를 오만과 쇠퇴의 함정에 몰아넣은 사탄의 저주이다. 우리 해운의 빈약했던 과거에서 탈피하고, 세계사적 한국해운을 창조할 우리에게는 바다의 금메달을 쟁취할 때까지는 오직 이상과 의욕과 노력만이 있을 뿐이다.

스위스 하면 바로 시계를 연상케 하듯이, 한국 하면은 바로 뱃사람을 연상케 하도록 세계에서 가장 우수한 해기원이 되는 길로 똑바로 매진하자. 〈한국해양대학 교지 '한바다' 제3호, 1968년〉

해양과 청소년

사람은 자기가 하지 못한 것을 다음 세대에 기대한다. 부모는 자식에게, 나라는 그 청소년들에게 희망을 건다. 청소년은 내일의 주역이기 때문이다.

섬나라와 다름 없는 좁은 국토에서 살고 있는 현 시점에서 나라의 장래를 짊어질 청소년들에게 해운의 중요성을 충분히 인식시켜 훌륭한 인재들을 해운과 그 연관산업에 참여케 함으로써 우리나라 경제발전에 기여케 하는 일은 기성세대의 책임이며 의무라고 하겠다.

일찍이 선진 해양국들이 그 청소년들에게 해외진출의 기상을 불어 넣어 번영의 터전을 닦아온 데 반하여, 우리는 선조의 훌륭한 해양개척의 전통이 있음에도 불구하고 오랫 동안 폐쇄적 해양기피의 누습(陋習)에 사로잡혀 해양입국의 대계를 등한히 하여 온 과거의 수세기는 한스러운 시대였다. 아직도 우리 국민의 대부분은 바다를 문학의 소재로나 보는 경향이 짙으며, 경제적 · 과학적 시각에서 보는 데에는 소극적이라 하겠다. 직업이 선원이라는 이유로 결혼을 거절당하는 사례는 일단 수긍이 간다고 하더라도, 오랜 승선으로 인해 피곤한 몸으로 고국에 돌아온 외항선원이 아들과 딸에게 주려고 사온 조그만 장난감에 대한 지나친 통관상의 엄격이 선원 사기에 미치는 영향은 지대하다. 간혹 방화에 나타나는 소위 마도로스 생활의 왜곡된 저속한 묘사는 해양사상 고취에 크게 역행하는 것으로 다만 인식 부족을 한탄할 뿐이다. 법과대학 학생은 상법 분야 중 해상편 읽기를 꺼려하며 경제학도는 해운경제에 무관심하다. 이 모든 것은 해양사상의 저변의 협소에 기인하는 것으로 판정할 수 있다.

항구를 떠나 멀리 대양으로 나가는 아름다운 배의 모습을 바라보는 소년의 꿈은 자기도 크면 저런 배의 선장이 되어 보겠다는 것임에 틀림 없을 것이다. 군함을 견학하고 온 중학생의 가슴은 해군장교에의 동경으로 흥분하게 마련이다.

누구나 소년 시절에는 한번쯤 바다의 꿈을 안아 본다. 우리는 그 꿈을 껴지 말아야 한다. 소중히 간직하게 하여야 한다. 그 소년들이 커서 바다의 일에 모두 종사하지 않더라도 바다에 대한 관심과 이해를 가지고 배에 관한 지식을 충분히 습득하고 있으면 그만큼 해양사상의 저변은 확대되는 것이기 때문이다.

해양사상의 개념은 점차 확대되어가고 있다. 즉, 해운, 수산, 조선, 항만, 해양에너지, 해양지하자원 및 해양수호를 모두 포함한다고 하겠다. 이들에 관한 기초적인 이념을 초, 중, 고 교과서에 삽입하여 필수적으로 교육시킨다면 해양사상의 저변확대는 급속도로 이루어질 것이다.

선박에 사용되는 톤 수의 종류에는 여러 가지가 있으나, 일반적으로 선박의 크기를 나타낼 때에는 총톤수를 사용한다(유조선의 경우에는 적재중량톤수). 총톤수는 중량으로서의 톤수가 아니라 약2.8입방미터의 공간의 개념이라는 사실을 아는 사람은 선박관계자 이외에는 아주 드물다. 선박을 견학하러 온 사람이 으레히 묻는 것은 "이 배는 몇 톤이나 됩니까?"다. 총톤수 몇 톤이라고 대답하면 그것이 배를 저울로 달았을 때의 무게로 착각한다. 수출을 국시로 하는 우리나라의 종합무역상사의 선적담당 직원 정도라도 알고 있었으면 하는 배에 관한 상식이다. 어릴 때부터 장난감 배로 놀이를 하고, 학교에서 공작시간에 제 나름대로 배도 만들어 보면서 이름도 익히고 이론도 배우다가 커가면서 배의 경제성, 과학성에도 흥미를 가지게 하고 또 각종 해양스포츠를 통하여 바다에 친근해질 때 청소년의 해양인식은 더욱 강화될 것이다.

선진제국의 해상의 역사를 생생하게 보여주는 그들의 해양박물관을 부러워하기 전에 우리도 자랑스러운 선조의 해양유물을 찾아 모아 우리 고유의 해양박물관을 하루 빨리 설립하고, 청소년의 사기 진작에 도움을 주는 해양과학관을 지어 해양지식개발에 박차를 가하여야 할 것이다. 청소년의 여가활용을 위한 바다공간을 마련하여 바다를 익히고 사색하고 진취의 기상을 함양하여 사해로 약진하는 해양청소년을 육성하는 데 기성세대는 인색하지 말아야 할 것이다. 〈해양한국, 1981.12〉

해양법에서의 항행규정

1. 서

　해양의 중요성을 여기서 재강조할 필요는 느끼지 않는다. 우리들 스스로가 해양이라는 무대 위에서 살아야 한다는 숙명이 그 중요성을 명백하게 설명하고 있기 때문이다. 인류의 해양이용의 역사는 오래다. 자원의 생성·보유의 장소로서의 해양, 교통·통상의 요소로서의 해양의 가치에 대한 인식은 문화의 탄생과 그 연령을 같이한다. 영유의 대상으로서의 해양에 대한 욕구도 시대에 따라 또 국가적 이해의 시점에 따라 곡절이 많았다. 이제 그것이 하나의 국제적 질서 속에 마무리 되려는 전야에 있다.

　UN에서의 해양법 초안이 마련되기까지 거의 30년의 세월을 요했다. 길고 지루한 과정이었다. 인간의 해양에 대한 관심이 그만큼 크다는 것을 뜻하는 것이라고도 하겠다.

　이 글은 연구가 아니다. 해양법 초안 중에서 선박운항상 필요로 하는 극히 좁은 범위의 몇 가지 항행법적 규정을 소개하여 해운학도 전반에 약간의 도움을 주려는 데 불과하다. 먼저 간단히 해양에 관한 법의 역사부터 언급하였다.

2. 역사

　고대에는 국가가 해양을 영유한다는 사상은 없었다. 로마 시대에도 해양은 모든 국가의 공동의 사용물로서 만인에게 개방되었다. 중세에 이르러 해양영유의 주장이 싹트기 시작하였다. 해상교통이 빈번해지고 그것이 국가에 많은 이익을 가져다 주었기 때문이다. 이탈리아의 도시국가들과 스페인, 포르투갈, 그 후에는 영국이 해양영유를 주장하였다. 1493년 교황

알렉산더 6세는 스페인과 포르투갈 간의 해외영토분할을 정한 교서로서 스페인에게는 전 태평양과 멕시코만을, 포르투갈에게는 인도양과 대서양의 거의 전부를 지배할 권리를 주었다. 이것은 해안의 영유뿐만 아니라 외국인이 이곳을 항해하여 통상하는 것도 금하는 것이었다. 영국은 북해, 영국해협, 대서양의 일부의 영유를 주장하고, 이를 브리티시 해(British Sea)라고 불러 이곳을 항행하는 외국 선박은 허가를 받아야 했다.

해양의 영유에 대하여 반대 주장도 있었다. 영국은 계속적으로 자국 근해에 대하여는 영유를 주장하였으나, 대양의 영유에 대하여는 반대하였다. 그 가장 뚜렷한 예는 엘리자베스 여왕 때 드레이크 제독이 태평양 항해를 한 데 대하여 스페인은 자국권리를 침해한 것이라고 하여 영국에 배상을 요구했다. 1508년 여왕은 해양과 공기의 사용은 모든 인류에게 공동이므로 어떤 군주도 대양 항행의 자유를 막을 수 없다고 말하였다.

화란은 1609년에 <자유해론>(Mare Liberum)을 발간하였다. 그 동기는 화란의 자치령 동인도에의 통상로를 확보할 목적으로 포르투갈의 인도양 영유를 배격하고 자국을 옹호하기 위해서였다. <자유해론>은 동인도회사의 법률고문으로 있던 그글티우스(Grotius)가 인도양에의 화란선의 통항을 방해한 포르투갈 선의 나포사건에 대하여 그 나포의 정당성을 제시할 목적으로 저작한 <포획법론>(De Jure Praedae)의 일부였다.

그러나 그로티우스의 주장은 전 해양의 자유가 아니라 근해에 대한 연해국의 영유는 인정한 것이었다. 그로티우스의 이론은 국제적 정치와 경제에 중대한 이해관계가 있었으므로 반대론도 많이 있었다. 영국의 셀던(Selden)은 1635년 <폐쇄해론>(Mare Clausum)을 저술하여 그로티우스를 논박, 해양의 영유를 주장함으로써 영국의 입장을 옹호하였다. 그로티우스와 셀던의 논쟁은 순수한 학문적 목적 뿐만 아니라 다분히 정치적 동기로부터 나왔다고 할 수 있다.

그러나 신대륙이 발견되고 인도 항로도 개척되어 이들 지방과의 통상이 필요하게 됨에 따라 해안도 자유로운 것이 바람직하다는 생각이 점차 강조되어 결국 그로티우스의 주장이 인정을 받게 되었다.

17세기 말에 이르러 해양영유의 주장이 포기되고 해안으로부터 일정한 범위의 비교적 협소한 해면에 대하여만 영유를 주장하게 되었고, 18세기 중엽에 이르러서는 제국의 관행과 학설도 공해자유의 제도와 영해제도를 인정하게 되었다. 19세기에 들어서면서 그때까지의 불문율의 해안관습법을 국제적 형태로 성문화하고자 하는 시도가 각 국제적 학계로부터 시작되었다.

그 후 국제연맹은 국제법 편찬회의를 개최하였으나, 영해제도에 있어서 영해폭에 관한 견해의 불일치로 인하여 구체적인 성과는 거두지 못하였다. 다만 국제법학회 등이 해양의 일반제도에 관하여 토의를 계속 추진하였으나, 제2차대전 전야의 불안으로 일반에 관심으로부터 멀어지고 말았다. 제2차대전 후 UN은 1947년의 총회의 결의에 따라 국제법의 점진적 발전과 그 법전화를 임무로 하는 국제법위원회를 구성하고, 여기서 작성한 해양법 초안을 가지고 1858년 2월 28일 제네바에서 제1차 UN해양법회의를 개최하여 약 2개월간의 심의 끝에 4개의 협약을 결의하는 데 성공하였다. 즉 ① 영해 및 접속 수역에 관한 협약, ② 공해에 관한 협약, ③ 어업 및 공해 생물자원의 보존에 관한 협약, ④ 대륙붕에 관한 협약 등이 그것이다. 그러나 가장 기본적인 영해의 폭에 관한 문제는 해결을 보지 못하고 1960년 제2차 UN해양법회의를 개최하여 이 문제를 심의하였으나 결국 아무런 실제적 결론도 얻지 못하였다.

60년대는 해양법의 전환기라고 할 수 있다. 그것은 제네바 해양법 협약의 재검토와 해저개발에 대한 새로운 관심이 대두하게 되었기 때문이다. 67년에는 UN해저평화이용위원회가 구성되었고, 68년부터 70년까지에는 주로 해저제압(海底制壓)에 대한 심의를 거쳐 대륙붕 이원(以遠)의 심해해저의 국제관리라는 방향이 결정되었다. 1973년 12월에 뉴욕의 UN본부에서 제3차 해양법회의의 제1회기가 개최된 이래 1980년 11월 제9회기에 이르기까지 허다한 회의를 거듭한 끝에 9월 22일 현재의 해양법 초안이 그 윤곽을 나타냈다. 오랫동안 논란의 대상이었던 영해의 폭도 12해리로 결정되었다.

여기서 잠시 영해의 폭에 관한 역사를 살펴보는 것도 흥미로울 것이다. 많은 선진해양국은 오랫동안 3해리를 고수하여 왔으나, 이 3해리설은 빈케르스후크(Bynkershoek)가 제창한 탄착거리설에 연유한다. 그는 <해양의 지배에 관하여>라는 저서에서 "육지의 권력은 무기의 힘이 그치는 곳에서 그친다"라는 사상을 기저로 하여 대포의 탄착거리로서 영해의 범위를 결정코자 하였다. 그 뒤 이탈리아의 갈리아니(Galiani)가 1782년 당시의 대포의 사정거리가 3해리였으므로 영해의 범위를 3해리로 할 것을 제의하였다. 여기에 탄착거리와 3해리의 혼동이 야기되었다. 그 뒤 역시 이탈리아의 아주니(Azuni)가 18세기 말에 대포의 사정거리에 관계없이 3해리라는 숫자로써 영해의 범위를 고정시키자는 주장을 함에 이르러 다수의 국가의 실행 및 조약에 채용되게 되었다. 그밖에도 항해거리를 기준으로 1일 항해거리설, 2일 항해거리설 또는 육안으로 볼 수 있는 수평선까지의 거리를 기준으로 하는 육안설도 있었으나, 이들은 여러 가지 모순을 내포하고 있어 스스로 망각되었음은 당연하다 하겠다. 제2차대전후의 경향으로 군함의 자유로운 행동의 확보를 위하여 넓은 공해와 좁은 영해를 유지코자 하는 선진해양국과 12해리까지 영해를 확대코자 하는 개발도상국 및 사회주의국가 간의 대립이, 24해리 이내의 국제해역에 있어서의 군함, 군용기의 통과의 자유를 조건으로 영해의 폭이 12해리로 낙착된 것은 해양법의 조속정립을 위하여 다행이라 하겠다.

3. 항행규정

선박이 외국의 평화 또는 안전을 해치지 않고 그 영해를 통과할 수 있는 권리를 무해통항권(right of innocent passage)이라고 한다. 외국 영해 내에서 군사적인 행동을 취하여서는 안될 것은 물론이고, 세관, 재정, 출입국 관리 또는 위생에 관한 규정을 위반하거나 오염, 어업, 측량, 통신방해 등의 행동은 당연히 금지된다.

영해의 범위를 제정하는 기준이 되는 선을 기선이라고 하고, 기선의 육지쪽 구역을 내수라 하며 내수로서는 하천, 호소(湖沼), 운하, 만, 내해, 항 등이 포함된다. 내수에서는 무해통항권이 인정되지 않는다.

영해는 연안국의 주권하에 있고, 공해는 어느 국가의 지배에도 굴하지 않는다. 그러나 12해리의 좁은 범위의 영해에 한해서만 연안국의 주권이 미친다면 연안국의 이익의 보호를 위하여 충분하다고는 할 수 없다.

따라서 해양법 초안은 영해에 인접한 공해상에 영해의 폭을 측정하기 위한 기선으로부터 24해리를 넘지 않는 폭으로 관세, 재정, 출입국관리 또는 위생상 규칙의 위반을 방지하고 처벌할 수 있는 수역을 설정하는 것을 인정하고 있다. 이를 접속수역(Contiguous zone)이라고 한다. 인접수역이 제도화되는 데에 주류가 관계되어 있다는 사실은 재미있다. 1920년대 당시 금주를 그 방침으로 삼고 있던 미국은 영해 3해리 밖에서 주류 거래가 행하여지고 있는 것을 묵과할 수 없어 우선 영국에 대하여 연안 12해리 이내에서는 상호 상대선을 점검할 수 있도록 조약을 체결하자는 제안하에 1924년 소위 영미주류단속조약(Anglo-American Liquor Treaty)가 성립되었다. 즉 영해 밖의 공해상에서 미국의 주류에 관한 국내법을 범하고자 하는 영국 선박을 미국이 수색하고 억류할 수 있게 된 것이다. 이것이 동기가 되어 접속수역의 제도화가 확립되었다.

내수나 영해에서 범법을 하고 도주하는 선박을 추적하는 것은 연안국의 당연한 권리이다. 이 추적은 외국선박 또는 그 단정이 추적국의 내수, 영해 또는 접속수역에 있는 때에 개시하여야 하며 또 중단되지 않는 한 접속수역 밖에서도 계속해서 추적을 할 수 있다. 또 영해 또는 접속수역에 있는 외국선박이 정선명령을 받았을 때 그 명령을 발한 선박도 같이 영해 또는 접속수역에 있을 필요는 없다. 추적권은 피추적선이 자국 또는 제3국의 영해에 들어가면 소멸된다.

모든 선박은 국제해협에서 통과통항권(right of transit passage)을 가진다. 이 통과통항권을 행사하는 동안에는 지체없이 통과하여야 하며, 국제해상충돌예방규칙을 비롯한 기타 안전을 지켜야 하며, 통항분리방식이 있는 곳에서는 당연히 그것에 따라야 한다.

선박은 일국의 국기만을 게양하여야 하고, 그 국기가 선박국적증서의 국적과 일치하여야 함은 두말할 필요도 없다. 공해상에서는 항행의 자유가 있고, 조난자에게 원조를 제공할 의무가 있다.

국적이 상이한 2척의 선박이 공해상에서 충돌하면 어려운 문제가 생긴다. 승무원에게 형사상 또는 징계상의 책임이 있을 때에는 그 절차는 그 선박의 기국 또는 이들이 속하는 국가의 사법당국 또는 행정당국만이 취급할 수 있다. 선박충돌에 관한 형사재판관할권에 관한 유명한 사건으로서 '로터스(Lotus)호 사건'이라는 것이 있다. 1826년 8월 2일 프랑스 선 로터스(Lotus)호와 터키 선 Boz-Kourt 호가 공해에서 충돌하여 Boz-Kourt 호가 침몰하여 8명의 터키 선원이 사망하였다. 로터스(Lotus) 호가 항해를 계속하여 콘스탄티노플에 입항하였을 때 터키 정부는 로터스 호의 당직사관과 Boz-Kourt 호의 선장을 과실치사죄로 기소하였다. 프랑스 정부는 이에 항의하여 선내의 행위에 대하여는 선박의 본국이 배타적으로 재판관할권을 갖는다고 주장하였다. 사건은 상설국제사법재판소(현재는 국제사법재판소, International Court of Justice)에 회부되었다. 이 재판소의 판결은 국가의 영토 밖에서 생긴 범죄에 대하여는 국가나 자국영토에서 재판을 행할 수 있다고 하여 터키의 재판관할권을 인정하였다. 그 후 로터스 호 사건의 판결에 반대하는 경향이 강하여 1952년 브뤼셀 외교관회의에서는 '충돌로 인한 형사재판관할권에 관한 협약'을 체결하고 가해선의 기국에 있는 것으로 규정하였다. 이것은 로터스 호 사건 당시의 프랑스 측의 주장을 채용한 것이며, 이는 그대로 해양법 초안에서도 채용되었다. 그것은 국제통상과 항해를 위축으로부터 보호하고자 한 것이다.

선박을 부동영토(floating territory)라고 하는 설이 있다. 선박에는 기국의 배타적 지배가 미친다는 뜻에서의 주장이나 지금은 통용되지 않는다. 이 문제에 관한 판례로서 Wong Ock Jee 사건이 있다. 미국에 사는 어느 중국인의 (재 중국) 미성년 자식이 부모와 동거하기 위하여 합법적인 입국서류도 받고 중국에서 미국 선박에 승선하여 출발하였으나, 시애틀에 도착하기 하루 전에 성년이 되어 버렸다. 그가 이미 미성년이 아니라는 이유에서 입국을 거절하였다. 재판의 결과 판결은 '어느 조약이나 사회도 외국 영해에서든 또는 공해에서든 간에 미국 선박에 승선하였을 때 미국에 입국하는 것으로 간주된다는 사상을 암시하지 않는다'고 하였다.

선박이 영토의 일부라면 그 주위에 영해를 가져야 한다는 모순된 결과를 초래하게 된다. 선박의 부동영토설은 비유에 불과하고 법으로서의 표현은 아니라고 하겠다. 〈한국해양대학 교지 '한바다' 제15호, 1981〉

해운사의 교훈

1. 서언

산을 타다가 길을 잃으면 등성이로 올라가고, 공부를 하다가 막히면 시대를 거슬러 올라가 역사를 더듬어 보라는 선각들의 교훈에 따라 우리 해운인들도 해운사의 줄거리를 회고해 봄으로써 새로운 교훈을 얻고자 한다.

교단에서 해양대학생들을 가르쳐 본 경험에 의하면 항해학, 기관학 등 전공과목을 열심히 가르치는 것도 중요하지만 가끔 과거에 활약했던 유명한 항해사나 해운 기업가들의 훌륭한 업적을 소개하여 학생들의 학업에 대한 열의와 사기를 앙양시킬 수 있다는 사실을 관찰하게 되었다.

이를 감안하여 우리나라 해운의 성장 추이와 국제해운의 역사를 회고하여 봄으로써 해운산업 최고경영자 여러 분의 기업에 대한 열의와 의욕을 북돋아 불황에 직면하여 어려움을 겪고 있는 해운산업계에 도움이 되었으면 한다.

2. 한국해운의 성장 추이

60년대 초 한국해운은 국적선 15만톤에 불과한 보잘 것 없는 실정이었다. 그러던 것이 오늘날 국적선 보유선복량 600만톤을 돌파하는 중진해운국으로 부상하게 되었다. 이처럼 급성장하게 된 원인은 물론 해운기업인의 노력이나 정부의 지원에도 기인하지만, 그 절대적인 공로가 선원(해기사)에게 있었음은 부인할 수 없다.

과거 60년대 초 우리 해운계는 100명의 해양대학 졸업생 중 겨우 10명 안팎만이 선원직에 취업할 수 있는 정도였다. 그러므로 대부분의 졸업생들이 육상의 다른 직종에서 근무해야 했다. 그러나 그들은 선원으로서의 장래를 예견하고 스스로 해기사 면장을 취득하는 등 승선을 위한 노력을 아끼지 않았다. 그 후 해외취업의 문이 열리자, 그동안 육상의 각 직종에서 근무하던 해양대학 졸업생들이 외국의 우수한 선사의 선박에 승무하여 고도의 경영능력과 충분한 승선경력을 쌓게 되었다. 이것이야말로 한국 해운의 도약을 위한 밑거름이 되기에 충분한 것이었다.

50-60년대의 한국 해기사들은 1항기사의 봉급이 겨우 쌀 한가마니 값의 수준인 저임금과, 그나마 7-10년이 경과해야 1항기사가 되는 역경 속에서도 왕성한 책임의식으로 맡은 바 소임을 성실히 수행하였다. 예를 들면 어떤 1등항해사는 갑판에 적재한 물소가 운송도중 바다에 빠지자 로우프를 몸에 매고 바다 속에 뛰어들어 건졌던 사례도 있었으며, 어떤 기관장은 탱커의 기관실에 멍석을 깔고 그 자리에서 숙식을 하며 과도유출이나 메인티넌스(maintenance)를 점검하고 선원들을 독려한 끝에 99.8% 항해율을 올려 유럽의 선주들을 놀라게 한 사실도 있었다. 또한 한국 해기사들은 외국 선박을 운항하면서 운항상 위기에 봉착할 때마다 경험과 기지로써 그 위험을 해결한 사례는 허다하다. 그러므로 외국의 선주들은 한국 해기사들의 우수성과 책임감을 높이 평가하게 되었다. 이것이 그 당시 한국의 해기사상이었다.

그러나 지금은 그러한 해기사상을 찾아보기가 힘들다는 얘기를 듣는다. 그 이유는 수급의 불균형으로 인한 승진기간의 단축을 들 수 있다. 과거에는 3등항·기사의 복무기한이 3-4년이던 것이 지금은 1년이면 끝나게 되어 있고, 2등, 1등 항·기사도 마찬가지이므로 전반적인 해기사의 자질 저하를 초래했다. 과거의 해기사상과 비교해 볼 때 우리는 지금의 상황에 생각해 볼 점이 많다는 것을 알아야 한다.

3. 크롬웰의 항해법

1661년 영국의 크롬웰이 자국 해운을 보호하기 위해 항해법을 공포하였다. 그러나 그것이 제대로 시행된 것은 1660년대부터였다. 그 내용을 요약하면 "영국 본토와 영토(식민지)로부터 들어오는 물자는 영국 선박을 사용해야 한다. 또한 영국 선박은 그 선박의 승무원의 4분의 3이 영국 국민이어야 한다"이다. 항해법은 해운과 무역에 대한 철저한 보호주의정책으로서 그 당시 거의 완벽한 차별입법이었다. 1846년에 이르기까지 약 180여년 이상을 경과하는 동안 다소 결함을 노출하기도 했는데, ① 비보호무역에는 큰 도움을 주지 못했고, ② 선복을 많이 보유해야 하며, 운항비가 많이 지출된다는 점이다. 또한 차별입법이 제정되면 그에 대항하는 입법도 제정되게 마련이어서 스웨덴, 프랑스, 노르웨이에서도 영국의 항해법과 유사한 법을 제정하여 영국과 대항하였다. 영국은 두 차례의 수정을 거쳐 마침내 1846년에 항해법을 폐지하게 되었다.

현재 영국은 해운자유주의를 표방하고 있으며, 세계 주요 해운 선진국들은 해운자유의 원칙이야말로 인류에게 복지를 가져다 주는 원활한 무역의 원동력이라고 주장하고 있다. 그러나 개발도상국은 선진해운국에 비해 선대나 자본의 규모에서 상대가 되지 않으므로 자연히 보호주의와 국가차별주의로 대항할 수밖에 없다. 미국처럼 선진국가이면서도 해운보호주의를 지향하는 예외도 있다. 우리나라도 해운을 육성시키기 위해 국가차별정책 등 보호주의로 나가고 있다.4) 그러나 해운협정이라는 호혜원칙에 의해 그 효력을 조금씩 수정해 나가는 추세이다. 현재 선진 해운국에서는 구체적인 대항입법을 제정하지는 않았지만, 개발도상국의 국가차별주의를 위협하고 있다. 이에 대해 어떻게 우리 해운을 보호하며 또한 선진 해운

---

4) 우리나라는 IMF 위기 이후 해운에 관한 모든 차별정책을 철폐하였다.

국의 대항입법에 어떻게 대처해 나아갈 것인가가 중요한 과제이다.

4. 제1차 세계대전 당시의 불황

제1차 세계대전을 앞둔 유럽의 각 나라들은 심한 불황에 직면하였다. 그 중에서도 해운의 불황은 극에 달했다. 많은 선사와 선대를 보유한 해운대국 영국은 더욱 어려움이 많았는데, 영국은 해운기업의 경쟁력 강화를 위한 방안으로 군소기업의 대단위화를 골자로 한 과감한 기업합병을 단행하였다. 즉 5개 대형선사(Big Five로 칭함. 뒤에 1개 선사가 추가되어 6개 선사-Big Six-로 됨)를 중심으로 집약시켜 합리적인 경영체제와 고도의 경영능력으로 활로를 모색할 수 있었다.

우리나라도 해운기업의 영세성 탈피, 상호간의 과당경쟁 억제 및 국제경쟁력 강화를 위해 대형화시켜야 한다는 주장이 높아 해운항만청에서도 이를 검토 중에 있다. 불황을 대비해 자발적으로 기업의 합병을 추진하는 것은 건전한 해운기업 육성을 위해 바람직한 것이기도 하다. 1910년대의 합병의 방법으로는 주식의 수수 등이 가장 많이 사용되었다.

제2차 세계대전이 발발되기 직전에 독일도 60% 이상의 모든 해운기업을 10개의 중핵선사로 합병하여 푸울제도(pooling system)를 시행, 대단위화 하였다. 전쟁 전 약 500만톤의 상선대를 보유하던 독일 해운계가, 전쟁이 끝나던 1918년에는 42만톤이 잔존했었으나 기업의 대단위화 이후 3~4년 동안에 다시 250만톤의 상선대를 보유하는 놀라운 성장을 보였다. 이 점은 물론 연방정부의 효율적인 지원도 있었지만, 집약화된 독일의 해운기업이 얼마나 합리적으로 경영되었는지를 보여주는 것이기도 하다.

제1차 세계대전이 끝난 후 영국 해운계에는 큰 불황이 닥쳐 선원이 실직하는 사태가 벌어졌다. 그때 어떤 선주가 그 선원들을 고용하여 어려운 가운데도 운영하였는데, 제2차 세계대전이 발발하자 그 선원들을 유용하게 활용하여 전쟁을 승리로 이끄는 계기가 되었으므로 전쟁이 끝난 후 선주는 왕실로부터 작위를 받기도 하였다. 또한 노사문제에 있어서도 외국처럼 파업이나 쟁의로 일관하지 않고 노사협의회에 의해 노사문제를 처리하여 영국 해운을 발전시키는 원동력이 된 사례도 있다.

현재 우리나라 해운계의 문제점의 하나는 해기사의 직장 이동을 들 수 있다. 약간의 봉급 차이로도 철새처럼 옮겨 다녔고, 출항 몇 일을 앞두고도 직장을 옮기는 선원이 생겨 곤란을 겪는 선주들도 많았다. 해기사들은 '해기사를 위해 해운계가 존재하는 것이 아니라 해운계를 위하여 해기사가 존재한다'는 사실을 명심해야 한다. 우리 해운계가 더욱 발전하기 위해서는, 더욱이 불황에 직면하고 있는 우리 해운계로서는 해기사의 표준임금제 실시를 고려해 볼만하다.

해기사 양성기관에서는 해기사 수요의 20%를 초과 배출시켜 해기사 수급에서 빚어지는 자질저하와 고임금화를 막을 수 있다. 왜냐하면 고임금화는 결국 외국의 저렴한 선원에게 취업의 기회를 탈취당하는 결과가 초래되기 때문이다. 사실 교육기관이 해기사들의 자질을 향상시키는 데는 한계가 있다. 그러므로 해기사 졸업정수를 높이는 등의 정책적인 방안이 강구되어야 한다.

5. 제2차 세계대전 당시의 불황

제2차 세계대전 당시 영국의 황태자가 상선대의 장관직(Minister of Merchant Navy)을 맡았다. 이 사실은 황태자가 선원들의 수장이라는 자부심을 갖게 했다. 지난 예를 보면 해운의 날에 선원들이 수상자로 선정되는 경우는 드물다. 선주와 선원은 불가분의 관계로, 선주에게만 상을 수여할 것이 아니라 선원에게도 상을 수여하여 사기를 진작시켜야 한다. 영국은 2차대전이 끝난 후 선원들의 복지를 위해 온 국민이 노력하여 지금도 해운 선진국의 위치를 고수하고 있다.

1차대전 후 각국은 침몰된 선박을 보충하기 위해 조선소 시설을 복구시켜 많은 선박을 건조하였으므로 14%의 선복과잉상태를 빚어 세계 해운계는 갑자기 불황의 늪으로 빠져들었다. 이때 노르웨이 탱커 선주들은 과감하게 푸울 제도를 도입하여 이 불황기를 극복했다. 그러므로 분산될 때는 약하지만 연합할 때는 강력해진다는 교훈을 얻을 수 있었다.

2차대전이 끝난 후 1957-58년은 큰 불황의 시기였다. 이를 극복하기 위한 노력으로 일본은 1964년 해운기업의 집약화를 시도하여 선진 해운국의 토대를 닦기 시작했다. 일본은 독특한 국민성으로 인해 과거 영국과 독일이 시행해 왔던 방식을 도입, 급속도로 해운을 발전시켰다.

우리나라도 분산되어 약화되어 있는 해운 기업을 몇 개 혹은 한 개의 해운주식회사로 연합하여 외국의 해운업계와 경쟁한다면 보다 빠른 시일 내에 선진 해운국으로 부상할 수 있을 것이다.

1964년의 유류파동이 시작되기 전 그리스의 선박왕 오나시스는 많은 선박발주를 포기하였다. 오히려 일본 선주들은 오나시스의 돌변한 태도에 의아해 하였다. 얼마 후 세계적인 유류파동이 시작되어 각 선주들은 엄청난 손실을 감수해야 했다. 오나시스는 이미 유류파동을 예견하고 있었다. 또한 남아연방은 중동의 아랍국가와 사이가 나빠 유류파동이 밀어닥칠 때에 헤어나기 어렵다는 사실을 감지하고 유류를 대량으로 구입하여 폐광된 곳에 탱크를 짓고 가득 비축하여 유류파동의 시련을 거뜬히 견뎌냈다.

해운기업에서의 정보야말로 기업의 사활이 걸리다시피 한 것이다. 우리나라 해운기업도 국제정보나 시황을 민감하게 수집하여 분석해야 할 것이다. '해운산업의 불황은 누가 가져오는가? 또 불황은 필연적인 것인가?'라는 질문을 받는데, 불황은 필연적이며, 또 불황은 호황이 가져 온다. 왜냐하면 호황시엔 선박수요에 의한 조선이 급격히 늘어 불황의 씨를 뿌리는 것이다. 따라서 불황을 없애려면 호황 때부터 불황을 예상하고 대책을 강구해야 한다. 그러기 위해서는 장기적인 계획 아래 선복량을 증감시켜야 한다. 물론 과잉선복을 해소하기 위해 국제간 공동계선방식이 있기는 하나 실행문제에 어려움이 많아 실효를 거두기 어렵다. 그러나 우리나라 해운업계만이라도 자발적인 공동계선과 기업합병이 가능하다면 우리나라 해운은 눈부신 발전을 기대할 수 있을 것이다.

인화문제로서 얼마전 미국의 피아노제작회사에서 스트라이크가 일어나 직공과 임원간에 분규가 발생, 험악한 상태에 이르렀다. 마침내 사태가 심각하여 직공들이 사장실로 뛰어들게 되었다. 그 때 사장 비서가 순간적인 기지로 '사람에게 harmony가 없으면 피아노에게도 조화가 없다'라고 커텐에 글을 써서 복도에 붙여 놓았다. 흥분한 직공들은 이 글을 읽자 흥분을 가라 앉히고 각자 업무로 돌아가 폐업의 위기를 넘기고 우수한 기업으로 성장했다고 한다. 이렇듯 인화란 너무도 큰 비중을 차지한다.

우리 해운계에도 내 회사만 잘 되고, 내 배만 화물을 가득 채우고, 나만 큰 돈을 벌고…하는 식의 무제한의 경쟁을 지양하고 다른 회사와 특성을 살려 조화시켜 나간다면 우리 해운계의 전망은 밝을 것이며, 우리가 염원하는 해운입국이 실현되리라 믿는다.　　　　　　　〈해양한국, 1982.7〉

배

고대인들이 나무토막, 나무열매, 잎사귀 또는 큰 조개껍질이 물 위에 뜨는 것을 보고 배라는 구조물을 고안해 냈으리라는 것은 쉽게 짐작할 수 있다. 이미 8천년 전에 이집트 사람들은 범선을 만들어 나일 강을 항해하였다고 주장하는 고고학자도 있다.

구약성서 창세기에 나오는 노아의 방주는 오늘날의 척도로 환산하면 길이가 약 137m, 폭이 약 23m, 깊이가 약 14m의 총톤수만 1만 4천여톤이나 되는 거대한 선박이었다. 그 방주가 지금 터키와 이란 국경 근처에 있는 아타랏산 약 4천미터 높이의 빙하 속에 묻혀 있는 것을 그 상공을 비행하던 한 비행사가 본 일이 있다는 기사가 있다.

약 4천년 전 바빌로니아의 함무라비 왕이 제정한 법전에는 약간의 해상 법적 규정이 있어 선박의 용선, 임대차, 운송인의 책임, 선장의 보수, 충돌 책임 등을 정하고 있다. 이 사실로 미루어 그 당시에 이미 선박은 운송수단으로서 보편화되어 있었다고 생각할 수 있겠다.

8세기부터 12세기에 이르리까지 유럽 도처에서 약탈을 일삼았던 스칸디나비아의 바이킹들은 돛과 노를 함께 쓰는 쾌속선을 사용하였고, 또 배에는 언제나 매와 까마귀를 길러 방향을 잃었을 때는 이들을 놓아 그 날아가는 방향을 보고 육지를 찾았다고 한다.

유럽에서는 바이킹이 해상을 장악하고 있던 9세기 중엽 우리나라에서는 신라의 장보고 장군이 서해의 해적을 진압하고 당나라, 일본과 교역을 활발히 하며 해상의 지배자가 되었으나 불과 10년이라는 짧은 기간 동안의 활동만을 남기고 애석하게도 피살되고 말았다. 그 당시의 배의 명세에 관하여는 지금 남아 있는 것도 없고 알 길도 없다.

우리가 세계에 자랑하고도 남을 충무공의 거북선 실물이 지금 한 척이라도 남아 있다면 그것만으로도 훌륭한 해양박물관을 차릴 수 있을 것이다. 지금부터라도 우리는 후손을 위해서 역사적 유물을 고이 보존하는 노력을 게을리해서는 안되겠다. 〈부산일보 1985.9.23〉

닻의 정신

■ 달라진 부인들 태도

10년 전 일이다. 해운계의 원로급 선장·기관장의 부인들이 배로 제주도 관광을 나선 적이 있었다. 갈 때에는 바다가 강물처럼 잔잔하였다. 모처럼의 배 여행을 마음껏 즐긴 끝에 "영감님들은 늘 혼자서만 호강하시는 군요!"하고 불평을 털어놓았다. 남편들이 항상 경치 좋은 바다를 다니는 데 반하여 자기들은 살림하느라고 집에서 고생만 하고 있다는 것에 대한 은근한 저항이었다.

돌아올 때가 되었다. 갈 때와는 달리 바다가 사나워지기 시작했다. 심한 롤링(rolling)과 피칭(pitching)으로 배가 금시 물속으로 들어가는 것만 같았다. 먹기는커녕 누워서 눈도 못뜰 지경이었다. 오장육부가 뒤틀리는 듯한 큰 고통이었다. 돌아온 후의 이야기는 "영감님들이 고생해서 벌어다 주는 돈 아껴서 잘 씁시다"로 바뀌었다. 원로 선장·기관장 부인다운 진실한 결론이었다. 이 정신은 지금도 우리나라 선원 부인들의 마음의 길잡이로 건재하고 있을 것이다.

선원 근로의 특성으로서 다음과 같은 점을 들 수 있다. 즉 태풍과 같은 자연의 위협을 받으면서 이와 싸우지 않으면 안되는 위험성, 육지와 멀리 떨어져 광막한 대양에서 모든 비상사태를 자기 힘으로 해결하지 않으면 안되는 고립성, 기후의 격변을 참으면서 날마다 그 위치를 달리하는 이동성, 항해 중에는 선박이라는 제한구역 내에서 생활하여야 하는 장소 한정성, 밤에도 휴일에도 항해당직을 하지 않으면 안되는 근로의 불규칙성, 고귀한 인명과 고가의 선박 및 화물의 안전을 위한 책임의 중대성, 안전항해의 수행상 필연적으로 요구되는 질서 유지를 위한 규율성, 부모가 사망하거나 처자가 병으로 신음하여도 항해 중에는 어찌할 방도가 없는 이가 정성, 사회적 동물인 인간으로서 사회활동을 완전히 저지당하는 이사회성, 생리적 욕구의 충족을 제한 받은 부자연성, 신선한 식료와 음료수의 혜택을 받지 못하고 항해 중에는 동요하는 선상에서 침식하여야 하는 비건강성 등이다.

■ 중진 해운국

선원들은 이와 같은 특성을 지닌 환경 속에서 생활해야 하는 것이다. 그러나 한국 민족은 해상생활에 적응하는 탁월한 자질을 가지고 있어 짧은 해운 역사의 흐름 속에서도 국제적 수준의 기량을 닦아 이미 확고한 전통을 세워 놓았다. 한국 선원의 용기와 기지와 희생정신을 나타내는 일화는 헤아릴 수 없이 많다.

예를 들면 태국에서 무소를 싣고 귀국하는 해상에서 배 밖으로 뛰어나간 소들을 건지기 위해 로프를 몸에 감고 헤엄쳐 가서 소들을 묶어 크레인으로 건져 올린 용감한 1등 항해사도 있었고, 북태평양을 항해 중 황천을 만나 금이 간 선체를 포기하지 않고 화물 선창의 둘레에 와이어 로프를 있는대로 다 감고 무사히 미국까지 항해를 완수하여 격찬을 받은 명선장도 있었고, 물에 빠져 위험에 처한 부하를 구조코자 겨울 바닷물에 뛰어들어 함께 순직한 젊은 3등 항해사도 있었고, 대형 탱커의 기관보수를 항해중 해상에서 실시하여 운항실적을 100% 가까이 올려 국제적으로 큰 화제에 올랐던 명기관장도 있었다.

이와 같은 업적이 쌓이고 쌓여서 오늘날 세계 15위(2012년 현재는 5위)의 중진 해운국으로 발돋움하는 데에 밑거름이 되었다고 해도 과언은 아닐 것이다. 그러나 여기서 잊어서는 안될 것은 선원인 남편을 고무하고 위로하면서 고생을 참고 기다린 한국 선원 부인들의 부덕이 없었다면 해운 발전의 척도는 달라졌을지도 모른다는 사실이다. 선원 부인의 생애는 기다리는 생활의 연속이다. 짧게는 몇 달에서, 길게는 몇 년까지 기다리고 또 기다려야 하는 것이다.

■ 기다림의 부덕 쌓아

남편을 바다로 보낸 후의 공허감을 억누르면서 자녀교육을 비롯한 집안일로부터 집 밖의 일까지 혼자서 해야 하는 괴로움과 외로움을 견디어내야 하는 것이다. 남편이 돌아왔을 때의 보다 더 큰 기쁨을 희망으로 삼고 수도자적 인내로써 1인2역의 무거운 짐을 져야 하는 것이다. 어떤 노선장의 부인은 결혼생활 30년 동안 20년을 기다리는 생활로 보냈다는 분도 있었다.

이 어려운 기다림의 고통을 이겨냈기 때문에 한국 선원 부인의 부덕은 높이 평가되고 존경을 받으며 결과적으로 나라의 해운 발전으로 직결되었던 것이다. 선원 가족을 존중하는 사회풍토가 조성되어 선원 가족됨이 명예와 긍지로 간주될 때 해양사상 고취의 성과는 더 크게 기대할 수 있을 것이다.

선원들 간에 쓰이는 교훈적인 말로 Anchor Spirit란 말이 있다. 닻의 정신(닻얼)이란 뜻이다. 배의 닻은 물밑 땅 속에 푹 파묻혀서 선체가 떠내려가지 않도록 꽉 붙들고 있는 것이 그 역할이다. 비록 닻 자체는 작으나 그 힘은 커서 큰 선체를 안전하게 떠있을 수 있게 하고, 그것도 물 속 깊이 아무도 보지 않는 곳에서 행하고 있다는 점에서 미덕의 대상이 된다. 다시 말해서 '닻의 정신은 보이지 않는 곳에서 행하는 선원의 정신'이라고 할 수 있다. 항구를 떠난 선원도 망망대해로 나가 육지로부터 보이지 않는 곳에서 낮에도 밤에도 목적항을 향해 달리는 것이므로 '닻의 정신'의 실행자로 볼 수도 있다. 보이지 않는다고 망각할 것이 아니라 보이지 않기 때문에 더 관심을 가져줘야 하지 않겠는가?

■ 육해공군 다음으로

만약 우리나라에 외항선이 한 척도 없다고 가정하면 어떻게 될 것인가라는 문제는 흥미롭다. 첫째, 연간 22억 달러를 외국상선에 지불하고 있는 것에 더하여 20억 달러 이상을 더 지불하지 않으면 안된다. 다음에는 수출입 화물의 수송체계가 혼란을 빚게 된다. 결과적으로 우리나라 경제는 침체하게 된다. 만약 전쟁상태라도 발발한다면 그 때는 치명적이 될 것이다. 제2차대전 당시 아이젠하워 장군은 미국 상선대를 일컬어 제4군이라고 하였다.

육해공의 3군에 더하여 그 작전 수행에 필요한 군수물자 수송의 임무를 맡는 상선대도 당연히 군의 지위와 같다는 뜻으로 그렇게 불렀을 것이다. 우리나라의 경우도 일조유사시에는 상선대가 제4군의 역할을 하게 됨은 두말할 나위도 없다. 상선대의 확보가 필연적이라면 그 상선대를 운항할 선원들의 확보도 또한 필연적이어야 한다. 여기에 선원들이 소중히 여김을 받아야 할 의의가 있다고 하겠다.

■ 안보 · 경제 중요 부분

안보와 경제적 차원에서 해상세력의 확보가 요청된다. 이 해상세력을 영어로 Sea Power라고 한다. 고전적 의의로서는 해군력만을 가리키는 것이었으나, 그 뒤 상선대의 중요성의 증대에 따라 군함과 상선의 양자를 포함하게 되었고, 최근에는 해군기지와 항만도 포함하는 개념으로 확대되어 바다에 관련되는 모든 시설이 해상세력의 범주에 속한다고 하겠다. 6.25 당시 유엔군 사령부는 주한 전투사령관에게 부산항을 사수하라는 지시를 내렸다고 한다. 항만의 중요성에 입각한 지시였음은 문외한에게도 쉽게 납득이 간다.

만약 그때 부산에 항만시설이 없었거나 파괴되어 있었다면 전쟁의 양상이 달라졌을지도 모를 일이다. 전시에는 국가 안보를 위하여, 평화시에는 나라의 경제발전을 위하여 활동하는 상선대와 이를 운항하는 선원의 중요성에 대하여 더 재론할 필요를 느끼지 않는다.

다만 지하자원은 적고 인적자원은 풍부한 우리나라의 현실에 비추어 우수한 선원을 더욱 더 많이 육성하여 해상세력의 일익을 담당할 상선대의 확충에 이바지 하게 하고 동시에 중요한 외화가득의 수단인 해외취업선 분야도 더 개척하여 선원기술수출로 경제발전에 공헌케 함은 아무리 강조하여도 지나치지는 않을 것이다.　　　　　　〈부산일보 1981.12.16〉

선장

선원이라는 말이 있고 또 해원이라는 말이 있다. 두 말은 약간 그 뜻이 다르기 때문에 법적으로는 구별해서 사용해야 한다. 선원법에 따르면 선원이라 하면 선장을 포함해서 배 안에서 근로를 제공하는 자를 말하고, 해원이라고 하면 선장을 포함하지 않는 그 이외의 자들만을 가리킨다. 이렇게 구별하게 된 것은 연혁적으로 선장은 선주의 대리인의 권한을 가진다는 근거 때문이다.

선장은 선박의 운항 관리에 대하여 책임을 지는 선박 내에 있어서의 최고의 책임자다. 선장은 해원을 지휘 감독하며 배안에 있는 자에게 선장의 직무를 수행하기 위하여 필요한 명령을 할 수 있다. 만약 해원이 선장의 합법적인 명령에 복종하지 않으면 그를 징계할 수 있다. 징계는 훈계, 상륙금지 및 하선 등이다. 이렇듯 선장에게 징계권을 부여한 것은 위험한 해상에서 인명과 재산의 안전을 확보하고 사회의 공공시설로서의 선박의 기능을 다하도록 하는 데에 있다.

인간 역사에 큰 영향을 미친 사람들 가운데에는 항해가, 즉 선장이 많다. 1492년에 신대륙을 발견한 콜럼버스, 1498년에 남아프리카의 희망봉을 돌아 인도에의 항로를 처음으로 개척하여 자기의 모국 포르투갈에 큰 번영을 안겨다 준 바스코 다가마, 대서양, 태평양, 인도양을 건너 세계일주항해를 처음으로 달성하여 태평양이라는 광대한 바다가 있음을 인류에게 알려준 마젤란, 영국인으로서는 최초요 세계적으로는 두 번째로 세계일주항해에 성공하고 숙적 스페인의 무적함대를 격침시켜 영국의 해상권을 확립한 드레이크, 1700년대 중엽 역시 영국인으로서 남태평양 학술조사선단의 지휘관으로 임명되어 뉴질랜드와 호주와 하와이를 발견한 쿡 등은 모두 선장이다.

우리 민족의 혈관 속에도 용감한 해양인의 피가 흐르고 있다. 위대했던 선조의 해양개척의 전통을 이어받아 오늘날 우리 선원은 약 700만톤의 국적선에는 물론 1천여척의 외국선박에도 승무하여 연간 4억여 달러에 달하는 외화를 벌고 있다는 사실만으로도 우리가 해양민족이라는 것을 알 수 있다. 스위스하면 곧 시계를 연상케 한다. 그처럼 한국하면 곧 우수한 선원의 나라임을 연상케 하는 날이 곧 올 것이다.　　　〈부산일보 1985.9.28〉

국기와 선원

오래 전에 들은 이야기이다. 일정 때에 우리나라에 조선우선주식회사라고 하는 일본의 국책회사격인 해운회사가 있었다. 20여척의 선박을 보유하고 있었고, 그 선박에는 약간명씩 한국인 선원이 승무하고 있었다. 그 중의 한 척이 일본의 항구에 정박하고 있는 동안에 해방을 맞은 것이다. 그 배에 승무하던 한국인 선원들은 그 배가 조선우선주식회사 소속이니까 한국으로 가지고 가야 한다고 주장하고, 일본인 선원은 모두 하선시키고 출항하기로 결정하였다.

그런데 일본 국기는 내렸으나 우리나라 국기를 구할 방법이 없었다. 그래서 큰 흰천을 찢어 잉크로 태극기를 상상하여 그려 게양하고 부산항으로 입항하였다는 것이다.

필자가 해양대학의 학생시절에 부산항에 정박 중이던 한 배에 견학을 갔다가 해방 당시 일본으로부터 그 배를 몰고 온 선원의 한 사람으로부터 그 극적인 이야기를 듣고 가슴이 뜨거워지는 것을 느꼈다. 일본인으로부터 억압만 당하다가 해방이 되어 소수의 인원으로, 어쩌면 모양이 틀렸을지도 모르는 즉석 제작의 태극기를 달고 조국이라고 마음 놓고 부를 수 있는 한국 땅 부산항에 들어오면서 만세를 수없이 불렀고 태극기를 쳐다보면서 한없이 울었다는 그 감격스러운 이야기는 지금도 귀속에 쟁쟁하다.

이것도 들은 이야기이다. 아프리카의 어느 조그마한 나라의 항구에 정박하고 있던 한 선박에 경찰관이 찾아와 선장을 부르더라는 것이다. 경찰서로 연행한다는 것인데, 이유는 그 상선에 게양된 그 나라의 국기를 거꾸로 달아 국기에 대한 모욕죄를 범했다는 것이다. 선장은 마음 속으로 '아차, 실수하였구나!'하고 당황하였으나, 곧 마음을 가라앉히고 그 경찰관을 선장실로 초치하여 정중히 사과하고 선물도 푸짐하게 주어 난국을 모면했다는 것이다.

익숙하지 않은 나라에 입항하여 처음 보는 그 나라의 국기를 대할 때 이런 실수는 있을 수 있다. 그러나 그런 실수도 범하지 않는 선원이 우수한 선원일 것은 두 말할 나위도 없을 것이다.

외국항에 정박하는 상선이 항만국의 국기를 게양한다는 것은 강제적이 아니고, 다만 근세에 해적이 횡행하던 유럽 해역에서 자국의 연안을 통과하는 외국선에게 적의가 없으면 연안국 국기를 게양하고 통과하라고 한 관행이 오늘날에 이어져 내려오는 것으로 생각되며, 또 국가간의 교류를 유지한다는 의미에서도 정박국의 국기를 상선이 정박 중 게양한다는 것은 흐뭇한 일이라고도 할 수 있겠다.

국기에 관한 참고사항으로는 1982년에 채택된 UN해양법협약의 국기에 관한 조항을 소개하면 그 제29조에 선박은 1국만의 국기를 게양하고 항해하여야 하며, 소유권의 진정한 양도 또는 등록변경의 경우를 제외하고 항해 중 또는 기항 중에 그 국기를 변경할 수 없다고 되어 있다. 또 편의에 따라 2국 이상의 국기를 게양하고 항해하는 선박은 다른 국가에 대하여 어느 국적도 주장할 수 없으며 무국적선과 동일시될 수 있다고 하였다.

국기는 국가를 상징하며 그 존엄성을 나타내고, 국가의 전통과 이상을 색과 모양으로 나타낸다. 단순히 종이나 천에 그려진 그림이 아니다. 따라서 우리는 국기에 대하여 경례를 하고 국기를 놓고 맹세도 한다. 국기는 신비스럽다. 국기에 대하여 경례를 할 때에는 이상한 감정이 감돈다.

외국에 가서 내 나라의 국기를 대할 때에는 더욱 그러하다. 내 나라의 국기가 소중하면 남의 나라의 국기도 똑같이 소중하다.

1936년 베를린올림픽대회에서 손기정, 남승룡 두 선수가 세상을 놀라게 한 사실은 역사에 역력하다. 그 당시 베를린 하늘 높이 2개의 태극기가 휘날렸더라면 얼마나 감격스러웠을까? 그러나 나라를 잃어버린 탓으로 태극기 아닌 일본기가 휘날리는 것을 쳐다만 보고 있을 수밖에 없었던 것이다. 이 민족적 분노를 참을 길 없어 동아일보는 용감하게 손 선수의 가슴에 있는 일장기를 지워버리고 보도하였다. 그 결과가 어떻게 되리라는 것은 충분히 알고도 감행한 비장한 대일항거였으며, 동시에 우리 민족의 과감한 주체의식을 과시하려는 일대쾌거이기도 했다. 이것이 유명한 일장기 말소 사건이다. 결국 동아일보는 폐간되었고, 관련자는 고문, 옥고의 쓰라림을 겪었으나 민족정기의 발로는 후대에 큰 교훈으로 남았다.

외국에 거주하는 교포들이 태극기를 단 한국선이 입항할 때 느끼는 그 감격은 경험한 사람만이 알 수 있다. 태극기를 보기만 하여도 가슴이 뭉클거리며 눈시울이 뜨거워진다. 그러나 해외취업선은 태극기를 달지 못한다. 그것은 해외취업선의 특별한 성격상 어쩔 수 없는 일이다. 하지만 우리는 외국적선에 승무한다 할지라도 태극기는 가지고 다닐 수 있다. 또 방에도 게시할 수 있다. 입항할 때 영접나온 교포가 있으면 태극기를 힘차게 흔들어 줄 수도 있다. 손님을 모시는 식당 같은 공용실에는 항상 태극기를 게시하여 한국 국적선원임을 과시할 수도 있다. 선미 또는 마스트에 게양하는 선적국의 국기는 국제법에 의한 것이고, 실내에 게시하거나 게재하는 것은 애국심에 의한 것이다.

1960년대 초반에는 우리나라는 결코 여유있는 국가는 아니었다. 솔직히 말해서 가난한 나라였다. 또 선원들은 우수한 자질과 기술을 가지고 있으면서도 승무할 선박이 없어 그 기술을 사장시키고 있었다. 그러던 것이 1964년경부터 급속도로 해외로 진출하여 칠대양을 종횡으로 누비면서 한국 선원의 탁월성도 과시했고, 예상외의 많은 외화도 가득하여 경제개발 촉진에 음양으로 큰 역할을 하게 되었다. 수출이 부진했던 60년대에 있어서 외화가득의 제1기수는 해외취업을 개척한 선원들이었고, 선진 해운국의 대형선, 전용선, 특수선의 고도운항기술을 단시일 내에 체득하여 그 기술을 국내로 이전, 국적선 운항을 원활케 하여 결과적으로 국적 해운의 기술향상에 큰 공헌을 한 것도 해외취업선원들이었다. 가까운 훗날 우리나라의 경제가 세계적인 규모로 비약하여 세계 경제대국으로의 지위를 확보하게 될 때 그 초석이 되었던 60년대 70년대의 선원의 외화가득 저력이 크게 힘이 되었다는 사실을 누구도 부인하지는 못할 것이며 또 해서는 안될 것이다.

한국 선원이 있는 곳에 태극기가 있는 것은 당연하다. 태극기가 있는 곳에 대한민국의 맥박이 약동하여 세계 어느 나라 선원에게도 그 지위를 양보할 수 없는 최고의 권위를 점하여도 이상할 것이 추호도 없다. 어느 나라 국적의 선박에 승무할 지라도 조국의 수호신인 태극기와 더불어 안전하게 또 희망차게 항해하자! 〈해외취업선원, 1988.9〉

선박의 현대화가 한국해운에 미치는 영향

1. 용어에 대하여

선박현대화란 말도 쓰이고 선박근대화란 말도 쓰인다. 어느 용어를 쓰던지 통일하는 것이 바람직하다는 것은 설명할 필요가 없을 것이다. 이글에서는 현대화와 근대화를 동의어로 간주하며, 편집실에서 정한 표현에 따라 현대화란 말에 따르되 일본에서의 표현은 근대화가 보편적이므로 일본의 상황을 설명할 경우에는 근대화를 사용했다.

이들의 용어를 통일하기 위해서는 권위 있는 기관이 하루 속히 규정을 내려주는 것이 좋겠다. 그렇게 하기 위해서는 선박현대화와 관계가 있는 각 기관, 단체가 협력하여 한 연구기관을 설립하여 그것에 명칭을 붙이면 그때에 자연적으로 통일된 명칭이 생기게 될 것이다. 상이하는 표현으로 인해서 생겨나는 혼동이 의외로 크다는 것은 많은 분들이 잘 알고 있는 사실이다.

2. 선박현대화의 정의

선박현대화란 말은 선박의 기술혁신에 관한 포괄적 개념이라고 할 수 있다. 급템포로 발전하는 첨단 과학기술의 선박에의 도입과 승무 선원 수의 감축으로 운항비 절감을 이루고자 하는 경영적 필요와의 합작의 산물이라고도 할 수 있다. 선박현대화는 광의와 협의의 두 가지로 나누어 생각하는 것이 편리할 것 같다. 넓은 뜻으로는 에너지절약 등 기관의 효율 향상, 선체의 경량화, 고신뢰도지능화선, 초전도전자추진선 등의 미래지향적 각분야를 망라하는 것이고, 좁은 뜻으로는 자동화로 인한 인력절감만을 말하는 것이다. 본고는 후자의 좁은 뜻에 한하여 논하고자 한다.

3. 선박현대화의 과정

세계 최초의 자동화선은 1961년 일본에서 건조된 9800 DWT의 디젤선 '金華山 丸'(Kinkasan Maru)이다. 이 선박은 기관실 밖에 별도로 제어실을 설치하며 각 기기와 장치에 대한 감시계기, 조절기, 조작 스위치 또는 조작 레버 등을 제어실에 집중 설치함으로써 적은 수의 인원으로 기관실의 전 기기를 조작, 감시할 수 있는 집중감시제어방식을 갖추고 선교에서 기관을 원격조종하는 자동화선으로서 이 선박과 동일한 크기의 재래선일 경우 43명의 정원이 필요한 데 대해 킨카산 마루는 10명을 감축한 33명으로 운항이 가능하게 되었다.

이러한 자동화선을 연구 개발하고 또 고가의 각종 부가적 기기를 설치하여야 하므로 선가는 비싸지기는 했지만, 선원 수의 감축의 가능성을 실증한 최초의 선박으로서 그 의의는 지극히 컸었다고 할 수 있다.

그러나 선박이라는 제한된 생활 공간에서의 노동환경은 선원의 이탈, 기피현상을 낳게 함으로써 이에 대한 대응적 방법으로서 야간에는 기관실 당직을 폐지하는 방식을 개발하여 소위 기관실무인화선을 건조하기에 이르렀다. 그 최초의 선박은 1964년에 일본에서 건조된 덴마크의 화물선 Selmadan 호(6만5000DWT)이다. 이를 계기로 하여 세계 각국의 조선소에서 기관실무인화선을 속속 건조하게 되자 각국의 선급협회에서는 이에 대한 규정과 선급부호를 제정하게 되었다.

그 후 컴퓨터를 선박에 탑재하여 각 시스템을 1대의 컴퓨터로써 종합적으로 관리하고 제어하는 초자동화선이 탄생하게 되었으며, 이에는 1969년에 건조된 프랑스의 터어빈 탱커 Dolabella 호를 비롯하여 노르웨이의 Taimyr 호, 일본의 Seiko Maru 등이 있다.

그러나 1973년의 유류파동과 해운의 불황, 컴퓨터의 고가, 컴퓨터 시스템 도입에 대한 사전 검토의 미흡으로 초자동화선은 기대했던 만큼의 성과를 거두지 못하고, 70년대 말에 이르기까지 근 7-8년 동안은 선박자동화는 사실상 세계적으로 답보상태에 있었다고 하겠다. 70년대 말 때 마침 반도체 기술의 발달로 획기적으로 저렴해지고 소형화된 마이크로 컴퓨터의 발전에 힘입어 각종의 에너지 절약 시스템, 인력절감 시스템이 도입되고, 각 시스템을 전용의 마이크로 컴퓨터를 이용하여 정밀제어를 행함과 동시에 승무원의 근로환경 개선 및 후생복지시설의 확충 등 소수화에 대한 특별한 대책을 강구함으로써 선박을 고도로 합리화한 초합리화선이 탄생하게 되었다. 1979년 12월에 준공된 일본의 컨테이너선 Hakuba Maru(白馬 丸), 1982년 9월에 준공된 일본의 광탄선 Boei Maru 등은 그 대표적 예이다.

일본에서는 1983년 4월 갑판부, 기관부 양부의 직무를 행하는 운항사 및 선박기사의 제도가 창설되어 3등항해사 및 3등기관사 대신에 운항사, 갑판부원 및 기관부원 대신에 선박기사를 승무시키는 체제가 법제화되었다. 이에 의하여 재래선에서는 24명 전후의 인원으로 운항되던 것이 18명으로 감축되었다. 그 후 자동화충돌예방원조장치 등의 보다 발전된 설비를 갖춘 현대화선에 있어서 2등항해사 및 2등기관사의 직책에도 운항사제도를 적용하여 실험한 결과 86년 4월에는 승무원 16명으로 운항하는 체제를 법제화하였다. 다시 86년 7월부터 선교에서 제어할 수 있는 14명 체제의 실험을 진행한 바 있다. 일본선의 국제경쟁력 강화를 목표로 11명 정도의 소수정예화된 승무원을 승무시키는 Pioneer ship 실험을 진행 중이며, 88년 말경까지 그 결과를 종합하는 것으로 되어 있다.

1987년 말 현재 일본의 현대화선은 220척에 1246만총톤이며, 이 중 18명 승무체제가 80척에 421만총톤, 16명 승무체제가 140척 825만총톤(이 중에 14명 승무체제로 실험 중에 있는 선박과 Pioneer ship 포함)이다. 이것은 일본 외항선 2000총톤 이상의 것 중에서 척수로는 23%, 총톤수로는

41%를 점한다고 한다.

일본 정부가 선박의 현대화에 대하여 세계에서 가장 적극적인 이유는 그 선원의 고임금에 있다. 일본잡지 Compass 1988년 5월호 12면에 표시된 한·일·필 3국 선원의 임금 비교표에 따르면, 21명 승무 살물선을 기준으로 할 때 한국 선원비 지수를 100이라고 하면, 일본은 590, 필리핀은 86으로 나타나 있다. 계산하는 방법에 따라 다소 차이는 생기겠지만, 일본의 선원비의 고임금의 정도를 알 수 있다. 따라서 일본 해운의 국제경쟁력 강화는 선원비의 감축이며, 따라서 자동화를 적극적으로 추진하지 않을 수 없음도 이해할 수 있다.

노르웨이는 선박현대화를 위해서 100개 이상의 해운회사가 기금을 기부하고 인적 지원도 적극적으로 하였다. 전문적인 연구기관이 설치되고 정부 측도 균등한 재정부담을 하면서 참여했다. 83년 선내자동화 설치기준을 제정하고 승무원의 법적 요건을 정하였다. 86년 현재 140척의 현대화선이 운항 중에 있다.

88년 8월 30일 현재 한국의 각 선사가 보유한 현대화선, 즉 한국선급협회의 UMA(Unattended Machinery Automatic System)을 받고 있는 선박은 비공식 집계이지만 모두 65 척에 달한다. 또 그들 선박의 배승정원은 16-19명으로 되어 있다.

4. 선박현대화가 한국해운에 미치는 영향

선박현대화는 고임금 선원을 배승하는 선진 해운국으로부터 발단되었다. 즉 선원비의 지출이 많아 국제경쟁력이 약한 선사는 선원의 인력을 감축하기 위하여 자동화라는 첨단기법을 선박에 도입할 것을 발상하게 된 것이다.

일본의 모 해운인이 모든 선박은 선원비를 제외하면 나머지 운항비는 대동소이하다고 말한 적이 있다. 선원비의 다과가 그 선박의 경쟁력을 좌우한다는 것이다. 전적으로 합당한 말이라고는 할 수 없으나 아주 틀린 말도 아니다. 따라서 고임금 선원국은 적극적으로 자동화를 추진하나 저임금 선원국은 재래선으로 채산을 충분히 맞출 수 있다.

그러면 어느 정도가 고임금이고, 어느 정도가 저임금인가라는 문제가 당연히 야기될 것이다. 다시 말하면 현대화를 할 것이냐 안해도 될 것이냐의 분기점을 결정해야 할 것이다. 여기서 한국이 처해있는 위치를 살펴볼 필요가 있다. 가까운 일본의 선원비와의 대비에서 본다면, 앞에서 논급한 바와 같이 592 대 100으로 일본의 선원비가 우리의 약 6배나 된다. 이런 경우에는 한국선은 현대화할 필요가 없다고 주장하는 논자도 있다. 저임금의 선원에 의한 재래선이 고가의 투자를 한 현대화선보다 경쟁력이 강하다는 것이다. 또 다른 각도에서 선박의 현대화 경쟁을 적절히 지양하고자 주장하는 사람도 있다.

일본의 해운평론가 榎本喜三郎 씨는 일본선 20만중량톤의 광석전용선의 선원수를 14명으로 감축한 데 대하여 '海運'지를 통하여 "경쟁이란 상대방과의 비교우위에서 성립되는 개념인데, 한 국가의 선박이 최신, 최효율의 기관설비를 갖추고 이에 의하여 정원을 줄였다 하더라도 그 결과를 얻을 수 있는 국제경쟁력은 언제까지나 그 나라의 해운업에게만 독점적으로 향유되는 것이 아니고 세월이 좀 흐르면 곧 많은 경쟁상대자가 이에 따라 오게 되므로, 일시적으로 획득하였다고 생각되었던 국제경쟁력이 곧 타국으로 넘어가게 된다. 어느 나라도 그것을 모방할 수 있기 때문이다."

일본의 해운계가 이제는 합리성·효율성의 추구에 의한 국제경쟁력의 경쟁은 그만두자고 국제해운계에 외쳐보면은 어떻겠는가? 개발도상국에는 승선을 희망하는 많은 선원이 있기 때문에 일본은 Key officer로만 있고 이들 개발도상국의 선원을 적극적으로 받아들이는 것을 생각해보면은 어떻겠는가?라고 말하고 있다. 사실 모든 국가가 현대화선을 보유하게 된다면은 문제는 다시 선원비 문제라는 원점으로 되돌아가게 될 것이다. 선원비 문제의 해결을 선박의 현대화에서 찾지 말고 다른 데에서 찾자는 것이 그의 주장이다. 음미해 볼만한 말인 것 같다.

그러나 선박현대화의 물결은 막을 수가 없다. 나날이 발전하는 과학기술의 선박에의 도입을 경제성에 맞게 하게 된다면 굳이 현대화를 안할 필요도 없다. 한국은 현재 65 척의 현대화선을 가지고 있다. 한국의 경제의 발전하는 추세로 보아 머지 않은 장래에 선원임금이 선진 해운국의 수준에 접근하게 될 때 그때는 부득이 현대화를 보다 적극적으로 단행하지 않으면 안될 것이다. 그때가 언제냐 하는 문제는 몹시 어렵다.

많은 사람들의 의견이 지금부터 시작해야 된다고 주장하고 있다. 큰 선사에서는 이미 검토를 시작하고 있다고 한다. 서두를 필요는 없지만, 지연시킬 필요도 없다. 선박의 현대화에는 적용해야 할 몇 가지 원칙이 있어야 한다고 생각한다. 현대화의 목적을 운항비 절감에만 둔다면 현대화는 실패하기 쉽다는 것이 그 첫째이다. 국민의 생활이 윤택해지고 안정되어 감에 따라 선원직의 기피현상이 더욱 두드러지게 마련인데, 따라서 선원 생활로 하여금 매력있게 하고, 인간성 회복을 중시하고 선원직에 대한 긍지를 가지도록 해야 할 것이다.

선박현대화는 감축된 인력을 기계로써 대체하는 것인데 기계력은 대체하지 않고, 인력만 감축하는 일이 결코 있어서는 안될 것이다. 이것은 현대화 과정에서 일어나는 부작용으로 지적되기 쉬운 일이다. 현대화는 선원 자신의 발상이 아니기 때문에 자칫 잘못하면 거부반응이 일어날 것에 대하여도 배려가 있어 마땅하다 하겠다.

둘째로 정원의 한계가 문제될 것이다. 현대화로 인한 정원의 감축을 어디까지 할 것이냐의 문제는 여러 가지 면에서 중요하다. 대개의 경우 한 자리 수까지 좁힐 것을 목표로 삼고 있으나, '선내에서 만나는 사람은 자기자신뿐'일 것이라고 한 보고서와 같이 한 자리 수의 선원 수는 선박의 크기에 비하여 너무나 적다고 해야 하겠다. 선원 수가 너무 적을 때에 느끼는 고적감과 공포감은 질병을 유발할 수도 있으므로 한 자리 수의 배승정원은 바람직하지 못하다. 또 기계가 노동을 대신하여 준다 하더라도 다양해지고 따라서 생활여유가 많지 않으므로 사고의 위험도 증대한다. 선내생활의 충실화, 쾌적화를 위하여 적당한 정원이 필요한 데 그것은 적어도 두 자리의 수라고 해야 할 것이다.

현대화의 궁극은 무인화선이라고 할 수 있겠는데, 무인화선은 기술상으로는 가능하나 부수되는 여건으로 실용적으로는 불가능하다는 것이 일반적 견해인 듯 하다. 이 정원의 소수화로 인하여 야기되는 여러 가지 곤란점을 해결하는 방안으로 외양 항행로봇선단의 구상이 있다. 이것은 일본의 선박기기개발협회의 지도 아래 미쯔이조선이 중심이 되어 여러 회사가 참가하여 연구하고 있는 것으로서 그 내용은 20-30명의 승무원이 승선하고 있는 사령선 1척과 나머지는 사령선으로부터 원격조종되는 4-5척의 로봇선단으로 구성된다. 로봇선은 돛을 장비한 기범선으로 하고 외양 중에서만 자동운항되고 연안에 가까워지면 헬리콥터 등으로 조종원이 배로 와서 승무하는 것으로 되어 있다. 현재 추진계통, 통신계통, 조타계통, 모니터 계통, 돛의 제어계통 등에 대한 조사연구와 실제의 해상실험에 대한 기본계획, 각 탑재기의 기본설계 및 상세설계 등을 행하고 89년 도쿄-LA 간의 실증실험을 행할 계획으로 있다. 실험선의 크기는 100톤 정도이다.

셋째로 선박의 현대화는 선원교육제도를 개혁하게 될 것이다. 일본의 경우는 현대화에 대응하는 교육을 실시하기 위하여 해기대학교, 해원학교 등에서 교육과정의 변경을 포함한 교육체제의 변경, 정비를 실시하였다. 해기대학교에서는 87년부터 본과의 교육내용에 정보처리 등의 과목을 추가하고 특수과에 있어서도 부원의 직원화를 더욱 추진하는 관점에서 수업기간의 단축이나 상급해기면허자격취득과정을 신설하여 교육체제를 정비하였다. 또 해기학교에서는 86년부터 교육내용을 항해와 기관을 합한 종합교육화로 시행하는 동시에 졸업시의 고졸자격부여에 대응하는 교육확충을 실시하였다.

이와 같은 교과내용의 변경 또는 보충은 선박현대화에 당연히 수반되는 것이므로 현대화선 운항에 필요한 각종기기, 장비에 관한 이론과 실무에 대한 교과과정을 관계 교육기관에서 협력하여 작성, 실시하여야 할 것은 당연하다.

선박의 배승정원의 축소로 말미암아 부원의 양용화(兩用化)는 선진국에 따라 실시될 것이 예측되나 직원에 있어서는 찬반으로 의견이 분립되므로 이에 대한 것도 다수의 의견을 모아 예의 검토할 필요가 있겠다. 항해술과 기관술의 양자를 다 체득함으로 혼란에 빠지는 것보다는 한쪽을 전공하면 다른 쪽은 당직을 설 정도의 최소한의 지식을 갖추도록 하는 것이 바람직하다 하겠다.

넷째로 선내조직에 대하여 선박의 현대화는 큰 변천을 가져오게 된다. 선내노무체제는 여러 가지로 나누어 생각할 수 있다. 재래선 체제는 갑판, 기관, 사주 각부로 구분되어 부서 사이에는 엄격한 구분이 있고, 입출항시에만 타부서에 개입할 뿐이다. 다목적 체제(General Purpose)는 조타수나 기관원과 같은 공동부원집단이 필요에 따라 양측의 작업을 다 수행하는 것으로서 융통성이 있어 이점이 있다. 상호협력체제(IDF, Inter-Department Flexibility)는 자기 부서에서 하는 업무를 타부서에 가서 해주는 취로체제로서 갑판원은 기관실에서 페인팅에 종사할 수 있고, 기관원은 갑판장비에 주유를 하거나 윈치를 작동하는 작업 등에 종사할 수 있다.

〈표〉 乘務員 構成과 職務(新型船)

職級	航海中	繫船作業	碇泊中	人員調整對比 現行	人員調整對比 調整後	備考
船 長	本船 운항 지휘 감독	船橋에서 작업 총지휘	회사 대리점과 사무처리	○	○	
1 航 士	航海 當直	船首 繫船 지휘	하역 당직, 荷役	○	○	
2 航 士	航海 當直	船尾 繫船 지휘 및 繫船機 造作	全船 지휘감독	○	○	
3 航 士	航海 當直	船橋에서 繫船지휘 및 연락, Pilot송영	하역 당직	○	○	
機關長	機關 運轉 지휘 감독	기관실에서 조작, 감독, 일반사고 처리	하역 당직	○	○	
1 機 士	機關 정비	機關室 操作監視와 일반적 사항처리	給油作業 및 기관정비	○	○	
2 機 士	機關 정비	機關室 操作監視와 일반적 사항처리	給油作業 및 기관정비	○	○	
3 機 士	機關 정비	機關室 操作監視와 일반적 사항처리	給油作業 및 기관정비	○	○	
通信長	通信關聯 업무	事務長 업무	食料品 수급관리	○	○	
甲板長	船體 정비	船首 繫船 WINDLASS 操作	하역 당직	○	○	
操舵手 1	航海 當直	船尾 계선작업	舷門 당직	○	○	
操舵手 2	航海 當直	船尾 계선작업	舷門 당직	○	○	
操舵手 3	航海 當直	船橋에서 操舵	舷門 당직	○	○	荷役當直 동시수행
操機長	機關 정비	機關室 일반적 사항 처리	機關 정비	○	○	
操機手 1	機關 정비	船首 계선작업	機關정비, 하역 당직	○	○	
操機手 2	機關 정비	船首 계선작업	機關정비, 하역 당직	○	○	조기장의 선미 계선작업 대행
調理長	調理 업무	調理業務	조리업무	○	○	
調理手/員	船, 機關長 침실 소제, 식당청소, 식사 SERVICE	船尾 繫船作業	船, 機關長 침실 소제, 식당청소, 식사 service	○	○	
計		-繫船시 適格調整가능 -船首·尾繫船要員 각 4명		18	17	

이러한 직종을 표시하는 말에 스칸디나비아 제국과 서독에서는 Ship's Mechanic, 일본은 운항사, 선박기사 등이 있고, 갑·기 양용 직종이 생겼는데, 이외에도 GPC(General Purpose Crew), MPC(Multi-Purpose Crew), Combined Crew, DPC(Dual Purpose Crew), DPP(Dual Purpose Position),

Integrated Crew 등 다양하다. 직원에 있어서는 Combined Officer, Dual Licenced Officer, Multi-Licenced Officer 등 다채롭고 혼란스럽다. 또 이들 용어는 엄밀한 의미에서 약간의 차이가 있음을 유념할 필요가 있다. 노르웨이는 직원과 부원간의 계급제에 문제가 있다고 보고, 그 융화를 위하여 Ship's Mechanic이란 용어가 나왔다고 보는 견해도 있다. 앞의 표는 한국의 한 해운회사의 현대화 체제에서의 승무원의 직종표이다. 17-18명으로 감축된 선원수로 인해서 업무의 겸무형태가 현저하다.

다섯째로 선박의 현대화가 노동조합에 미치는 영향도 고려하지 않을 수 없다. 현대화로 인한 승무선원수의 감축은 노조의 기본이익에 상반되나 자국 해운산업의 침체로 말미암아 발생하는 실업의 경우를 대비할 때 자국해운업의 유지가 우선해야 한다고 하겠다. 다행히 한국의 선원은 취업의 분야가 국내와 국외의 양면으로 발전되어 있어 약 20여년간 비교적 순탄한 항로를 밟아왔다고 할 수 있겠다.

외력에 의한 견제의 영향도 있었겠지만, 노사간의 큰 분규도 별로 없이 노조는 노조대로 그 건전한 성장을 이루었고, 기업은 세계적인 대불황으로 긴 세월 신음하였으나 민족 해운의 단련적 시련으로 간주하여 장래에의 교훈으로 삼을 때 더욱 그 초석을 견고히 하였다고 생각할 수 있다. 특히 선원의 해외취업으로 인한 외화가득은 물론 선진 해운국의 우수선에의 승무로 인하여 얻은 기술축적은 눈에 보이지 않게 한국해운에 기여한 바 크다고 할 수 있겠다.

선박현대화의 추세는 막을 수도 없고, 오히려 선박운항의 안전과 선내 환경의 쾌적화 증진의 촉진제로 삼아 노사가 모두 현대화 추진에 적극 참여하여 해운과 노조 등 양측의 화합적 발전의 길을 모색하는 것이 상책이라고 해야 할 것이다. 그렇게 하기 위하여는 과거 20여년 동안에 선진국 선박에 승무함으로써 특수선의 기술을 획득할 수 있었던 것처럼, 이제는 선진국의 현대화선에 승무하는 기회를 포착하여 그 방면으로 진출하는 길을 개척하는 것이 노조에게도 해운기업에게도 같이 공존 발전할 수 있는 방법이라고 생각된다. 그렇게 하기 위해서 현대화선에의 승무를 위한 교육이 필요하며 이는 시일이 빠르면 빠를수록 유리하다 하겠다. 한국선원의 그 선원직에 대한 천부적인 자질과 근면성은 또다시 현대화선에의 해외취업으로도 큰 성과를 거둘 수 있을 것으로 확신한다.

5. 결언

한국 선원의 임금이 급격히 앙등한다면 한국 해운계는 선박의 현대화에 적극적으로 대처하게 될 것이나, 그토록 선원임금이 높지 않기 때문에 현대화에 대한 대책은 아직 완만하다고 할 수 있다. 그러나 인류가 머지 않아 2000년대를 맞이하면 세계의 해운은 현대화의 경쟁으로 화하게 될 것이라는 견해가 유력하다.

선원이 그것을 원하든지 안하든지, 또 기업이 그것에 관심을 쏟든지, 안 쏟든지 선박의 현대화의 물결은 팽배히 밀려올 것이다. 첨단과학기술의 힘이 우리의 상상을 넘어 선박의 초현대화를 이루게 할 것이며, 미래의 선박을 꿈꾸는 과학자들은 비행기와 같이 나는 선박을 그리고 있는데, 그 것은 꿈이라고 만은 할 수 없을 것이다. 절대로 사고가 발생하지 않는 완벽한 안전유지의 선박도 선원들의 염원일 뿐이지는 않을 것이다.

우리나라의 선원임금에 비추어 볼 때 선박현대화의 필요성은 현금에는 그리 절실하지는 않다고 할 수 있다. 그러나 모든 국가가 선박현대화에 힘을 기울인다면 우리나라도 따라가지 않을 수 없는 일이다. 머지 않은 장래에 우리나라도 선진대열에 설 때에는 지금 일본이 겪고 있는 고통을 우리가 겪지 않는다고 누가 장담할 수 있겠는가?

선박의 현대화를 한국의 일부 선사들은 이미 시작하고 있다. 그것을 보다 더 조직적으로 효율적으로 많은 분야에 참여하에 실시하여 국가적 차원에서 이루어, 관계되는 모든 단체에 그 혜택이 균점되도록 하는 것이 바람직함은 너무나 당연하다. 선박의 현대화를 통해서 한국의 해운이 더욱 비약하고 이로써 한국의 조선, 선기(船機), 첨단기술 그리고 선원의 우수함이 더욱 과시된다면 한국의 장래도 현대화도 더욱 빛날 것이다.

〈해운항만, 1988. 가을호〉

보고

1912년 4월 15일 당시 가장 안전한 선박이라고 자랑했던 총톤수 4만 6천톤의 영국 호화여객선 타이태닉 호가 사우스햄턴으로부터 뉴욕으로 가는 처녀항해 도중 북대서양의 뉴펀들랜드 근해에서 빙산과 충돌하여 침몰, 여객과 승무원 합하여 2224명 중 1513명이 희생된 세계해난사상 최대의 그 비참사는 아직도 인류의 뇌리에 남아 있다. 타이태닉 호가 빙산과 충돌한 시간은 오후 11시 40분이다. 침몰한 것은 그로부터 2시간 45분후였다. 침몰한 해역은 영국해군수로국 발행의 항로지(Sailing Direction)에 4월부터 8월에 걸쳐 빙산을 만날 가능성이 있다고 기재되어 있었던 해역이다. 충돌한 시일은 4월 15일이니까 선장과 항해사는 자선이 유빙조우지역으로 항진하고 있다는 사실을 틀림없이 알고 있었을 것이다. 또 부근을 항해 중이던 America 호로부터 수개의 빙산이 있다는 내용의 경보가 발해졌으나 타이태닉 호는 이를 감지하지 못하였다.

또 충돌 3시간 전에 메사바 호로부터 근처에 빙산이 있다는 내용의 전보가 타이태닉 호에 수신되었다. 그러나 그 전문은 선장에게는 보고되지 않았다. 그 전문이 스미스 선장에게 전달만 되어 있었던들 충돌사건은 발생하지 않았을 것이라고 당시의 해난조사위원은 커멘트하고 있다.

브리지에는 1등항해사가 당직을 서고 있었다. 그는 오후 10시에 2등항해사로부터 인계를 받을 때 본선은 유빙이 있다고 보고된 해역에 이미 들어와 있다는 사실을 전달받고 있었다. 11시 40분경 마스트 헤드(Mast head)에서 룩 아웃(look-out)하던 선원이 장애물이 있을 때의 경고로 정한 3점 종 신호를 울리는 것을 들었다. 또 즉시 전화를 받았다. '정선수에 빙산', 1등항해사는 지체없이 'hard starboard'로 전침하는 동시에 엔진의

full astern을 명하였으나, 잠시후 타이태닉 호는 빙산과 충돌하고 말았다. 타이태닉 호에는 20척의 보트가 설비되어 있었다. 라이프 보트의 총정원 1178명에 대하여 승객과 선원의 수는 2224명이었다. 보트 훈련도 인원점검도 한 적이 없다.

12시 경 침몰이 확정시되자 부인과 아이들에 대한 퇴선명령이 내려졌다. 타이태닉 호는 그 선중에 상당수의 인명을 그대로 둔 채 선수로부터 침몰하기 시작했다. 선미가 서서히 들리고 프로펠러가 해면 위로 솟아올랐다. 선체가 수직이 되면서 완전히 침몰해 버렸다. 스미스 선장과 수석 1등항해사, 차석 1등항해사 기타 몇 명의 사관도 임무 수행 중 배와 운명을 함께 하였다.

생존자들에 의한 침몰 당시의 상황은 가지 각색이었다. 빙산과 침몰한 후에도 상당시간 악단은 연주를 계속하였다는 것으로 보아 대부분의 사람은 대수롭지 않게 생각한 모양 같다. 구명정에 부인과 아이들이 먼저 타야하는 틈바구니에서 몰래 먼저 탔던 3인의 중국인이 쫓겨난 일도 있었다. 또 어떤 남자 승객은 허가없이 보트에 이승하다가 1등항해사에 의해 사살되었다. life raft에 매달려 있던 수 십명의 조난자가 기진맥진하여 물속으로 사라지는 광경도 있었다. 구명정으로 이승하는 어머니를 아버지와 함께 작별하는 아들의 단장의 장면도 있었다.

앞에서 언급한 것처럼, 타이태닉 호가 빙산과의 충돌을 피할 수 있었던 길은 메사바 호로부터 빙산이 인접해 있다는 전보를 받은 즉시 선장에게 보고하여 조치를 취하기 시작했어야 했다. 전보는 충돌 3시간 전에 받았다. 3시간이라는 충분한 시간적 여유가 있었음에도 불구하고 그 사실이 어찌하여 선장에게 보고되지 않았는가는 이해하기 어렵다.

스미스 선장이 빙산이 부근에 와 있다는 보고를 받았다면 즉시 선교로 올라 와 직접 지휘하여 선속을 더 줄이거나 look-out을 더 강화하는 등으로 충돌을 회피하는 데 최선을 다하였을 것이다. 호화여객선의 선장이기 때문에 귀빈들과의 환담으로 잠시 직무를 잊을 수도 있는 것이지만, 그럴수록 부하 사관들은 보고를 철저히 하여 선장으로 하여금 본연의 임무로 돌아오게 하는 것이 선박운항체계의 상도가 아니겠는가! 선박운항뿐만 아니라 어떠한 단체생활에 있어서도 정확하고 신속한 보고가 큰 화를 미연에 방지하는 데에 중요한 역할을 한다는 교훈을 타이태닉 호의 침몰에서 얻어보고자 한다.　　　　　　　　　　〈해양대학보, 제13호, 1882.5.25〉

선박충돌사고방지

선박충돌사고가 여전히 일어나고 있습니다. 원인의 여하는 어떻든 선박의 충돌사고가 발생하였다는 것은 국가적으로나 사회적으로나 불행한 일이라는 것은 두 말할 나위도 없고, 특히 우수하다고 자처하는 우리 해기사 사회에 있어서 이런 사고가 빈발한다는 사실은 부끄러운 일이 아닐 수 없으며, 깊이 반성하는 동시에 충돌사고를 근절하는 획기적 대책을 강구하여 전 해기사의 각성을 촉구해야 될 줄 생각합니다.

선박충돌사고는 극히 드물게 일어나는 불가항력적인 것을 제외하고는 대부분 부주의로 인하여 야기된다는 것이 일반적인 견해인 듯합니다. 특히 경험이 풍부하지 못한 초급 항해사의 경우에 있어서 타선의 행동에 대한 '룩 아웃'(Look-out)의 소홀로 인하여 사고가 발생하는 경우가 많다는 것은 주지의 사실입니다.

외국의 해난방지의 통계도 운항자가 충분히 주의하고 있었더라면 발생하지 않았을 사고가 상당한 비율을 차지하고 있음을 보여주고 있습니다. 충분한 주의를 한다는 것은 해상충돌예방규칙을 엄수할 것은 물론, 충돌의 위험이 존재할 때에 할 수 있는 모든 조치를 예견, 실천한다는 적극적인 당직자세를 말한다고 하겠습니다.

그러나 자기의 능력으로는 피항할 자신이 없다고 느껴질 때에는 즉각 선장에게 연락하여 선장으로 하여금 조선케 하는 것이 당직 항해사의 의무인데도 불구하고 선장이 취침중이라서 깨우기가 미안하다든가 하는 이유로써 자신이 조선하다가 피선의 기회를 놓쳐 사고에 이르는 경우도 있는 것입니다.

이럴 경우에 그것이 귀찮다고 생각하는 선장은 한 사람도 없을 것이며,

오히려 환영할 것입니다. 아무리 귀찮은 일이라도 충돌사고보다는 나은 것입니다.

또 선박충돌사고 원인의 하나로 당직교대시간의 미준수를 들 수 있습니다. 특히 야간 당직교대시에 상위항해사가 늦게 선교에 올라간다든가 또는 시간전에 일찍 내려옴으로써 당시의 상황 파악이 소홀히 되어 사고를 일으킨 예도 있습니다.

설사 주위에 타선이 한 척도 없다손치더라도 평소부터 하위자나 상위자가 서로 교대시간을 엄수하여 그 간에 인수인계를 정확히 실시하는 전통을 만들어 나간다는 것은 충돌예방을 위하여 퍽 중요한 일이라 하겠습니다.

선교와 기관실 간의 연락의 신속 긴밀도 충돌사고방지에 빼어놓을 수 없는 필수요건임은 서로가 다 잘 알면서도 배에 따라서는 기관사용을 꺼려하는 성향도 없잖아 있는 듯 합니다.

이러한 성향 탓으로 충돌을 자아낸 예도 있습니다. 선교에서는 마음 놓고 기관사용을 기관실에 연락할 수 있고, 기관실에서는 하시라도 즉각적으로 호응하는 완전한 일체감의 조성이 절실히 요망된다고 하겠습니다.

간접적인 요인이긴 하나 선교의 인화단결도 선박충돌사고방지에 어느 정도는 영향이 있으리라고 생각합니다. 선박충돌예방의 달성은 인간충돌예방으로부터 시발점을 찾아야 할 것이며, 家和萬事成의 격언은 船和事故無의 경지에 통하게 되리라 믿습니다.

통일이 아직 요원한 현 시점에 있어서는 우리나라는 반도국가 아닌 도서국가입니다. 도서국가의 명맥을 유지하는 것은 해운입니다. 따라서 해운이 발전되어야만 되겠습니다. 해운이 발전되기 위해서는 해운기업의 체력이 강해져야 되겠고, 해운기업의 체력이 강해지기 위해서는 각선의 능률이 향상되어야 하겠고, 각선의 능률향상을 위해서는 전승무원의 정신・자질·기술·인화 등이 갖추어져야 할 것입니다.

전세계는 첫째도 에너지, 둘째도 에너지, 셋째도 에너지를 외치고 있습니다. 우리가 바라는 일은 아닙니다만, 국제유가는 계속 앙등할 것입니다. 해운불황의 전반적 회복은 아직 그 서광을 보이지 않고 있습니다. 중국 선원은 일본 선박에 진출을 시작하였습니다. 탈 석유를 위하여 범선의 실험이 각국에서 실시되고 있습니다. 감속운항·저질유 사용·선저청소 등으로 기름 절약에 안간힘을 쓰고 있습니다. 일부 VLCC와 콘테이너선의 기관을 교체함으로써 기름의 소비량 절감을 검토하고 있습니다.

남북문제로 얽힌 정기선동맹헌장조약 발효에의 노정은 탄탄하지는 않습니다. 이러한 다난한 변혁기의 국제적 해운 정세 속에서 또 기름 자원 '영'인 우리나라의 현금에 있어서 해운발전을 지향하는 한국 해기사에게는 전천후를 이겨내는 지혜와 슬기와 내핍과 단결은 있을 지언정 단 한 건의 충돌사고도 앞으로는 있어서는 안되겠다는 각성이 용솟음치기를 바라마지 않습니다.　　　　　　　　　　　　　　　　　　　〈해기, 1979.9〉

전통과 진보

1. 문제

인류는 진보하고 있는가? 18세기 계몽주의자들은 과학기술의 진보야말로 인간을 보다 행복하고 자유롭게 만든다고 믿었다. 로빈슨(J.H. Robinson)은 "인간의 의식적 노력을 통하여 무한한 진보가 가능하다는 생각은…인류 역사를 통하여 최대의 사상"이라 하여 인류의 진보를 확신하였다. 많은 식자들이 인류의 진보·향상이란 곧 인류의 행복이요, 인류의 행복은 물질적 현상인 문명의 진보에서 얻어지는 혜택 위에 이루어진다고 생각되어 왔다.

사실, 과학기술의 눈부신 발달은 인류가 일찍이 경험하지 못하였던 거대한 부와 안락한 생활을 안겨 주었다. 생활수준의 향상, 여가의 증대, 육체적 고통의 해소, 수명의 연장, 전자기기의 발달, 교통수단의 혁신, 달세계의 정복 등 이루 헤아릴 수 없을 정도다. 2000년 전의 제왕 보다 현대의 시민이 훨씬 행복한 생활을 누리고 있는 것이다.

그러나 인간은 과연 진정한 행복을 느끼고 있는 것일까? 파죽지세로 달리고 있는 현대문명의 진보의 그늘에서 인간은 과학기술 자신이 지탱하기 어려운 걷잡을 수 없는 난제에 봉착하고 있는 것도 사실이다. 인간은 대량학살무기의 생산으로 인한 공포의 증대, 자연자원의 고갈, 자연환경의 오염, 폭발적 인구 증가, 식량 부족, 경제 불황, 난치병의 증가 등으로 고민하고 있다. 과학기술이 인간을 과거의 굴복과 억압으로부터 해방할 수 있으리라는 기대는 감소되었고, 인류문화를 주도할 자신과 신뢰도 상실하고 만 것이다. 인간이 인간을 사냥하는 전쟁이라는 살인 장난에 대한 근절의 서광은 전혀 보이지 않은 채, 지금도 세계 도처에서 가공할 핵무기를 생산하고 있으며, 여전히 전쟁은 지속되고 있는 것이다. 이것을 인류의 진보라고 말할 수 있을 것인가?

2. 전통이냐 진보냐

현대의 좌절을 극복하고 지구를 우주의 낙원으로 만들기 위하여 우리는 전통으로 되돌아 갈 것인가 아니면 현재의 진보를 수정하여 지속할 것인가?

전통은 선행하는 세대로부터 물려받은 정신적·행동적 유산이며, 역사적 과정에서 이루어지고 쌓아진 일정한 영향력이다. 전통은 지금까지 존재하여 왔다는 사실 자체로부터 그 타당성이 발생한다. 타고르(Tagore)는 "전통은 새 시대의 토양에 뿌려질 필요가 있다"고 하였다.

한 국가에 한하여 말할 때 전통은 그 국토와 역사와 조상의 정치·경제·사회·예술 등 모든 분야에 걸쳐 있는 행동의 시간으로 다져진 얼의 표현이라고 할 수 있다. 따라서 조상이 이룩한 전통을 찾아 그 속에 담긴 얼을 현대 속에 재현하여 민족의 발전과 행복에 기여케 하는 전통 존중의 견해가 생긴다. 문예상의 전통주의는 국민 고유의 특색을 소중히 하며, 조상에게서 받은 것을 더욱 높혀 자손에게 전승할 것을 강조한다. 또 올바른 전통적 사실을 발굴·선택하여 미래 속에 투사하여 후대에 계승하여야 한다는 주장도 있다.

전통은 현재의 공감이 있어야 한다. 과거에 타당하였다고 해서 현재에도 반드시 전통으로서의 생명을 가지고 있다고는 말할 수 없다.

그러나 전통 존중에 대한 강한 반대도 있다. 역사적으로 계몽주의자들은 전통을 토대로 한 구사회제도는 미몽에 찬 비이성적인 것이고, 사회의 진보를 방해하는 것이라고 보고 이를 타파해야 한다고 주장하였다. 막스 베버(Max Weber)는 사람의 행동을 합리적 행동과 전통적 행동의 두 가지로 구분하고, 전통에 입각한 행동은 합리성이 적은 것으로 시사하였다. 후진국의 사회를 논하거나 근대화의 문제를 논하는 사회학자들은 전통사회가 지녔던 비이성적인 면을 분석하고 이런 것들이 근대화에 저해적인 요인이 된다고 논증하는 경향도 있다.

또 전통의 고수성·폐쇄성·불변성을 들어 전통에의 집착을 경계하는 의견도 있다. 사실 우리들의 행동 속에는 무의식적으로 전통에 집착하는 경향이 농후하다. 관혼상제에 있어서 조상이 하였다는 단순한 이유만으로 맹목적으로 추종하는 비합리성도 없지는 않다.

그러나 전통은 인위적으로 구성되는 것이 아니라 자연히 형성되고 변화되고 소멸되는 것이기 때문에 사회가 변화됨에 따라 전통도 적응해서 변화하게 된다. 전통은 그 事象에 따라 선택되어야 하며 좋은 전통은 육성되어야 하고 부적합한 전통은 버리도록 노력해야 할 것이다.

전통은 가정에도 있고 학원에도 있고 사회에도 있고 국가에도 있으며, 인류 전반에게도 있다 하겠다. 전통은 그것이 지닌 발전에 대한 저해요건을 들어 그 가치를 부정할 것이 아니라, 오히려 현재의 좋은 전통을 보존하고 단절된 전통이라도 다시 발굴하여 가꾸어 다듬어서 미래에의 유산으로서 전승하는 것이 현재에 사는 인류의 의무가 아닐까 생각한다. 전통에 대항 또는 부정하는 것만이 곧 진보를 의미하는 것이 아니기 때문이다.

인간은 진보를 갈구한다. 그리고 노력하고 있다. 진보란 말은 여러 가지 의미로 쓰이는 것 같다. 근원적인 가치관의 척도로서 단계적으로 향상 발전한다는 뜻으로 쓰일 때도 있고, 선진국, 후진국하는 경우에 있어서 과학기술을 중심으로 한 근대화의 가치척도의 개념으로 쓰이기도 한다. 정치적인 의미에 있어서는 보수에 대립하는 개념으로서 기득의 권익, 질서로부터 이익을 얻는 자들과 그 이외의 제외자들 간의 긴장관계로서 사용된다.

진보라는 개념은 자연주의적, 인본주의적 생활방법을 의미하는 것이 현대적 해석이다. 인류는 나쁜 상태로부터 좋은 상태로, 저급한 상태로부터 고급의 상태로 전진하고 있다고 생각한다. 베이컨(Bacon)은 자연을 정복할 수 있는 기술적 지식을 참된 지식이라고 생각하여 이 지식의 진보에 의하여 이상적 사회가 실현된다고 믿었다. 데카르트(Descarte)도 자연학에 의하여 인간은 자연의 주인이 될 수 있다고 하여, 기술의 진보에 큰 기대를 걸었다. 기본(Gibbon)은 "세계의 각 시대는 인류의 참다운 부와 행복과 덕 조차를 증대시켜 왔고 지금도 증대시키고 있다"고 하여, 인류의 진보를 긍정하는 입장을 취하였다. 담피어(Dampier)는 "자연적 자원에 대한 인간의 힘과 인류의 복지를 위한 그 지적 이용방법은 장래에 있어서 무한히 발달할 것으로 본다"고 하였다. 베리(Bury)의 말에 의하면, "후세를 위한 의무라는 원리는 진보의 관념의 직접적인 소산이다"라고 하였다. 퐁토넬(Fontonelle)은 과학적 지식을 갖추어 미신을 타파하고 종교의 권위까지 강화시켜 인간사회를 인간의 힘으로 형성한다는 진보사상을 강조하였다. 그 외에 과학기술은 인류 진보에 최량의 수단이라는 신념을 지닌 자도 있었고, "미래의 진보 가능성에 대한 신념을 상실한 사회는 과거에 자기들이 이룩한 진보에 대하여도 무관심하게 될 것"이라고 주장한 학자도 있다.

　진보 개념에 대한 반대론도 있다. 비관론자는 과학기술의 혁신이 미래 사회를 마비시킬지도 모른다는 우려를 표명하고 있다. 진보를 환상이라고 보는 자도 있고, 진보관념을 허위라고 보는 견해도 있다. 기계문명에 대한 신뢰는 하나의 큰 과정이며, 인간은 그 대신 훨씬 정신적인 방법에 신뢰하여야 된다고 믿는 사람도 있다. 인간이 인간을 지배하지 않고, 기술이 인간을 지배하면 인간이 주체가 아니고 물질이 주체가 되며 따라서 인간은 인격적인 존재를 상실하게 된다는 것이다.

　역사가 카아(E.H. Carr)는 "현대에 있어서 우리들의 사회질서의 형성에 관하여 어떠한 진보가 이룩되었는가? 국내적, 국제적 사회 환경의 지배에 어떠한 진보를 볼 수 있었는가? 오히려 퇴보조차 있었던 것은 아닌가?"라고 기술하고 있다. 미래학자 중에는 21세기의 교체기에 가면 인류는 생존위협에서 벗어나 최후의 수단으로 저들이 만든 조직제도와 그가 사용하는 매개공구를 파괴하게 될 것이라고 전망하는 자도 있다. 헉슬리(J. Huxley)는 "인간은 그가 원한다면 인간성의 새로운 가능성을 실현함으로써 자신을 완전히 초극할 수 있다"고 강조하면서 이 가능성을 실현하는 데 방해가 되는 모든 관념과 제도를 파괴하고 진실한 인간운명의 건설을 시작하자고 제안하였다.

현대인의 생활이 과거보다 훨씬 편리해지고 안락해졌지만, 그만큼 행복해지고 참되다고 할 수는 없다. 인간은 조상들의 경험에서 이익을 얻을 수 있고, 그리고 진보라는 것은 습득된 자산을 토대로 하고, 이 자산에는 물질적인 재화 뿐만 아니라 기술, 지식, 경험 그리고 환경에 대한 지배력의 증대가 수반되어야 할 것이다. 진보라는 말은 추상적인 말이다. 인간의 완성이라든가 지상의 낙원을 이룬다는 것이 아니다. 목표를 향한 과정에 있어서만 진보는 가능하다. 문명사회는 미래세대를 위한 희생을 현대화에 요구하는 사회인 것이다.

서양의 문화는 기독교적인 정신문화와 자연과학적 물질문명의 상극과 조화의 과정 속에서 발전해 왔다. 그러던 것이 근래에 와서 정신문화가 후퇴하기 시작하였고, 동양의 개발도상국은 근대화를 성급하게 서두른 나머지 물질문명만을 수용하는 데 급급하였고, 동양 고유의 전통적 정신문화를 망각하려고 하고 있다. 현대의 인간은 물질에 대한 욕망만을 충족하려는 '경제적 동물'로 화하고, 향락만을 쫓는 '오락동물'로 전락하고 있다. 이러한 정신적 폐허에서 인간성을 회복하고 인류의 참다운 진보를 꾀하는 길은 무엇일까?

3. 정신의 전통과 물질의 진보의 조화

과학문명을 위기에 몰아넣은 원인으로서 인간의 착각과 오만을 들 수 있다. 인간은 과학을 만능의 매력으로 알고 세계를 무한히 진보하는 것으로 착각하여 과학기술로 자연과 신을 정복하려는 오만을 범하였다. 과학은 인류의 행복을 위하여 존재한다. 과학의 인간화, 인류를 위한 과학으로 되돌아가야 하는 것이다.

과학기술의 비인간 목적에의 사용을 자제하고 자연의 섭리에 복종하고 물질의 풍요라는 인간 본연의 욕망을 수정하여 '하나 뿐인 지구'인 동시에 '유한한 지구'를 어떻게 우주의 낙원으로 복원할 것인가에 인류 전체가 진지하게 관여하지 않는 한, 인류의 종말은 가상만으로 그치지는 않을 것이다. 인간은 미완성의 존재다. 그러므로 인간은 문화적 전통을 간직하고 있는 사회 안에서 다른 인간들과의 상호작용을 통하여 스스로를 완성해 나가야 한다. 에리히 프롬(Erich Fromm)은 "인간을 비인간화에서 구출할 수 있는 길은 인도주의적 공동체의 실현의 방법이 있을 뿐이다. 인간이 결코 수단이 되거나 타인에게도 자기자신에게도 이용되지 않는 사회의 자리로 복귀하여야 한다"고 지적하였다. "현대에는 철학이 없다"라는 말이 있다. 철학은 모든 학문의 출발점이자 종착점이었고 중심원리였다.

그러나 오늘날에는 이 본연의 철학이 없다는 것으로 알려져 있다. 인간 자신이 구축한 거대한 괴물, 과학문명에 압박되어 갈등과 대결의 심연 속에서 헤어나지 못하고 자기의 본질까지도 상실하려고 하는 우리 인간에게 시급히 요청되는 것은 철학의 구조선이다. 세계를 겉으로만 물질적 제요소의 집합으로 보는 과학을 의식·자아 등의 본질을 파악하고자 하는 내면적인 철학으로 인도하기 위하여 잃어버린 그 철학을 다시 찾을 때가 온 것이다. 산에서 길을 잃으면 정상으로 올라가라는 등산가의 준칙이 있다. 현대인은 확실히 길을 잃고 있다는 감이 짙다. 길을 잃었기 때문에 선행한 세대들이 걸었던 전통의 정상으로 올라갈 필요가 있다. 물론 전통에 대한 맹목적인 추종은 바람직한 것은 아니다. 가치에 있어서 현재성을 지녀야 할 것은 물론이다. 경우에 따라서는 전통으로부터 과감한 탈피도 중요할 것이다. 그러한 점에서는 R. 프랭크의 다음과 같은 말에도 경청할 필요가 있을 것이다. 즉 "여러 가지 대규모의 변화가 생겼을 경우, 그것에 따른 인생·가정생활·대인관계·사회·경제·정치활동 하나 하나에 대하여 전면적은 아니더라도 다소 계획을 바꿀 필요가 있다. 만일 인간 스스로가 장래의 불안이나 불만에 직면하여 보다 자유로운 사회질서의 유지를 바란다면 이제야 우리들은 전통문화의 모습을 일신하고 신중히 계획한 과정에 따라 사회질서를 새로운 방향으로 이끌어 갈 창조적 과제에 도전해야 한다. 79세의 H.G. 웰즈가 그의 세계문화소사에서 "이제는 젊은이들에게 생명이 있다. 여기에 우리들의 인간에 대한 희망이 있다"고 한 말과 같이, 인간에 대한 희망은 끊어지지 않을 것이라는 것을 믿고 싶다.

〈한국해양대학교 교지 '한바다' 제14호, 1980〉

부록 2

象步와 사람들

해운학 연구와 상보

故 한동호[5]

전 성균관대학교 교수·전 한국해운학회 회장

한국해운학회가 우리나라 해운학계의 중진 이준수 박사의 환력을 기념하기 위한 화갑기념논문집 <현대 해운의 제문제>를 간행함에 있어서 내가 이 박사의 학문과 인격을 추앙하는 글을 쓰게 된 것을 무엇보다도 영광으로 생각해 마지 않는다.

솔직히 말해서 이 박사의 화갑을 축하하는 글은 해운학계, 특히 해운교육분야의 태두가 써야만 겪에 맞는 것임에도 외람되게도 천학비재하고 부덕한 내가 축하의 글을 쓰게 된 연유는 한국해운학회 창립을 같이 주도하고, 함께 이사를 역임하면서 학회를 운영해 온 친분과 현재 내가 해운학회 회장직을 맡고 있는 데 있다.

이준수 박사와 나와의 만남은 1973년 9월 재단법인 한국해사문제연구소 창립 이후의 일로서, 당시 해사문제연구소가 주최한 각종 회의에서 서로 자주 만날 기회가 있어 친교를 맺어온 터이다.

이 박사는 과묵하고 겸허하기 이를 데 없는 외유내강한 전형적인 학자의 품격을 갖춘 분으로서 사귀면 사귈수록 친근감과 훈훈한 인간미를 느끼게 하는 지사형의 선비이다.

이와 같이 인자하고 온화한 성품의 이 박사이지만, 학문연구에 있어서는 엄격하기 이를 데 없는 자세를 견지하고, 추호의 양보나 타협 없이 자기 주장을 굽히지 않는 추상같은 면모를 보이고 있어, 많은 후학들이 그

---

5) 1991년 9월 23일 작고.

의 인격과 학풍을 흠모하고, 그 문하에 모이고 있는 것은 당연한 일이라 하겠다.

　이준수 박사와 나와의 교우에서 잊을 수 없는 것은 1974년 5월 내가 성균관대학교 무역대학원장의 직을 맡고 있을 때에 공사다망한 중에서도 틈을 내어 '한국 해운의 오늘과 금후의 과제'라는 특별강연을 쾌락하여 당시만 하더라도 해운에 대한 인식이 미흡했던 학생들에게 무역과 해운의 상호의존관계를 역설하면서 해운에 관한 학문연구를 고취한 점과, 1970년 대 말부터 그 창립의 중요성은 산학이 모두 인식하면서도 실현을 보지 못한 한국해운학회를, 당시 한국해사문제연구소 이사장이셨던 윤상송 박사를 설득하여 1982년 8월에 그 역사적인 창립을 실현시키는 데 주도적인 역할을 함께 담당한 점이다.

　이준수 박사는 병인년 7월 29일 서울특별시 종로구 견지동 60번지에서 엄친 李根燮 선생과 자모 朴龍福 여사 사이에 장남으로 태어나, 1945년 3월에 명문 중의 명문인 경기중학교를 졸업하고, 곧 뜻을 해운에 두고 한국해양대학 항해학과에 입학하여 형설의 공을 쌓고, 1948년 2월 동교를 졸업하였다. 이 박사는 한국해양대학을 졸업하고, 잠시 사회부 중앙육아원 부속 농공중학교 교사로 근무한 바 있는데, 해양대학을 졸업한 준재가 농공중학교 교사가 되었었다는 데에는 남다른 까닭이 있었던 것으로 전하여 듣고 있다. 이 박사가 해양대학을 졸업할 당시의 한국해운업계란 이름 뿐이어서 해기사로서 승선할만한 선박은 손가락으로 꼽을 정도였지만, 이 박사의 경우에는 이 박사의 승선을 기대하는 처지였음에도 불구하고 스스로 승선의 기회를 다른 동료에게 양보하였다. 그 연유는 농공중학교가 바로 엄친 이근섭 선생이 맡고 있던 중앙육아원의 부속학교였기 때문에 엄친의 노고를 덜어드리고 아울러 불우아동의 교육에 헌신하고자 하였기 때문이었다. 그러나 6.25 동란 등으로 그 뜻을 이루기 어렵게 되어 대한해운공사 선박부에 입사하여 해운실무에 종사하다가 1954년 9월부터 1965년 3월까지 모교의 전임강사, 조교수로 재직하면서 후배 양성에 심혈을 기울였다.

그러나 이 박사는 이론과 실제가 일체가 되는 교육이야말로 산교육이라는 확고한 신념 아래 교직생활을 일시 중단하고, 1965년 3월부터 1965년 10월까지 약 7개월간 라이베리아 상선 빌리 호의 1등항해사로서 실제 항해경험을 쌓은 다음(1967년 11월) 다시 모교의 부교수로 복직하여 오늘에 이르기까지 해운학의 수준향상과 한국해양대학의 발전에 온갖 심혈을 경주하고 있다.

그동안 이 박사는 한국해양대학 실습선 연습감, 한국수산개발공사 선박 이사를 역임하고, 1968년 1월부터 1976년 1월까지 한국해양대학 학장에 연임되어 오늘의 한국해양대학을 반석 위에 올려 놓는 데 중추적인 역할을 담당하였다.

이 박사의 일생을 소개함에 있어 빠뜨릴 수 없는 사실은 바로 해양대학 학장 시절의 업적이다. 학자로서의 욕심은 누구나 할 것 없이 이론의 연구이지만, 이 박사에게는 그러한 개인적인 욕구의 충족에 앞서 후학들이 무한히 뻗어 나갈 수 있도록 모교이기도 한 한국해양대학을 반석 위에 올려 놓는 일이었다. 즉 이 박사는 학장직에 취임하면서 곧 학교의 이전 계획을 수립, 만난을 극복하고, 예산을 확보, 교직원을 진두지휘하여 마침내 1975년 11월 현재 조도 신교사를 준공하였다. 뿐만 아니라 해양대학 창립 이래 숙원이었던 연습선을 신조, 교사의 준공과 더불어 '한바다' 호로 명명하는 기쁨을 누리기도 하였다.

한국해양대학 학장직에서 물러난 뒤 이 박사는 평교수로서 국제법 강의를 담당하는 한편, 다시 동대학 연습선 한바다 호 연습감으로서 근무하면서 해양대학 학생들의 실무교육의 총책임자로서 2년 동안 열과 성을 다

하였다. 이 박사는 남달리 학문에 대한 열정이 강하여 한국해양대학의 교직에 있으면서 1960년 3월에는 경희대학교에서 법학석사학위를, 이어서 1969년 11월에는 '국제선원법연구'로 단국대학교에서 법학박사학위를 받았다.

이와 같은 이 박사의 학문연찬(學問研鑽)과 끊일 줄 모르는 실무연구의 의욕은 그대로 결실되어 그 문하로부터 유능한 학자와 해운업계의 경영자, 우수한 해기사들을 배출시킴으로써 우리나라 해운학의 수준향상과 해운산업의 신장에 크게 기여하고 있는 것은 자타가 공인하는 주지의 사실이다.

또 이 박사의 학문연구는 교단에서만 머물러 있지 않고, 많은 학회활동에 적극적으로 참여함으로써 이를 더욱 빛나게 하고 있다. 즉 이 박사는 한국항해학회 회장, 한국해법회 부회장, 한국해운학회 이사, 한국항만학회 회장을 역임하면서 해운에 관한 학문의 거의 모든 분야에 걸쳐서 학회운영의 책임자 또는 조언자로서 높은 학덕과 원만한 인격으로 많은 후학들을 지도 양성하고 있다.

이준수 박사의 해박한 학식과 실무에 관한 풍부한 경험은 이 박사의 활동무대를 학계에만 국한시키지 않고 보다 넓은 영역에로 확대시켜 재단법인 한국해사문제연구소 이사, 사단법인 한국해기사협회 회장, 한국해양소년단 총재, 재단법인 한국선원선박문제연구소 소장, 한국해기연수원 운영위원장, 국제해사기구 부설 세계해사대학 한국대표이사 등의 요직을 역임하였다.

앞에서 말한 이준수 박사의 학문연구와 사회발전에 기여한 지대한 공로는 헛되지 않아 이 박사는 문교부장관 표창(1963.8.15), 대통령 표창(1963.12.17), 국민훈장 동백장(1975.12.5), 해운공로기장(1981.3.13), 부산교육회 회장 표창(1984.5.18)을 각각 받았다. 이 박사에게 베풀어진 이들

영예는 그의 학문연구와 사회발전을 위한 헌신적 공로에 대한 당연한 보답이라 하여야 할 것인바, 그를 아끼고 존경하는 모든 분들과 더불어 경하해 마지 않는다.

〈한국해운학회, 이준수 박사 화갑기념 논문집, 1986.10〉

이준수의 인품

박현규
한국해사문제연구소 이사장

"가장 현명한 자와 가장 어리석은 자는 변하지 않는다."

"같지 않지만 조화를 이룬다."

언제인가 읽은 논어의 구절이다. 한문에 조예가 깊은 것도 아닌 내가 위와 같은 논어의 몇 구절을 외고 있는 것은 그것이 이준수의 인품을 그대로 표현하고 있는 말처럼 생각되었기 때문이다.

이준수와 나는 50년을 벗 해온 지기이다. 한국해양대학의 설립과 더불어 입학하여 함께 졸업한 해양대학 제1기 동기생이다. 그렇듯 지금까지도 매우 가깝게 지내고 있다. 그러나 이준수를 대하는 내 마음가짐은 결코 가벼울 수가 없다. 대인다운 풍모도 그러하려니와 항상 변함이 없는 그의 군군한 자세를 대할 때마다 존경심이 앞서기 때문이다. 탈속한 듯한 그의 순수성, 그리고 그의 높은 이상과 깊은 역사의식을 접할 때마다 나는 나 스스로를 반성하게 되는 외경스러움까지 느끼게 된다. 물론, 보는 사람에 따라 이준수라는 사람은 아주 현명한 사람일 수도 또 가장 어리석은 사람일 수도 있겠지만, 늘 변함이 없는 그의 인품에 대해서만은 누구도 부인하지 못하리라는 것이 내 생각이다. 뿐만 아니라 그는 자신의 주장을 결코 앞세우려 하지 않는, 그리고 그의 군은 심지와는 달리 무슨 일이건 느긋하게 깊이 생각하고 실천하는 그의 인품은 누구도 따르기 어려운 것이다. 그의 성격은 내 성격과는 많이 다르다. 그럼에도 불구하고, 지금까지 서로 크게 다투어 본 일이 없는 것은 "사람이란 원래 같지 않은 것임"을 알고, "서로 조화를 이루고자 해 온" 그의 인품 때문으로 생각된다.

한국해양대학의 학장을 역임하신 윤상송 박사는 늘 "이준수라는 사람은 희생만을 먹고 사는 사람"이라고 입버릇처럼 말씀하시었다. 그야말로 이준수는 자신의 희생을 앞세우고 살아온 사람이라고 하는 편이 옳을지도 모르겠다. 안병욱 교수의 명저인 <인생론>에 따르면, 인생에는 '수수(授受)의 원리'가 존재한다고 한다. 인생의 모든 행동과 현상에는 첫째 받기만 하고 주지 않는 이기주의가 있고, 둘째는 주지도 받지도 않는 개인주의, 그리고 셋째는 주고 받는, 다시 말하여 주는 만큼 받고 받는 만큼 주는 합리주의, 그리고 마지막으로 받는 것은 생각하지 않고 주기만 하려는 봉사주의 등 4가지 수수의 원리가 있다고 했는데, 이준수는 바로 이 네 가지의 원리 중 네 번째에 속하는 인생관을 지니며 살아온 사람이라 해야 할 것이다. 항상 자기보다 남을 먼저 생각하는, 이같은 봉사주의 인생관에 철두철미한 사람을 나는 이준수 외에 달리 본 일이 없다.

그러한 그가 지닌 인품의 한 단면만이라도 기록으로 남겨두어야 하는 것이 오랜 지기로서 또 그의 인품을 마음 속 깊이 존경해 온 나 개인으로서의 의무라고 생각하여 붓을 든 것이긴 하지만, 어떠한 말로도 그의 인품을 그대로 소개하기에는 매우 어렵다고 여겨진다. 예부터 '過恭은 非禮'라 했지만, 그에 대해서 어떤 칭찬의 말을 해도 결코 과하지 않으리라는 것이 내 생각이다. 그렇기는 하지만 오히려 그의 인품에 누를 끼치는 일이 있어서는 안되리라는 생각에서 몇 가지의 에피소드만을 소개해 두고자 한다.

지금 '실습선의 노래'로 불리우는 노래는 요가로 불리우던 12절로 된 노래이다. 1기생인 우리들이 해양대학에 입학했을 때엔 교가가 있을리 없었다. 그래서 공식적인 행사에서는 물론이거니와 비공식적인 모임에서조차 당시의 해양대학생들은 학교를 상징하는 노래를 부를 수 없었다. 이러한 실정에서 제2기생의 입학을 앞두고 학교에서는 학생들을 상대로 가사를 모집하였는데, 이준수의 가사가 채택되어 요가로 불리우게 되었던 것이다. 이같은 가사가 확정됨으로써 우리는 비로소 공식적인 행사에서는 물론이거니와 사사로운 주석에서까지 마지막에는 이 요가를 부름으로써 행사를 끝내고는 했다. 즉 교가가 확정되기 전까지 교가로도 불렀고, 또 응원가로도 불렀던 것이 지금 '실습선의 노래'라고 불리우는 이 요가였다. 이 요가를 모르는 사람은 해양대학 출신이 아니라고 할 만큼 해양대학을 상징하는 노래였다.

이같은 요가의 가사를 작사한 당사자가 바로 이준수였다. 당시 우리나라 최고의 명문이었던 경기고보를 졸업하고 서울공대에 입학하였으나, 바다를 너무나 좋아했던 나머지 해양대학의 설립과 더불어 해양대학에 입학한 몇 달 밖에 안된 그가 이같은 가사를 작사했다는 것은 참으로 놀라운 일이라 하지 않을 수 없다. 지금 다시 읽어보면 유치한 구석이 엿보이고 있는 것도 사실이지만, 그러나 그것은 바다가 좋아 해양대학에 입학한 이준수의 기개와 열정을, 그리고 낭만을 그대로 표현한, 젊은 날의 이준수가 소리 높여 부르짖었던 웅변 그 자체였다고 하겠다.

6.25동란의 발발로 대한해운공사가 부산으로 피난오게 됨으로써 부산에 있던 나는 본사 선박부 해기계장으로 근무하게 되었다. 그러던 어느 날 부산시내를 걷다가 부산역 건너편 삼거리에서 아이들과 함께 길바닥에서 고서를 쌓아놓고 팔고 있는 이준수를 발견하였다. 전쟁 중이어서 모두가 어려운 때이기는 했지만, 차림새도 그러하거니와 고아들과 함께 고서를 팔고 있는 이준수의 모습은 참으로 가관이었다. 어쨌든 그러한 경황 중에서도 참으로 반갑고 놀랍기가 그지 없었다. 그래서 그 영문을 물었다.

그 까닭인즉 이러했다. 바다를 좋아해서 모처럼 입학했던 서울공대를 마다하고 해양대학에 다시 입학했던 것이지만, 해양대학을 졸업한 뒤 뜻한 바 있어 고아원(중앙육아원) 부속 농공중학교의 교사직을 택하였던 바

그러던 중 6.25가 발발하게 되자 50여명의 고아들을 그대로 방치할 수 없어 가족들과 헤어진 채 고아들을 직접 이끌고 걸어서 부산까지 피난오게 된 것인데, 고아들을 먹여 살리는 방도의 하나로 피난오면서 가지고 내려온 장서를 내다 팔게 된 것이다. 이처럼 이준수가 사회에 내딛은 첫 발부터가 남다른 것이었다고 하겠다. 그러나 전쟁의 소용돌이 속에서 누구나 할 것 없이 먹고 살기에 바쁜 판국이어서 수준이 높은 종교 및 철학서적을 사가는 사람이 별로 없어 큰 걱정이라고 했다. 이준수는 이런 얘기를 하면서도 그저 빙긋이 웃었다. 이런 얘기를 들은 나는 안팔리는 책장사는 그만 집어 치우고 해운공사에서 함께 일하는 게 어떻겠느냐고 권했다.

이런 경위로 해서 이준수는 아무런 문제없이 나와 함께 해운공사에서 근무하게 되었다. 해운공사에 근무하게 된 뒤에도 그는 동대신동 산중턱의 무허가 판자집에서 고아들과 함께 침식을 같이 하며 살았다. 전쟁 중이었기 때문이었겠지만, 그런 형편없는 살림살이에도 도둑이 자주 들어 이불이나 담요 같은 것이 없어지기 일쑤였다. 그럴 때마다 나는 미제 자물쇠라도 사서 문을 채우라고 했지만, 그럴 때마다 그는 "우리보다 더 어려운 사람이 가져가는 것을 어떻게 막느냐"고 하면서, 그저 웃기만 했다. 그 이후 나는 아무리 추운 날에도 그가 오버코트를 입은 것을 본 일이 없다. 아무리 형편이 나아졌다 한들 고아들이 제대로 입지 못하는 오버코트를 어찌 입겠느냐는 것이 그의 생각이라는 것은 물어보나 마나한 일이었다. 이준수라는 사람은 그런 사람이었다.

학교 시절부터 가깝게 지냈던 우리는 해운공사에 함께 근무하게 되면서 더욱 가까워지게 되어 그림자처럼 행동을 거의 함께 했다. 당시의 어떤 월간지에 "어떤 감독과 어떤 선수는 변소에도 함께 간다"는 제목의 기사가 실려 화제가 되어 있었는데, 우리도 거의 그러했다. 특별한 일이 없는 한, 우리가 따로 점심식사를 하는 일은 거의 없었다. 그러던 어느 날

그날도 함께 점심을 하고자 회사를 나섰다가 갑자기 외치는 이준수의 벼락같은 소리에 깜짝 놀랐다. 나는 영문을 몰라 어리둥절할 수밖에 없었다.

먹고 살기 힘든 시절이라 당시 부산시내에는 말그대로 구걸하는 부랑아들이 득실거렸는데, 그런 부랑아들을 경찰들이 강제로 트리쿼터에 태우는 것을 이준수가 목격한 것이었다. "아무 죄 없는 애들을 왜 개 끌고 가듯이 끌어가느냐? 너희들이 이 애들을 먹여 살릴 것이며, 선도할 것이냐?" 등등 너무도 큰 소리로 진지하게 따지고 드는 그의 험상궂은 자세에 놀라버렸는지, 경찰들은 혼비백산하여 아이들을 그대로 둔 채 그만 차를 몰고 가버렸다. 그러한 순경들의 모습이 꽤 우습게 보였지만, 그처럼 화를 내는 이준수의 모습을 처음 본 터라 마음 놓고 웃을 수도 없었다.

어쨌든 이날 내가 목격한 이준수의 모습은 전혀 새로운 면모였던 바, 나에게 매우 깊은 인상을 남겨 주었다. 그후 나는 해운공사에 근무하면서, 또 항만운송회사와 해운회사의 중역이나 사장으로 경영을 맡아 일하면서 그로부터 간혹 고아청년들에 대한 취업부탁을 간청받게 되면, 그의 청소년들에 대한 진지한 자세를 떠올리게 되어 그러한 부탁을 감히 거절하기 어려웠다. 특히 불의의 사고를 탕해 불우의 처지에 빠진 그들 고아들을 힘자라는 데까지 끝까지 돌보려는 그의 진지한 자세를 볼 때마다, 나는 순경들에게 벼락이라도 치듯 호령하던 그때의 그 모습을 떠 올리며 새삼스럽게 감격하고는 했다. 이러한 정신이 그 후 가장 어려웠던 해양소년단 초창기에 그 총재직을 맡게 되었던 연유였다고 생각된다.

그러나 이준수는 해운공사에 오래 근무하지 못하였다. 교수 요원의 부족으로 허덕이던 모교 해양대학이 수재 졸업생인 그를 징발한 때문이었다. 해양대학 출신들은 물론이거니와 해운에 관계하는 사람들은 다 인정하는 바이지만, 오늘날의 한국해양대학은 상선학교로서 세계에서도 으뜸가는 대학이라고 우리 스스로 자부하고 있고, 또 외국에서도 그렇게 인정해 주는 대학으로 발전해 있다. 해양대학 출신의 수많은 해기사들은 국적선은 물론 외국선에 승선하여 말그대로 칠대양을 누벼왔고, 또 누비고 있다. 그러나 해양대학 초창기에는 교육의 웅지만이 높았을 뿐, 학교로서의 시설과 면모를 거의 갖추지 못하고 있었다는 것이 솔직한 표현일 것이다. 즉 바다로 진출하는 길만이 우리나라가 살 길이라고 믿은 선각자 한 분이 진해고등해원양성소 자리에 터를 잡은 것이 해양대학의 창설이었다. 그러나 여러 가지 사정으로 진해고등해원양성소 터를 해군사관학교에 내어주게 되어 인천 월미도로, 군산으로 전전하다고 6.25동란으로 부산으로 피난해 거제리 가교사에서 지내다가 부산 동삼동에 교사를 마련하게 된 것이다. 학교의 사정이 이러했기 때문에 교수와 학생들이 함께 힘을 모아 스스로 형극의 길을 헤쳐 나아가면서 창조할 수밖에 없었고, 그 결과 오늘의 해양대학을 만들어 내게 된 것이다.

이와 같은 해양대학의 역사에서 이준수가 맡아야 했던 역할은 참으로 막중한 것이었다. 1968년 1월에 모교 출신으로는 두 번째로 학장에 취임하여 1976년까지 8년 동안 학교 행정을 책임지고 일해 온 바 오늘날의 해양대학의 기틀은 이때에 마련되었다고 해도 과언이 아닐 것이다. 물론 모든 것은 그의 공로로 돌릴 수만은 없을 터이고, 또 이준수 자신은 그의 공로를 부인할 것이지만, 그러나 자세한 얘기는 생략한다고 해도 그가 교수와 학장을 재직하면서 또 동창회 회장으로 있으면서 해양대학이 교통부 산하 특수대학으로 창립하게 된 연혁에 따른 졸업생에 대한 학위수여에 관한 문제를 해결하였고, 동란 중이라는 어려운 상황 속에서 해군예비원 제도를 창설하였음은 물론, 조도 현 교사의 신축과 실습선 한바다 호의 신조를 추진하여 이루어내었다는 사실까지 감출 수는 없는 일일 것이다.

초창기에 해양대학을 나온 사람들 거의 모두가 교사가 없어 진해에서 인천으로, 다시 군산으로 옮겼다가 부산으로 전전해야 했던 유랑의 서글

품을 몸소 체험했던 이준수에게 그럴듯한 교사의 신축과 실습선 한바다호의 신조는 그의 필생의 꿈이었을 것이다. 그래서 학장에 취임한 뒤에는 무엇보다 교사의 신축과 실습선의 신조에 전심전력을 다 기울인 나머지 그는 학자로서의 업적은 크게 남기지 못한 것으로 생각된다. 오로지 학교만을 위한 교육행정가로서만 동분서주 해야 했던 것이므로 자신의 개인적 업적 같은 것을 희생한 것이라면 지나친 비약일까?

지난 7월 7일 일요일 아침 새벽 일찍 전화벨이 울렸다. 해양대학 현 교사 신축 당시 건설부 장관으로 게시던 이한림 장관의 전화였다. 만나서 여러 가지 대화를 나누던 중 당시 해양대학의 조도 교사 신축 얘기가 잠시 나왔었다. 거기에서도 그런 얘기가 나왔었지만 해양대학의 조도 신축 작업은 이준수의 주도 하에 이루어진 것이다. 당시 각계각층의 지원 중에서도 이한림 장관의 지원이 가장 컸다고 하겠는 바, 이한림 장관은 해양대학의 크나큰 은인이라 하겠다.

종합대학으로 발돋움한 오늘날에는 다소 비좁은 느낌도 없지 않지만, 우리나라 제1의 항구인 부산의 관문에 위치한 조도는 그야말로 상선학교의 부지로서는 더 없는 적지라고 하겠다. 종합대학교로의 개편이 반드시 바람직한 것인가에 대한 견해는 사람에 따라 다를 수 밖에 없는 것이지만, 시대와 추세상 종합대학교로의 개편이 불가피해 보이나 넓은 부지로 교사를 다시 옮기게 된다고 하더라도 현 교사는 상선대학의 캠퍼스로 계속 남아 있어야 한다는 것이 나의 개인적인 생각이다. 그야 어쨌든 당시 조도의 토지는 국방부와 해군, 그리고 민간인들이 각기 소유하고 있었다. 그러했기 때문에 해양대학 신축 교사의 부지로 조도가 선정될 때부터 엄청난 반대에 부딪쳐야 했다.

이같은 어려운 문제를 명쾌한 판단으로 직접 나서서 군인시절 후배였던 당시 문교부 장관과 국방부 차관 등을 몇 차례씩이나 만나 해결해 준

분이 이한림 장관이었다. 뿐만 아니라 그는 교사의 신축 과정에서는 물론, 교사가 완공될 무렵 영도와 조도간 방파제를 그 어려운 건설부의 추경예산으로 확보하여 시공해주기도 했다. 그래서 이준수 학장을 비롯한 학교 측과 동창 관계자들은 보은의 뜻으로 이 방파제를 '翰林堤'로 명명하기로 뜻을 모으기도 했으나, 이한림 장관 본인의 절대적인 고사로 그렇게 명명하지는 못했다.[1] 이처럼 이한림 장관이 만난을 무릅쓰고 해양대학 조도 교사의 신축에 적극 지원하고 나선 것은 무엇보다 그 자신의 명쾌한 판단력과 공인 다운 인품의 소산이라 할 것이다. 그러나 이한림 장관이 이준수라는 사람의 인품을 믿을 수 있는 친분 관계를 갖지 못하였더라면 그렇게 쉽게 해결될 수 있는 일은 아니었을 것으로 생각된다.

이준수가 이한림 장관과 친분을 가질 수 있었던 것은 이준수가 해양대학을 떠나 있었던 두 번의 짧은 기간 중 두 번째 기간, 즉 이한림 장관이 사장으로 취임하고 있었던 한국수산개발공사의 선박담당이사로 근무한 데에서 기인하는 것이다. 즉 극히 짧은 기간 이준수가 전임 윤상송 학장의 추천으로 징발되어 한국수산개발공사 초창기의 기틀을 다진 데 열과 성을 다한 데서 비롯된 것이다. 이로써 이한림 장관의 인품을 알 수 있듯이 이준수의 인품도 능히 미루어 짐작할 수 있다 하겠다.

〈한국해운학회, 象步 이준수 박사 정년퇴임기념논문집, 1991.10〉

---

1) 이한림 장관 사후인 2012년에 '한림제'로 명명되었다.

이준수 선생님과 나, 그리고 자력회

故 민병언[2]
전 한국해양대학 교수

나는 6.25사변이 휴전된 다음 해인 1954년에 거제동의 가교사에서 국립해양대학 항해과 제10기생으로 입학하였다. 그 해의 2학기가 시작된 9월에 선생님은 모교의 부름을 받고 부임하셨다. 지문항해학을 강의하기 위하여 강의실(실은 천막과 판자로 만든 간이 막사와 같은 바라크였다)에 들어오셨는데, 말쑥한 신사복에 용모 또한 귀공자처럼 준수하여(함자에 걸맞게) 영국신사를 연상케 하는 데 충분하였다.

대저 교수가 학생들과 첫 대면을 하게 되는 첫 강의시간에는 교재의 소개, 강의의 내용과 방법, 학점과 성적의 관리 등에 대하여 대충 소개하면 의례 학생들은 교수의 자기소개를 요구하게 마련이다. 학생들의 요청이 있었음인지 선생님은 우리나라에는 아직 수입이 안된 '세인(Shane)'이라는 서부영화를 일본에서 보셨다면서 줄거리를 이야기해주셨는데, 학생들은 퍽 감명 깊게 들었다. 또 주제가까지 판서하시고 가르쳐 주셨는데, 나는 지금도 이 노래를 잊지 않고 있다. 이 세인의 명강의로 선생님은 일찍이 현하지변(懸河之辯)과 문학적 자질을 인정받기에 이르렀지만, 그때 우리 학생들이 교가처럼 즐겨 부르고 있던 요가도 선생님이 학생 시절에 작사하셨다는 사실을 알고는 한번 더 찬탄하여 마지 않았다. 우리가 졸업한 지 얼마 뒤에 지금의 교가가 제정되었고, 이 노래는 실습선의 노래로 명명되었지만, 지금도 졸업생과 재학생들이 흥겨운 자리에서는 합창으로 즐

---

2) 2000년 작고.

겨 부르고 있다.

각설하고 이렇게 선생님과의 만남은 시작되었지만, 학생시절에 학문적인 가르침 뿐만 아니라 인생을 살아가는 처세술 등 많은 것을 배우고 졸업했지만, 지금도 학문과 인생의 스승으로서 나에게 가장 영향을 미친 분을 들라고 하면 많은 스승과 선배 중에서도 선생님을 첫손가락으로 꼽는데 주저치 않을 것이다.

우리가 해양대학을 졸업할 때는 아직 해군예비원령이 공포되지 않았었다. 선생님을 위시하여 몇분의 교수와 졸업생들이 무던히 노력하셨지만 답보상태였다. 이왕에 군에 입대할 바에야 빨리 하는 것이 유리하다 싶어 병사구(兵事區) 사령부를 찾았다. 해군장교후보생을 지원하려는 심사였지만, 항해과 출신은 모집하지 않는다 하여 마침 공군장교후보생을 모집한다기에 응모하기에 이르렀다. 해양대학 입시만큼이나 좁은 관문이었지만, 셋이 응모하여 모두 합격을 했다. 5개월간의 고된 후보생 교육훈련을 무사히 마치고 임관하여 기상장교가 되었으며, 만8년간을 기상예보장교와 기상학교관으로 근무하였다. 대학에서 기상을 배웠기 때문에 기상장교를 지원하였던 것이지만, 기상예보실무도 재미가 있고 또 교관으로서 공부하며 가르치는 보람도 여간 아니었다. 그 시절에는 우리가 승선할 선박도 거의 없고, 더구나 육상에서 마음에 드는 직장을 구하기란 그야말로 하늘의 별따기였다. 이것이 군대생활을 오래 한 주요인이었지만, 이렇게 장황하게 나의 과거사를 들먹이는 것은 이런 연유와 선생님을 위시한 여러 선배 교수님의 배려로 모교의 강단에 설 수 있는 영광을 누리게 되었다.

선생님은 8년간 학장직에 계시면서 현재의 캠퍼스로 대학을 신축 이전시키고, 또 실습선 한바다 호의 신조, 입학정원의 증원, 해양전문학교의 설치 등 많은 업적을 남기시면서 우리 대학의 발전에 신기원을 마련하셨다. 또 선생님은 1976년에는 한국항해학회를 설립하여 6년간을 회장으로 계시면서 학회를 반석 위에 올려 놓으셨고, 잇달아 한국해법회(1978), 한국항만학회(1985), 한국해사법학회(1985)를 설립하셨다. 선생님은 이와 같은 해운산업에 관련된 여러 학회의 설립과 발전에 지대한 공헌을 하셨을 뿐만 아니라 또 한국해기사협회의 회장으로 계실 때는 해기사의 권익과 복리의 증진을 위하여 노력하셨고, 초창기의 한국해양소년단의 총재직을 맡아 발전의 초석을 다지기도 하셨다.

이와 같이 선생님은 학내외에서 여러 기관 단체의 수장의 직에 계시면서 많은 일을 하셨을 뿐만 아니라 후학의 교육에도 남다른 정성을 쏟으셨다. 학문의 계발과 진리의 탐구, 그리고 국가와 사회에 봉사하는 것이 대학의 사명이라면, 학풍의 조성과 후학의 교도는 교수의 사명일 것이다. 오늘날과 같이 산업과 직업이 세분화됨에 따라 전공도 세분화되기 마련이어서 우리 대학에도 많은 전공학과가 신설되었지만, 이를 오래 전부터 예견이라도 하셨는지 많은 교수들이 유학을 하고 학위를 취득할 수 있도록 배려와 성원을 아끼지 않으셨다. 선생님도 만학을 하시면서 우리 대학의 교수 중에 제일 앞서 학위를 하시어 후학의 본이 되셨으며, 늦게나마 연구하는 학풍을 조성시켰다고 해도 과언이 아닐 것이다. 실제로 선생님의 배려와 압력으로 용기를 얻어 만학으로 학위를 취득한 후학 교수가 한둘이 아님은 주지의 사실이다.

그리고 선생님은 교불권(敎不倦)을 몸소 실천하셨으니 당신 밑에서 자란 훌륭한 제자들이 부지기수로 학계와 해운계를 비롯하여 여러 방면에서 두각을 나타내고 있다. 제자 졸업생들과의 사석에서 이야기를 늘어 놓다 보면 교수의 강의법이나 태도 등에 대하여 거론되는 것을 가끔 볼 수 있다. 여러 교수 중에서 가장 성의 있고 알기 쉽게 그리고 알찬 강의를 한 분으로 으레 선생님이 첫손가락으로 꼽힌다. 평소에 강의준비를 충분히 하시고 타고난 좋은 목소리와 도도한 언변, 진솔직심(眞率直心) 성의를 다하여 이해하기 쉽도록 열강하시니 명강의가 되지 않을 수가 없고, 따라서 학생들이 경청(傾聽)·경청(敬聽)하지 않을 수가 없을 것이다.

선생님은 건강에 대해서도 남다른 관심과 일가견을 가지고 계신다. 특히 西式 건강법3)을 철저히 실천하시면서 건강을 걱정하는 사람에게는 꼭 이 건강법을 자세히 설명해 주시면서 실천할 것을 잊지 않고 권유하신다. 선생님이 어렸을 때는 몸이 퍽 허약하여 부모님께서 걱정을 많이 하셨다고 한다. 그런 연유에서인지 교수 뿐만 아니라 그 가족 중에서 누가 건강에 이상이 있다는 것을 아시면 적극 도와주려고 애쓰신다. 손수 찾아가 잘 아는 병원으로 데려가 진찰을 받게 하기도 하고 때로는 서울로 가서 치료 받을 수 있도록 주선하면서 비행기표까지 챙겨주었다.

선생님은 경음(鯨飮)이란 말에 걸맞게 대주가이시다. 특히 후배 제자들과 같이 하는 술자리면 더욱 기분이 좋으시고 술을 많이 드신다. 술자리에서는 공적인 이야기는 될 수 있는 한 피하고 시류한담으로부터 시작하여 화류방담에 이르기까지 모두가 흥겹고 술맛이 나는 이야기를 나누는 것이 주법이라고 볼진데, 선생님은 술자리가 무르익을수록 좌중을 흥겹게 하시되 결코 자신을 양언(揚言)하거나 생색을 내시는 것을 볼 수 없다. 술자리에서 조차 누가 감히 선생님의 박람(博覽)과 강기(强記)를 당하며 누가 능히 웅변의 달변을 감당할 것인가. 술로 누가 선생님을 이겼다거나 과음으로 선생님이 실수를 하셨다는 말을 들은 적이 없다. 어지한히 주기가 도는데도 남포동 골목을 빠져나와 부산극장 앞에서 이르면 서슴없이 후학들을 포장마차 앞으로 끌고가 선채로 소주 한두 잔을 더 기울이는 여유와 풍류를 즐기시는 소탈한 분이 선생님이시다. 도무지 풀 수 없는 수수께끼여서 언젠가 오래 전에 술자리에서 선생님께 슬며시 여쭈어 보았

---

3) 니시 가쯔조(西 勝造)가 창안한 건강법.

다. 경음의 주량과 건강의 비결은 무엇이며, 혹여 어릴 적에 인삼이나 다른 보약을 많이 드신 것이 아니냐고. 선생님은 이렇게 들려 주셨다. 어릴 적에는 몸이 허약하여 부모님께서 보약을 많이 다려주셨다. 선생님의 백부께서는 평화당제약을 경영하시면서 백보환이란 보약으로 크게 성공하셨단다. 약의 선전광고를 위해서 인쇄부까지 두고 회사를 운영하셨지만, 해방후에는 신약이 많이 나오면서 한방약이 잘 팔리지 않게 되자 제약사업은 걷어치우고 대신 인쇄부를 확장시켜 평화당인쇄소를 차리셨다. 그 백부께서 개미만한 크기의 벌레를 인삼이 든 곽속에 넣어, 이 벌레가 인삼을 파먹도록 한 다음, 이를 말려서 약을 지어주셔서 그 약을 많이 자신 기억이 나는데, 그것이 지금의 건강에까지 보탬이 되고 있는 것은 아닌가 싶다고 하셨다. 실로 선생님의 초인적인 체력과 활력은 소장후학들로부터도 부러움의 대상이 되고 있는 것이다.

대인 여부는 권력을 쥐어 주어보면 알 수 있고, 소인 여부는 술을 같이 마셔보면 알 수 있다고 한다. 선생님은 재직 중에 어느 누구도 엄두도 못 낼 많은 일들을 거뜬히 해내셨고 해운계를 위해서도 기여하신 바가 크다. 선생님은 대인의 풍도를 가지셨으니, 사람의 장단점을 능히 꿰뚫고 믿을 수 있는 사람은 끝까지 믿고 아끼시고, 눈에 차지 않거나 잘못을 저질렀으면 그가 없는 데서 폄훼하시는 일이 결코 없으며, 충고나 질책은 면전에서 호되게 직접 하신다. 거수 밑에서는 큰 나무로 자랄 수 없으나 대인 밑에서는 큰 사람이 될 수 있다고 했는데, 선생님의 제자이면서 25개성상을 하루같이 선생님을 모시고 살아왔지만, 아직도 흉내조차 못내고 좌고우면하고 있으니 부끄럽기 그지 없을 따름이다.

선생님을 대하면 부끄러운 바가 또 하나 있다. 연전에 어느 신문지면에 선생님과 기자와의 대담이 실린 적이 있는데, 선생님은 아직 저서가 없다고 하시면서 그 이유를 다음과 같이 말씀하셨다. 대학원석사과정 은사이

신 이한기 박사께서 학자는 평생에 책을 한권만 쓰되 명저를 남기라는 말씀을 하셨다면서 그 말씀을 듣고는 감히 여태껏 책을 쓸 수 없었다고. 같은 부류의 이름도 같거나 비슷한 책이 순서나 내용이 약간 다를 뿐 저서라 하여 지천으로 쏟아져 나오고 있으며 이것이 마치 학문과 지식의 척도가 되고 또 승진을 위한 연구업적으로 둔갑할 뿐만 아니라, 재주만 잘 부리면 축재의 수단이 될 수도 있는 현실에서 볼 때 선생님의 말씀은 뭇사람에게 주는 하나의 경종이요 충고가 아닐 수 없다. 실제로 선생님은 공저를 제외하면 단독으로 저술한 책이 한권도 없다. 몇 권씩의 책을 저술이랍시고 가지고 있는 후학들로서는 자괴하는 마음으로 선생님의 겸허한 몸가짐을 우러러 볼 뿐이다.

이제 마지막으로 자력회에 대하여 써야겠다. 내가 3학년생일 때 선생님은 자력회를 만드시고 요사이 말하는 지도교수를 맡으셨다. 회원은 1, 2, 3학년 합하여 30여명으로 생각된다. 그 시절에는 거의 모든 국민이 어렵게 살 때이므로 소수의 학생을 제외하고는 학비조달이 어려웠다. 국비라 하여 의식주는 근근히 해결되었지만 등록금은 오히려 다른 사립대학보다도 많았다. 학생들의 어려운 처지를 아시고 선생님이 이 자력회를 조직하셨는데, 우리가 하는 일은 학내에서 문방구점과 세탁소를 운영하고 또 식사 때 배식창구에서 학생들에게 버터나, 치즈, 때로는 풋고추 등을 팔아서(그때는 부식이 안좋은 탓으로 많이들 사 먹었다) 거기서 나오는 이익금으로 등록금의 일부를 충당하는 것이었다. 그리고 뜻있게 기억에 오래도록 생생하게 남는 것은 3학년 하기방학 때 동삼동 중리의 구 캠퍼스 내에 있는 기숙사 뒤편의 옹벽(길이 약 100m, 높이 약 2.5m)을 우리 자력회가 맡아서 쌓았던 일이다. 선생님이 이시형 학장님(뒷날, 선생님은 이 학장님의 맏따님을 부인으로 맞아 드리게 된다)께 말씀드려 2학기 등록금 전액을 공사비 예산으로 떼내어 지불해 주셨다. 우리의 대학 시절은

6.25사변 뒤의 혼란기여서 학생들이 과외활동을 할 수 있는 운동부나 써클이 거의 없었으므로(다만 수영부가 있어 전국적인 규모의 대회에서 거의 우승을 독차지하였다) 자연히 대학생활이 무미건조할 수밖에 없었다. 이런 때에 자력회가 조직되었으니 얼마나 다행한 일인가. 이보다 훨씬 뒤에 일어난 근면, 자조, 협동을 표어로 하는 새마을운동을 우리 자력회는 훨씬 앞당겨 실시한 셈이다. 자력, 자강, 자조, 자립 등 듣기만 해도 젊은 나이에는 신이 나는 단어들이었다. 어쨌든 우리 자력회원들은 학생 시절에 다른 학생들이 경험하지 못한 많은 것을 경험하게 되었고, 또 이 경험들이 지금도 세상을 살아가는 데 많은 것을 일깨워주고 있다. 옹벽을 쌓았던 한달 남짓한 기간에 틈틈이 수영을 익혀 자력회원은 거의가 한두 시간의 원영을 할 수 있는 실력을 기르기도 하였다. 지금도 그때의 회원이 두셋만 모여도 자력회 시절을 회상하게 되고 또 선생님의 높은 뜻과 사랑을 기리게 된다.

F.B. Millet는 그의 저서 <교수>에서 대학생활의 과외활동으로 얻은 여러 가지의 지식과 경험은 교수생활을 하는 데 많은 도움이 될 것이라고 하였다. 대학시절에 과외활동이라고는 자력회를 빼면 전혀 없는 우리로서는 이 자력회가 얼마나 고마운 존재인가, 지금도 뼈저리게 느끼곤 한다.

선생님을 대하면 순하디 순한 촌부로 대하는 것처럼 마음이 놓인다. 상대가 비록 젊은 제자일지라도 과공하리만큼 높여 주신다. 옷이 날개라고는 하나 입는 옷에 대해서는 전혀 관심이 없으신 것처럼 보인다. 시속에 뒤떨어진 듯한 옛날 입던 옷을 아무렇게나 입으시고 허름한 모자를 푹 눌러 쓰시고 나들이를 잘 하시지만 그 모습이 자연스럽고 조금도 촌티가 나지 않는다. 신사는 태어나고 숙녀는 만들어진다더니 선생님을 두고 하는 말인 것 같다. 고상하지 못한 여자가 보기 역겨운 것과 같이 고상한 체하는 남자도 보기 싫은 것이 인심이라지만, 그래서 선생님의 이와 같은 소탈한 몸가짐이 내면적인 인격과 조화를 이루어 친밀감을 더하는 것인지도 모르겠다. 선생님은 교수들로부터도 존경을 받고 있지만 그 부인들께 더 인기가 대단하다는 것도 흔히 들어온 바다. 재는 넘을수록 험하고, 내는 건널수록 깊다더니 더듬어 생각할수록 선생님에 대해서는 알다가도 모르는 것이 한둘이 아니다.

지난 세월이 정말로 탄지지간(彈指之間)으로 짧게 느껴지면서 지난 날의 즐거웠던 일, 어려웠던 일들이 주마등처럼 뇌리를 스쳐 지나간다. 선생님이 더욱 강건하시어 국가와 사회에 크게 공헌있으시기를 빌고 바라면서 고시를 한 수를 읊어 드리고 두서없이 지루하게 장황한 글을 거두어 드린다.

老驥伏櫪　나이 든 천리마는 마구간에 몸을 누이고 있어도
志在千里　뜻은 아직도 천리 저 멀리를 뛰어다니고
烈士暮年　열사가 만년에 이르러서도
壯心不已　그 장렬한 마음은 멈추는 일이 없네.

〈상보선생문집간행위원회, 이준수박사문집, 1991.8〉

세계 제일의 해양대학을 만드신 이준수 박사님

박용섭
전 한국해양대학교 총장

우리나라의 20세기는 빈한한 농업국가에서 벗어나기 위한 몸부림의 시대였다. 더욱이 국권이 상실된 20세기 초반부의 시대에서는 고도 선진사회로 발전하기 위한 국민적 각성과 합의도 생각할 수가 없었다. 그러나 20세기를 살아 온 우리의 선배들은 이 나라의 국권회복과 국민경제의 발전을 위해서 세계 어느 나라의 선각자가 노력한 것보다도 더 많이 노력하였고, 언제나 깊은 민족애를 철학으로 삼아서 이곳을 지켜 왔었다.

우리 시대를 되돌아 보면 80대 이상의 선배들이 이 나라의 국권을 되찾아 대한민국을 수립하였고, 70대와 60대는 이 땅에서 배고픔을 떨쳐버리기 위해서 땀과 피를 흘렸던 산업일선의 주역들이었다. 그리고 지금의 40대와 50대는 선배들이 구축한 중진국 산업사회를 21세기 초까지 선진국 산업사회로 발전시키기 위하여 땀의 전통을 지켜가고 있다.

우리나라의 해운도 1962년 제1차 경제개발 5개년 계획이 수립되던 때에는 매우 유치한 단계에 놓여 있었기 때문에 국민경제의 성장을 충분하게 뒷받침할 수가 없었다. 국가 기간산업으로서 해운력은 인적 조직인 해기사와 부원으로 구성된 선원 뿐만 아니라 물적 조직인 선박을 필요로 한다. 이 가운데 후자는 단시간 안에 자체 건조 또는 외자로 구입이 가능하나 전자는 상당한 장기간의 교육과 훈련을 필요로 하는 어려운 문제점을 안고 있다.

우리나라의 경우 지정학적인 이유 때문에 해외통상을 지원할 수 있는 해운력을 절대적으로 필요로 하였다. 그래서 1945년 해방과 더불어 국가 장학지원의 한국해양대학이 설립되어 제한적이나마 고급 해기인력을 교

226 상보도해록

육시키기 시작하였다. 그러나 1962년 이후 국내의 경제개발에 필요한 해운인력와 외국 해운회사가 필요로 하는 한국 선원의 수요를 완전하게 충족시킬 수는 없었다.

이러한 시기에 이준수 박사님은 한국해양대학의 학장으로서 8년간 재직 중 국내의 연안해운에 불과하였던 우리나라의 해운을 세계의 해운으로 발전시키는 데 필요한 고급 해기인력의 양성을 위하여 무거운 책임을 지게 되었다. 이때 당신께서 집무실 벽에 써놓으신 교육의 지표는 '세계 제일의 한국 해기사 양성'이라는 글이었다. 지금은 해기사의 의미가 단순히 선박을 운전하는 기능으로 평가절하 되었지마는, 1960년대와 1970년대에 해기사는 해운경영의 전문적인 기술인이었고 경영인이었기에 사회적으로 고급 두뇌 집단으로 인정을 받았었다.

이때에 이준수 박사님은 경제적으로 또한 정치적으로 후진국의 실상을 뛰어넘는 길은 우리 젊은이들이 해외로 진출하는 길이라고 역설하시면서, 이 대학의 교육지표를 세계 제일의 해기사 교육으로 정하셨던 것이다. 이 시기는 우리나라의 경제가 후진국의 자리에서 겨우 겨우 외국자본의 차관과 중하급의 기술을 전수받으면서 수출의 목표를 10억달러로 정해놓고 노력하던 때였다. 이때에 이준수 박사님은 교육의 정책 목표를 해운입국에 두고서 그 실천적 방법으로서 우리 대학의 인재는 세계 제일의 해운 두뇌로 양성하는 것이 최선의 길임을 강조하였다. 이러한 교육적 사명감은 지금도 모든 교육기관이 본 받아야 할 자세인 것이다.

이준수 박사님은 자신의 교육지표를 항구적으로 이끌어 갈 수 있게 하기 위해서는 교수의 자질 향상이 무엇보다도 시급하다는 점을 인식하고서 또한 전임 신성모 학장, 윤상송 학장, 손태현 학장들의 의견을 이어받아서 조직적이고 그리고 직접적으로 교수 자질의 향상을 실천에 옮겨서 오늘 우리 대학의 교수진을 구축하는 길잡이가 되셨다. 그 당시 우리나라의 해운산업계는 매우 영세하여서 교수들의 유학자금의 지원을 받을 수가 없었다. 그래서 이준수 박사님은 외국의 해운회사인, MOC, Lasco, Eastern Shipping 등에게 세계 제일의 한국 해기사 양성에 투자하는 것이 도리어 국제해운에 크게 이바지 하는 것이라고 설득시켜 자금지원을 받아 지금의 해사학술장학기금을 조성하기 시작하였다. 이때에 학생들도 이준수 박사님의 뜻에 동참하여서 장학기금을 마련하기 위하여 실습생이 실습비를 아껴서 송금하였고 어떤 교수는 연구비 전액 또는 원고료 전액을 출연하여 당신의 뜻에 동참하기도 하였다. 그리고 그 당시 젊은 교수를 국내외의 대학에 유학시켜서 교수의 자질을 향상시키기 시작하였다. 그 결과 우리 대학은 교육과 연구의 질적 향상이 급격하게 향상되기 시작하였고, 이 시점부터 우리 대학은 중흥의 시대를 맞이하기 시작하였다.

이때에 국내외 대학에 유학하신 교수로는 양시권, 민성규, 하주식, 전효중, 손진현, 전대희, 김춘식, 이철영, 홍창희, 손경호, 김영식, 왕지석, 김순갑, 배병태, 홍영표 박사 등이 있다. 이를 이어 받아 후임 학장들도 젊은 교수를 국내외의 대학에 유학을 장려함으로써 우리 대학의 교수 자질은 국내 타대학과 비교하여 손색이 없는 교육과 연구의 높은 수준을 지속시킬 수 있게 되었다.

이미 앞에서 언급하였지만, 세계 제일의 해기사 교육을 제창하고 실천한 결과 우리나라 선원의 해외취업은 전성기 일 때에 약 4만명에 달하였고, 지난 30년간 약 50억달러의 외화를 가득하여 국가경제의 안정에 크게 기여할 수 있었다. 또한 우리 대학의 교육 지표를 전해 들은 외국 해운회사는 우리나라 선원을 안정적으로 신뢰성 있게 고용함으로써 1980년대 중반까지 선원의 실업을 해소시키는 데 큰 공헌을 하였다.

이 과정에서 우리나라 해운은 선진국 해운회사의 선박운항기술과 해운경영기술의 노하우를 배워 우리나라 해운회사에 전수하거나 또는 국내회사로 전직하여 축적된 기술을 바로 우리나라 해운회사에 이용할 수 있었기에 우리나라 해운회사는 경영과 운항의 신기술 습득을 위한 교육투자를 줄일 수 있었다. 이러한 효과도 이준수 박사님의 교육지표를 기초로 하여 자질 높은 고급 해기사를 교육 양성하였기에 가능한 것이었다고 본다.

그뿐만 아니라 정규 대학교육을 받지 못한 부원, 군 출신 또는 신규 해기사 지원자를 위하여 동명목재 자리에 한국해기연수원을 설립하여 새로운 해기교육을 제도화시키는 데 전력함으로써 역시 평소에 주장하신 세계 제일의 해기사 양성을 실천하셨다. 특히 이 연수원의 교수를 채용할 때에 대학 재학 중의 성적은 물론 영어회사를 자유로이 구사할 것을 연수원 교수 요건으로 하였기에 지금도 이 연수원의 교수 자질은 다른 대학의 수준에 비하여 손색이 없다고 평가를 받고 있다. 물론 이곳은 해운항만청의 직할 직업연수원이기에 1년의 단기간 동안 운영을 맡으셨지만 정상적인 운영의 기틀을 마련하였고, 재임 중에 여러 교수를 국내의 대학에서 석박사 과정에 수학토록 하여 선원의 연수교육에서도 최상의 강의 능력을 유지할 수 있게 하였다.

지나간 오랜 이야기지만 5.16 군사정변이 일어나자 그 당시 많은 대학생이 그랬듯이 우리 대학 출신자도 해상근무의 특수성 때문에 병역 미필자가 많았고, 그로 인하여 해운회사 또는 소속직장에서 해고를 당하였다. 그 당시 이들은 이미 30세 이상의 고령자이었기에 신병모집 대상에서 제외되었고, 따라서 병역의무를 마칠 기회를 상실한 채 어려운 사정에 놓이게 되었다. 그러나 다행스럽게도 신성모 학장의 해운력 증강이론을 인정한 자유당 정부는 해군예비원령을 입법하여 1959년에 우리 대학에 해군 ROTC를 창설하였기에 정부 당국과 협의하여 우리 대학 출신의 병역 미필자인 7-10기 그리고 수산대학 출신 일부를 소집하여 해군특교대 교육을 받게 하고, 해군 소위로 전역하는 특혜를 받았다. 이때에 이준수 박사님은 우리 대학 동창회 임원으로서 선친에게서 결혼기념으로 물려받은 집을 팔아서 훈련비용으로 내어 놓으셨다. 그 이후 우리 대학의 학장직을 8년이나 하셨으나 지금까지 (1991년) 자택을 갖지 못한 무주택자가 되어 우리 대학의 낡은 관사에서 생활하면서고 한번도 그 어려우심을 밖으로 나타내시지 아니 하였다.

지금부터 5년 전(1986) 나는 재단법인 한국선원선박연구소 소장으로 재직시, 당신의 회갑연을 마련할 즈음 주식회사 한국해사감정의 김석기 사장에게 당신의 집이 후배들의 병역훈련비로 사용된 점을 말씀드리고 뜻있는 선후배들의 지원을 받도록 의뢰하였다. 이때에 모금된 기금은 이준수 박사님의 정년퇴임시에 조그마한 집을 마련하시는 데 도움이 될 수 있도록 관리할 것을 그 당시의 양시권 학장에게 부탁하였던 일이 있었다. 지금은 퇴직을 대비하여 이곳 동삼동에 학교가 바라다 보이는 언덕 위에 있는 20평짜리 조그마한 아파트를 자력으로 마련하셨다는 소식을 듣고서 훌륭하신 선배 교수님에게 좀 더 넓은 집을 마련할 수 있게 뜻을 모으지 못한 것이 후회스러울 뿐이다.

그리고 이준수 박사님은 당신의 학문분야를 정년 퇴임 후에도 단절됨이 없이 충분한 자질을 가진 후학에게 넘겨주기 위해서도 장기간 계획을 세우시고 노력하여 오셨다. 그래서 지금부터 약 8년 전에 자신의 정년퇴직을 준비하시면서 상선학부에서 맡으신 국제법(해양법) 강의를 맡을 후학을 양성하시겠다는 뜻을 세우시고 성적이 우수한 제자를 선발하여 3년간 해상근무를 시킨 다음 대학원 석박사 과정과 외국유학을 알선하고 있는 점은 정년을 바라보는 모든 교수에게 귀감이 되는 자세라 아니 할 수 없다.

이 글을 맺으면서 선학의 이준수 박사님께 감히 맥아더 장군의 "노병은 죽지 않고 다만 사라질 뿐이다"라는 말씀을 드리고자 합니다. 그리고 박사님이 평소 그리시는 기독사상의 이상향을 세울 수 있도록 기원하는 바입니다.

〈상보선생문집간행위원회, 이준수박사문집, 1991.8〉

그 분과 배와 나

허　일
한국해양대학교 명예교수

　그 분은 우리 대학을 1기로 졸업하신 후 정년퇴임시까지 30여년을 모교에서 봉직하셨고, 더구나 70년대 우리대학의 도약기에 학장으로 재직하셨으니 이 대학을 졸업한 사람이라면 그 분과의 교분이 없는 사람이 있겠는가마는, 나는 배라는 매체를 통해 즉, '한 배를 오랫 동안 같이 탄' 특별한 경험을 갖고 있기에 그 분의 면모를 그리는 이 글을 감히 사양하지 않았다.

　1967년 말 경 내가 실습선 반도 호의 이등항해사로 근무하던 시절 선장으로 부임하신 그 분을 맞이하게 된 것이 그 분과 배에서 처음으로 만남이다. 때는 마침 선원 송출의 문이 열렸고, 국내의 선사들도 조금씩 기지개를 켜던 시절이어서 이제나 저제나 박봉의 실습선에는 열차를 기다리는 승객처럼 사관들이 갈려 나갔다. 대장장이의 집에 식칼이 놀 듯 선장을 구하지 못해 3, 4개월 동안 선장이 공석일 수밖에 없던 때 그 분은 홀연 문제가 있는 곳에 나타나시는 그 분 본래의 천성대로 반도 호의 선장으로 자원해 오신 것이다.

　1968년 초 학장으로 부임하시기까지 매일 어김없이 출근하시어 보수에서부터 신분의 처우까지 어느 하나 만족할만한 대우를 받지 못하던 실습선의 승무원들을 격려하시면서 용기를 북돋아 주시어서 그나마 실습선의 명맥을 유지할 수 있었다고 생각된다. 그 후 나는 일등항해사가 되고 다시 선장이 될 때까지 낡을대로 낡은 그 배를 몰고 다녔고 1974년 초 마침내 노후로 인한 위험성 때문에 계선을 결정하게 되었다.

그 시절 조도 캠퍼스 신축공사의 진척 상황을 상세히 설명할 겨를은 없으나 한 마디로 사면초가 그대로였다. 학생 정원의 증가로 교실난 때문에 받는 공기의 압박, 무엇보다도 방파제가 놓여지기 전 고립된 섬의 특성상 시설재 운송의 어려움은 이루 말할 수 없었고, 한편 동삼동 교사로부터 옮겨지는 일부 기자재의 수송 작업이 전쟁을 방불케 하여 고양이 손이라도 빌리고 싶은 지경이었다.

그 분은 나를 불러 지금의 본관 자리쯤 배를 대게 하시고, 선체 중앙부 외판 한 쪽을 썩둑 잘라내어 그곳에 육상과 다리를 연결하셨다. 그리고 그곳에 학장실 겸 조도신축공사 본부를 차리셨다. 점차 반도호는 직원 식당, 창고, 교실로 변해가면서 다시 한번 그 진면목을 발휘하기 시작했다. 이것이 그 분과 배에서의 두 번째 만남이었다.

음울한 조도의 초봄, 바람이 맵다. 언제나 작업복 차림에 두꺼운 점퍼를 껴입으시고 유일한 교통 수단인 자전거로 진흙탕 속을 누비시던 그때 그 분의 모습을 보면서 고립무원의 바다에서 악천후와 대결하는 선장의 모습을 보게 되는 것은 나만의 감상이었을까?

미우나 고우나 7년여를 분신같이 함께 하던 반도호를 달아매고 조금은 허탈해지려던 나는 LCM 장미호에 실려 들이 닥치는 동삼동 교사로부터의 이삿짐을 밤새워 반도호의 카고 홀드에 밀어 넣으며, 때로는 새참으로 막걸리에 노가리를 뜯기도 하면서 지낸 그 분과의 신나는 몇 개월이었다.

1975년 10월, 조도캠퍼스 준공 및 신조 실습선 한바다 호의 명명식이 거행되었다. 그 분의 8년간 학장 재임 기간을 총결산하는 행사였다. 그리고 학장을 물러나서 평교수로 돌아오셨으니 이젠 좀 심신을 쉬실 듯도 한데, 다시 한바다 호의 실습감으로 오셨으니 이것이 그 분과의 세 번째 배에서의 만남이다.

우리 대학의 최대의 소원인 신조 실습선은 마련되었으나, 그곳에는 문제가 산적해 있었다. 첫째, 인력의 부족이다. 해외 송출 바람은 1975년 경 그 절정을 이뤄 모두 달러를 건지기 위해 송출선으로 몰려나가 해기사의 값이 금값이던 시절, 박봉인 실습선의 사관으로 남지 않으려는 것은 인지 상정이었다. 물론 국립학교 설치령의 관련 조항을 발동한다면 강제로라도 졸업생을 잡아둘 수도 있는 것이나 그것이 어찌 합리적인 방법이겠는가? 그 분은 노심초사 끝에 한바다 호를 인천에 기항시킨 후 선상에 문교부 장관과 교통부 장관을 함께 모신 후 한바다 후원회를 발족시키는 요술을 부리셨으니 그 결과 재정적인 어려움은 일시에 해결되어 버렸다.

나는 여기서 그 요술을 이루게 한 그 분의 대인관계에 참으로 경탄을 금하지 않을 수 없다. 그 분은 동기 동창생들과 수십년간 한결같이 유지해 온 우정은 말할 것도 없고, 한번 알게 되는 모든 사람을 들어나지 않는 그 분 특유의 흡인력으로 당신 편이 되게 하여 절대절명의 순간에 큰 힘이 되어 돌아오게 하는 괴력을 소유하고 계시다. 한 나라의 장관을 같은 시간 같은 자리에 초청한다는 것은 일개 지방 국립대학으로 치부되는 해양대학으로서는 기적에 가까운 일이었다.

둘째, 실습선 한바다 호가 안고 있는 어려움은 실습교육의 노하우 개발이었다. 우리 대학은 물론 1959년 이래 실습선 반도 호를 갖고 있었으나, 예산의 부족, 노후한 선체, 낙후된 설비로 인해 제 구실을 다하지 못하고 단지 승선실습을 보조하는 데 지나지 않았다. 그래서 여전히 각 선사에 개인 실습을 내 보내는 실정이었으므로 전 학생을 모두 실습선에 태워 실습시키게 되는 새 실습선의 교육은 새로운 시작이었다. 이 새로운 시작에 높은 기준을 설정하여 오늘의 실습선 한바다 호 교육이 있게 하셨다.

솔직히 말해서 실습감이라는 제도는 선장에게 부담을 주는 제도이다. 경우에 따라서는 삐걱거리는 소리가 날 여지가 있는 제도인데, 그 분은 재임기간동안 선장의 고유권한을 절대로 침해하지 않으셨고, 오히려 내가 그 분의 도움이 절대로 필요할 때 어느 새 뒤에서 조용히 도와주심으로써 큰 힘이 될 수 있었고, 그러한 기우는 그야말로 기우로 끝나고 말았다.

세 번째, 그 분은 그때만해도 아무도 엄두를 내지 못하던 세계일주계획을 세우시고, 이를 손수 실현하시었다. 한바다 호의 세계일주는 커다란 의미가 있는 항해였다. 극동에 있는 조그마한, 그것도 남북이 분단된 6.25 전란을 겪은 가난한 나라였던 한국의 실습선이 젊은 뱃사람들을 태우고 전통적인 해운의 고장인 유럽의 여러 항구에 입항했을 때 그들은 한국을 재인식하게 되었고, 그야말로 민간외교의 정수를 실현할 수 있었다.

정년퇴임하시는 마지막 학기 마지막 날을 배에서 맞이하시겠노라고, 한바다 호에 다시 승선하시어 원양항해를 다녀 오셨다. 정년퇴임은 처음부터 기정사실로 예정되어 있어 하루하루 다가오고 있었으나, 그 분의 정년퇴임은 우리에게 통 실감있게 느껴지지 않았다. 그러나 며칠 전 수십년 정들여 사시던 관사를 비우시고 이사를 가시었다. 저녁이 되어도 불이 켜지지 않는 그 분의 텅빈 관사를 올려다보니 비로소 그 분의 정년퇴임이 피부에 와 닿는다. 마음 한 구석이 텅빈 것을 숨길 수 없다.

부디 만수무강 하시어 부족한 저희 후배들을 한결같이 지도해 주십시오.

〈상보선생문집간행위원회, 이준수박사문집, 1991.8〉

이준수 교수님에 대한 회고

故 홍창희[4]
전 한국해양대학교 교수

　25년이란 긴 세월 동안 선생님의 슬하에서 가르침과 보호와 아낌을 받으면서 지낼 수 있도록 인도하여 주시고 지켜주신 하나님께 감사를 드립니다.

　선생님, 이제 제 나이 마흔 여섯이 되었습니다. 되돌아보면 스무살 때 부모님 슬하를 떠나 25년간 선택의 여지가 없이 선생님의 영향을 강하게 받아왔으므로 하여 금년서부터는 불현 듯 "스승과 부모는 같다"라고 하는 옛 어르신들의 말씀을 마음 속에 되새기기 시작하였습니다. 그런데 주위에서는 금년은 선생님께서 정년퇴임을 하시는 해라 하여, 지금까지 보여주셨던 애국충절과, 바다라는 대자연에 대한 시적인 사랑의 마음과, 한국해양대학과 한국해운에 대한 선생님의 남다른 애착심과, 그리고 선생님의 선생님과 선배 되시는 분들에 보여주시던 깍듯한 예절의 몸가짐, 후배들을 내 몸과 마음의 분신으로 생각하시며 아껴주시던 모습하며, 대인으로서의 언행과 본보기, 이러한 모든 것들을 회상하며 이야기 꽃을 피우는가 하면 정년퇴임식을 성대히 치루고자 분주하게 준비하시는 모습들이 보입니다. 저 역시 선생님의 정년퇴임을 어떻게 받아드려야 하며, 어떻게 예우하여 드려야 할지 사뭇 걱정스러웠고, 좀처럼 좋은 방도가 떠오르지 아니하여 망설이고 있던 차 다행스럽게도 정년퇴임 기념문집 발간을 준비하시는 준비위원님께서 이와 같은 기회를 주신다기에 무척이나 기쁜 마음으로

---

4) 2003. 3.27 작고.

이렇게 졸필을 들었습니다. 그러나 오히려 누를 끼쳐드리는 게 아닌가 두려운 마음 감출 수가 없습니다.

선생님, 이렇게 좋은 기회를 어떻게 활용해야 좋을지 며칠 동안 이 궁리 저 궁리 하여오다 스물다섯해 동안 지내오던 중 선생님께서 학창시절 저희들에게 베풀어주셨던 온정과 가을야영훈련 등 해양대학의 역사와 관련 있는 몇몇 이야기를 모아 옛날을 되돌아보시면서 회심의 미소를 머금으시도록 해드리기로 마음을 정하였습니다. 하오나, 글귀가 제대로 맞아들어 갈는지 두렵습니다.

되돌아보면, 선생님을 처음 뵈었던 것은 아마도 1966년 제가 해양대학 항해학과 2학년 1학기 때이었던 것같습니다. 해양대학에 입학하면서부터 선생님에 대한 소문도 선배님들과 동료들의 구전을 통하여 익히 들어 왔습니다. "항해학과에는 이준수라는 교수님이 계시는데, 인품이 출중한 분이시다. 지금은 수산개발공사의 요청을 받으셔서 파견근무 중이시지만, 곧 돌아오실게다." 또는 "우리가 즐겨 부르는 '아가씨 소용없는 해대생에게 윙크하는 아가씨를 어이 하리요'라는 장장 12절로 구성된 해대요가는 우리와 같은 나이 또래였던 해대 일학년 때인가 이학년 때 작사하신거래. 그래에~! 야, 정말 멋쟁이시네에~ 그것뿐인 줄 알아? 그 선생님의 사모님은 이 학교를 설립하신 이시형 학장님의 따님이신데 말야, 거 참, 선생님이 해양대학 학생이실 때 초등학교 학생이셨다던가…. 여중생이었다더라! 그런데 말이야아~ 그 사모님은 굉장히 미인이시고 피아노도 잘 치시고 노래도 기막히게 잘 부르신대~ 아마 지금 우리가 부르는 요가의 작곡도 그 사모님이 하였다던가-? 정말? 몰라-, 어쨌든 술도 굉장히 세시고 기막히게 멋쟁이시래! 소문에는 요다음 학장님이 되신다던가-? 아마도 그럴거래, 야하! 그런 선생님 빨리 오셔서 한번 좀 뵈었으면 좋겠다." 그러던 중 선생님께서는 중병에 걸리셨고, 큰 수술을 받으셔야 한다는 슬픈 소식이 전해졌습니다. 학생들은 수군수군대고, 저 역시 영문을 잘 모르면서도 걱정과 마음 속으로 무사하시길 기도드린 기억이 어렴풋이 떠오릅니다.

그러던 중 안개가 자욱이 낀 어느 날, 선생님께서는 국제해상법강의를 하시기 위하여 저희들 강의실에 처음 들어오셨습니다. 그 당시에는 교과서가 귀한 때였기 때문에 저희들은 교재 준비가 안되어 있었고, 선생님께서는 스페인어로 된 교재를 한 권 들고 오셔서 교과서의 내용을 설명해 주셨습니다. 선생님의 말씀 중 기억에 남아 있는 것은 "장차 자네들이 해상법을 공부하려면 먼저 스페인어를 공부해 두는 것이 유리할 것이다. 한때 스페인은 해상왕국이었고, 현재 해상법은 스페인 사람들에 의하여 마련된 부분이 많다." 그렇게 말씀하시면서 칠판에는 Consolato del Mare라는 자구를 써주셨던 기억이 납니다. 그리고 해양대학에는 학생들이 손쉽게 공부할 수 있는 교재가 없는 것을 종내 한탄하시다가 갑자기 안개가 자욱이 끼인 창밖을 가만히 내다보시면서 "요즈음 같아서는 삶에 기쁨을 만끽하네" 저희들은 숨을 삼키며 조용히 선생님을 응시하고 있었습니다. 야아-, 이제부터는 소문에만 듣던 그 로맨틱한 인생담을 털어 노으시려는가보다. 그런데 서운하게도 종료종이 따르릉 울리고 선생님께서는 '그럼 다음 시간에 봄세' 하시면서 찬찬히 강의실을 나가셨습니다. 그게 마지막이었습니다. 다음 시간 또 다음 시간을 기다려도 선생님 모습은 뵈올 수가 없었습니다. 회복이 다 되시지 않으셨다는 소문이 있었습니다만, 그 후학장이 되시자 마자 숙원이셨던 항해과요체와 기관과요체의 편찬을 진두지휘하시고, 해양대학 역사상 처음으로 교과서 다운 교과서를 탄생시키는데에 산파 역할을 하신 것으로 기억하고 있습니다. 이 일이 도화선이 되어 그 후 선박운항에 관한 많은 교재들이 출간되었고, 이는 우리나라의 해기사 교육발전에 지대한 공헌을 하여 왔다고 생각됩니다.

선생님이 안 계시는 동안, 즉 손태현 학장님께서 학장을 역임하시던 시절 해양대학에는 커다란 변화가 있었습니다. 학생들에게는 철저하게 공부를 시켜야 한다는 모토 아래 중요한 과목은 매주 시험을 치르게 함은 물론, 정규과목 외에도 매일 코리아헤럴드 영자신문을 읽히고, 또 일주일에 한번은 신문사 주간 선생님을 모시고 시사특강을 부탁하는가 하면, 이 강좌도 한달에 한번은 어김없이 시험을 치르게 하고 우수한 학생에게는 포상을 내렸습니다. 한편, 학장님께서는 별일 없는 한 일주일에 한번은 특강을 하시어 학생들의 건전한 정신을 함양하는 데에 많은 노력을 하셨습니다. 이러한 일들은 학생교육에서 변화입니다만, 그 외에도 학생 생활 면에서 커다란 변화가 있었습니다.

1966년은 해양대학 교육제도에서 하나의 커다란 변화가 있었던 해입니다. 즉 3학년과 4학년이 동시에 승선실습을 나가는 바람에 학교에 1, 2학년만 남게 되었고, 21기생들은 갑자기 소위 King-Class가 되어 버렸습니다. 이로 인하여 학생생활에는 많은 변화가 일기 시작하였습니다.

선후배 간의 전통 전수에 그렇게 얽매이지 않았던 2학년 학생들은 선배들로부터의 귀찮은 간섭을 받지 않게 되자 생활이 훨씬 자유스러워지면서 방종으로 흐르는 일면도 있었습니다만, 한편으로는 써어클(동아리) 활동을 통한 봉사활동, 문예활동(교내 백일장 개최나 한바다 교지를 발간하는 등), 정서 활동(음악감상회, 화단가꾸기 등), 체육활동(수산대학교 정기적인 축구경기를 가지는 등), 기타 연극활동, 적도제 행사(이 행사는 저희들 실습기간 중 이준수 선생님께서 학장을 맡으시던 첫해인 20기생들부터 시작되었습니다) 등 건전한 방향으로의 전환이 이루어졌습니다. 그리고 한 가지 특기할만한 것은 1966년 9월 1일부로 학생들에게 금연령과 금주령이 해제되었습니다. 이 사실은 해양대학 학생생활사상 어떻게 받아드리고, 또 어떻게 평가해야 할지는 잘 모르겠습니다만, 그때 당시는 요즘처럼 학생들이 데모를 하기 때문에 마지못해 교수님들이 인정을 해주신 것이 아니고 학생들은 가만히 있는데 교수님께서 미리 교육적인 측면에서 과단성 있는 결단을 내리셨다 합니다. 당시 학교 정문 게시판에 게시된 내용을 회고해 본다면 다음과 같았던 것으로 기억합니다. 장차 상선사관으로서 국제적인 신사가 될 학생들에게 금연 금주를 시키는 것보다는 오히려 주법을 익혀주고 흡연 자세를 가르쳐 주는 것이 바람직스럽다는 취지하에 담배를 재떨이가 있는 장소에서만 태우도록 하고, 술은 교수나 손윗어른 앞에서만 들도록 하라는 것이었습니다. 이 취지가 그대로 지켜졌는지는 의심스럽습니다만, 어찌되었든 교수님들께서 교육지표를 세우시고 학생들을 선도하시려는 그 열의에 무척이나 감명을 받았고, 너무나 멋이 있었기에 저 또한 그 날을 기하여 담배를 배우게 되었습니다.

그리고 9월 중순 경에는 학생들에게 주법을 가르쳐 주신다고 광복동에 있는 부산회관(당시 부산에서는 가장 큰 음식점)으로 학생들을 초청하여 교수님들 면전에서 학생들이 술을 마시게 하는 진풍경도 있었습니다. 이러한 분위기를 만들어내는 데에는 아마도 그 당시 학생과장을 맡고 계셨던 김주년 교수님의 노력과 열의가 컸을 것으로 생각됩니다.

이렇게 학생생활이 탈바꿈되었고, 저희들이 실습을 마치고 돌아와 보니 아닌게 아니라 선생님께서 건강한 모습으로 학장직을 맡고 계셨습니다. 멋있는 학장님이 계시니까 우리도 무언가 멋들어진 것들을 만들어 보자고 뜻이 있는 친구들은 끼리끼리 모여서 열심히 의논들을 해 나갔습니다. 그 결실로서 교지를 만들자는 기운이 일어났고, 선생님의 적극적인 지원으로, 그리고 선생님께서 손수 작명을 하여주신 '한바다'라는 현재의 해양대학 교지가 1968년 비로소 탄생하게 되었습니다. 한편, 스포츠를 좋아하는 친구들은 수산대학과 축구 정기전을 만들었습니다. 이때 몇몇 친구들은 응원가의 작사와 작곡을 하였고(지금도 불리워지고 있는 것 같습니다), 글쎄

소문으로만 듣던 사모님의 음악 솜씨를 구경하자고 작당들을 하였습니다. 선생님의 협조 하에 사모님의 동의를 힘겹게 얻어내었고, 사모님이 소중하게 쓰시고 계시던 피아노(그 당시에는 해양대학 구내에는 사모님 피아노 밖에 없었기 때문에)를 관사에서 그 먼 합동교실까지 낑낑 대면서 운반하여 사모님의 반주와 지도하에 응원가를 신나게 연습하던 일이 엊그제 같습니다. 물론 선생님께서도 같이 신나게 노래를 불러주셨지요. 그리고 적도제 때에는 학생들에게 학생으로서의 멋, 즉, 마시고 놀 때에는 아수라장 판을 벌여도 좋으나 내일 과업에 들어가기 전까지는 모든 것을 자네들 손으로 말끔히 정리해 놓도록 하라 하시고는, 저희들이 드리는 막걸리 사발을 한사발도 사양하지 않으셨습니다. 와~굉장한 주량이시구나!

한 때에는 이러한 일도 있었습니다. 저희들의 반도 호 실습 때에는 국제적인 신사를 만드는 교육을 시켜주신다고 선배 교관님들께서는 시간 나는 대로 열심히 사교댄스를 가르쳐 주셨습니다. 열심히 배운 친구들은 블르스, 트로트, 차차차, 도돔바, 지루박은 물론 탱고와 왈츠까지 마스터했습니다. 저는 영화나 TV를 통하여 가끔 보게 된 외국의 사관생도들이 흥겨움게 추는 포크 댄스에 흥미를 느껴서 책도 보면서 약간 공부를 하였습니다. 실습 후 4학년이 되어서는 써어클 후배들에게 이 댄스를 틈틈이 가르쳐 주곤 하였습니다.

이렇게 신나는 학창생활을 하던 중 늦은 봄 비오는 어느 일요일 날 생각지도 못했던 실수를 저지르고 말았습니다. 그날은 해양대학 뒷터에서 저희 써어클 일학년 후배들의 신입환영회 겸 댄스 파티를 열도록 계획되어 있었습니다. 그런데 그날은 공교롭게도 비가 오고 말았습니다. 신입생들한테는 무언가 정을 붙여서 학창시절을 멋있게 보내도록 해주고 싶었는데, 낭패를 만났습니다. 다행히 그때 저희 학교에는 작지만 누구한테라도 자랑할 수 있을만한 음악감상실이 있었습니다. 그래서 오전에는 음악감상회를 열었고, 오후에는 저희 교실 책걸상을 모두 복도에 정리하게 한 다음 포터블 전축을 빌려다 놓고 남학생, 여학생 짝지워서 베사메무초 곡에다 맞추어 포크댄스를 가르쳐 주고 있었습니다. 그런데 이게 웬일입니까?

그 교실 바로 밑에는 교수실이었고, 그날 학장님을 비롯한 해난심판위원님들이 모여서 남해안 유조선 침몰사고에 대한 토론회를 가지고 있었다 합니다. 마루바닥은 목조였고, 더구나 여학생들은 뒤 높은 구두를 신고 춤들을 추어 대었으니 얼마나 소란스러웠겠습니까? 선생님께서는 노발대발하시어 학생과장님과 지도관님을 호출하셔서 단단히 꾸중을 하신 모양입니다. 저는 어안이 벙벙한 학생과장님께 불려가 꾸중을 듣고 상황을 듣고서야 저 역시 엄청난 실수를 저질렀구나, 아차 하고 후회하였습니다. 사정을 들으신 과장님께서도 멋을 아는 분이시라 이해는 해주시는 듯 했습니다. 그러나 "학장님께서 노발대발하시면서 관사로 가셨으니 자네가 찾아뵙고 용서를 빌던지, 나로서도 어쩔 수 없네." 저는 울상이 되어 학장님 댁을 방문했고, 사정을 듣고 나신 선생님께서는 너그러이 용서를 하여 주었습니다.

-정말 멋쟁이 선생님-

그 해 가을에는 해양대학 역사상 잊혀질 수 없는 일이 선생님에 의하여 제안되었습니다. 가을 야영훈련입니다. 장차 바다를 누비고 다닐 젊은이들에게는 모름지기 산의 정취를 느끼게 하여 호연지기를 키워주고 싶으시다는 생각이셨습니다. 안성맞춤으로 반도 호라는 실습선이 있었기 때문에 연안항해의 실습을 곁드린다면 일석이조의 효과를 노릴 수 있었던 것입니다. 그래서 실습선으로 갈 수 있는 명산을 찾다 보니 4학년은 한라산, 2학년은 설악산 그리고 1학년은 남해 금산으로 각각 선정되었던 것으로 알고 있습니다. 언제부터 이 행사가 없어졌는지는 잘 모르겠습니다만, 그 후 상당히 오랫동안 이 훈련이 지속되어 저희들로서는 상당히 뜻있는 추억거리로 간직하고 있습니다. 저희 21기는 그때 4학년이었으므로 한라산을 등반하게 되었습니다.

'한라산'하면 아마도 선생님께서는 영원히 잊지 못할 추억 중 한 가지가 생각나실 것입니다. 물론 선생님께서 직접 주관하시고, 또 해양대학으로서는 처음 있는 대규모 행사였기 때문에 선생님께서는 몸소 등반에 참여하셨고, 많은 화제를 남기셨습니다. 저 역시 손진현 교수님(한라산등반대장)의 지도하에 야영훈련의 제반준비를 해나갔던 조장 조의 대원이었기 때문에 그때의 모든 일을 생생하게 기억하고 있습니다. 100여명이라는 대집단이 한라산을 등반한 것은 제주도 역사상 처음 있는 일이었기 때문에 제주도 당국이나 제주도 경찰당국에서는 많은 우려와 상당한 관심을 표명하였고, 또 갑작스러운 호우와 안개로 인하여 수십명이 실종되었으나 전원 무사히 하산 귀대하였다는 소식에 접하여서는 평소 훈련이 얼마나 중요한 것인지 모두 놀라워하였습니다.

한라산 등반에 대하여서는 여러 가지 이야기 거리가 많습니다만, 그 중 저만이 알고 있는 선생님에 대한 로맨틱한 한 가지 일화를 소개하렵니다. 저희들이 백록담 산정에 도착하였을 때에는 너무나 날씨가 화창하였고, 경관이 아름다웠으므로 학생들은 자연에 도취되어 그만 하산시간에 차질이 생겨버렸습니다. 그러나 선생님께서는 호연지기 운운하시며 백록담은 물도 맑고 야영지도 넓으며 날씨도 쾌청하니 여기서 야영을 하자고 제안을 하였고, 또 그대로 결정이 되어버렸습니다. 백록담 속에서 신나게 캠프화이어를 만들어 놓고 장기간 흥겨웁게 놀았습니다. 앞에서 말씀드렸듯이 이미 이때는 교수님 앞에서 술을 마시는 것이 허용되어 있었기 때문에 더욱 신이 났습니다. 아마 이것이 산신령을 노하게 만들었는지는 모릅니다만, 그후 평소 훈련대로 야영점검과 순검을 마치고 취침을 들어갔습니다. 이슥한 시간이 흐르고 정적이 감도는 늦은 밤에 "학장님"하는 모기 소리

만큼이나 작은 소리가 저희 옆 학장님 텐트 앞에서 들렸습니다. 무슨 일인가 하고 귀를 기울여 본 즉슨 저희 친구들 가운데 주당이라 소문난 친구들 셋이 아마 마시던 술이 동이 났던 모양이었습니다. 학장님께서도 취침 전이셨던지 텐트를 조금 젖히면서 자그마한 소리로 "무슨 일인가?"하고 반문을 하셨습니다. "오늘 밤 용꿈을 꾸시도록 문안드리러 왔습니다." "아! 그래-? 이 사람들아! 절은 맞절을 해야 하지." 하시면서 윗도리를 입으시는 눈치였습니다. 그런데 문안을 드렸으면 돌아가야 할 친구들이 돌아갈 생각은 안하고 무릎을 꿇고 가만히 앉아 있는 심보들은 무엇인지 도대체 모를 일입니다. 약간 정적이 흘렀습니다. 멋쟁이 선생님께서는 아마 눈치를 차리신 모양입니다. 다시 조그마한 소리로 "어이! 학생과장. 거기 먹다 남은 술 혹시 없을까?" 신민교 학생과장님 속으로는 이 못된 놈들! 어이가 없으셨겠지요. 그러나 어쩝니까. 학장님 말씀이니. 깜깜한 텐트 속에서 주섬주섬 찾으시는 척하시더니, "남은 것 없습니다" 하시더군요. 그랬더니 선생님께서는 윗도리 호주머니에서 일금을 꺼내셔서 "이 백록담 속에서는 술을 파는 데가 없어서 안되겠군. 내일 서귀포에 가면 이걸 가지고 한잔하게." "예~, 감사합니다." 하고 염치없이 덥석 받아 쥔 돈이 글쎄 나중에 알고 보니 일금 3천원이었다 합니다. 1968년 당시 교수 봉급이 수만원 안팎이었을텐데…. 이 망나니 친구들이 이튿날 모두 조난 당하고, 결국 그 하사금을 가지고 그 외 조난 당한 여러 친구들과 함께 서귀포에서 식사도 하고 막걸리를 사 마시면서 유용하게 그 돈을 썼다 합니다. 그런데 한편 없으시다던 술은 그것도 조니워커 블랙라벨은 이튿날 백록담 꼭대기에서 길을 잃고 밤새도록 비에 젖어 발발 떠는 교수님들과 학생들에게 몸을 녹이라고 뚜껑 컵으로 한잔씩 골고루 나누어주셨지요? 이런 일들이 기억나십니까?

선생님!

그리고 학창시절 잊지못할 추억이 한 가지 있습니다. 그 해 초겨울 학생 대대간부들이 순검을 마치고 식당 앞에 모여서 순검 결과에 대하여 토의하고 있으려니까 학장님께서 귀가하시다가 보시고 "자네들 무얼하는가?"하시면서 발을 멈추셨습니다. "방금 순검을 끝내었습니다."고 답했더니, "어-자네들 수고하는구먼. 나는 오늘 홍배 씨(당시 보일러 기사) 이사하는 데에 갔다가 막걸리 한 사발 했지. 나만 술을 마셔서 미안하군. 자네들 우리 집에 가서 나하고 한잔하지 않겠는가?" 정말 저희들 철들이 덜 들었던 때인 것 같습니다. 어디를 감히 백번 사양을 했어야 하는데. 지금이나 그때나 선생님을 늘 그렇습니다만 하도 정답게 말을 걸어 오시는 바람에 선뜻 따라 나섰습니다. 그때 그 시각이 무려 밤 11시가 가까웠습니다.

"어이- 엄마야!, 우리 멋쟁이 학생들이 왔다. 우리 집에 있는 술 모두 다 가져와 봐. 그리고 학생들이 술을 마시는 데 학생과장이 없으면 되나. 학생과장도 오시게 해."

"자네들, 내가 얼마나 우리 집 사람을 사랑하는 지 보여줄까?" 뽀- 하고 수줍어 하시는 사모님 볼에 뽀뽀 하시고는, "우리도 예쁜 딸이 있는데, 자네들 지금 몇 살인가? 나도 늦장가를 들었는데 말이야!" 하시던 모습이 지금도 아련합니다.

영국의 어머니들은 어떻게 자녀를 교육시켰으며, 우리나라 사람들의 바다에 대한 편견은 어떻고, 어떻게 칠대양 제패를 해야 하며, 우리의 사명은 무엇인가? 하는 신념에 어린 교육을 시키셨으며, 사랑은 무엇이며 주법은 어떤가? 많은 것을 온몸을 다하여 가르쳐 주셨습니다.

선생님!

이러한 모든 것이 너무나 아름답고 모든 것을 닮고 싶어 저 나름대로는 무던히도 노력을 해보았습니다만, 워낙 미천하여 한계를 느낄 때가 많았습니다. 그러나 선생님! 단편 단편으로는 여러 제자들이 조금씩 조금씩 선생님의 얼을 나누어 가지고 있는 듯 합니다. 오래 오래 건강하게 사시다 보면 가끔 선생님의 언행과 비슷한 제자들의 모습을 발견하실 때도 계실 겁니다.

선생님! 지금까지 저의 학창시절 선생님에 대한 느낌을 몇 가지만 적어 보았습니다. 이외에도 조도 캠퍼스 건설에 대한 일화, 조교 시절 선생님으로부터 받은 사랑, 해양대학 교수 테니스회의 탄생에 관한 이야기, 저희들의 결혼 주례, 유학준비 시절 정성어린 일본어 학습지도, 유학시절 늘 관심있게 격려하여 주신 은혜 등 헤아릴 수 없을 정도로 많은 정을 심어 주셨습니다.

선생님! 이와 같은 사랑을 받은 제자가 저 뿐만 아니라 어찌 손가락으로 다 헤아릴 수 있겠습니까? 또 이 모두 선생님의 분신들이 아니고 그 무엇이겠습니까? 師父一體라는 옛 어르신의 가르침을 어찌 깨닫지 못하겠습니까? 내내 만수무강하시옵소서.

〈상보선생문집간행위원회, 이준수박사문집, 1991.8〉

象步 이준수와 나

최재수
전 한국해양대학교 교수

■ 상보와의 만남

필자가 이준수 해양대학 학장님을 알게 된 것은 그분이 해양대학 학장으로 재직 중이셨던 때였다. 그때(1970년대 중반) 한국해양대학에서 교육하였던 고급해기사에 관한 업무를 교통부 해운국에서 취급할 때이므로 업무상 이준수 학장님이 자주 교통부를 출입하실 때였다. 당시 필자는 해운국 외항과장이었기 때문에 업무상으로는 직접적인 관계는 없었고, 해운국을 자주 방문하시는 VIP 중의 한분으로 알고 만나면 정중하게 인사드릴 정도였고, 깊은 교류는 없었다. 그러다가 시간이 지나면서 업무상 교류도 조금씩 생기면서 서로를 알게 되었고, 서로 고마워하는 사이로 발전하였다. 필자가 이준수 학장님과 업무상 인연을 맺은 것은 우연한 일이었고, 그 후 필자가 해양대학으로 직장을 옮기면서 친하게 된 허일 교수의 해외취업과 관련된 업무를 처리하면서다.

■ 허일 교수의 해외취업을 돕다

70년대 중반의 어느 날 이준수 학장님이 교통부 해운국에 오셨는데 그날따라 약간 얼굴이 못마땅한 것 같은 표정이셨다. 딱히 누구 만날 사람도 없는지 필자의 테이블 옆에 있는 의자에 앉으셨다. 지나가는 덕담을 한 두 마디 하다가 필자가 물었다. "아까 들어오실 때 표정을 보니 좀 어두워 보이시던데 무슨 일이 있으십니까?" 하고 물었더니, "아무것도 아니야" 하고 얼버무리신다. 한참 있다가 다시 물으니 약간 넋두리 같이 말씀하시기를 "해양대학이 알다시피 고급해기사를 양성하는 교육기관인데, 선박기술이 발전하여 23만톤 짜리 VLCC가 세계를 누비는 시대인데, 해양대학에서는 불과 몇 천 톤짜리 실습선으로 학생들을 교육하고 있으니 서로 격이 맞지 않는다. 그래서 교수들만이라도 대형선을 배우고 운항해 보았으면 좋을 것 같아 교수 몇 사람을 해외취업(당시 대형선은 우리나라에 거의 없었다)을 내 보내려 하였더니 담당 선원과에서 규정상 안 된다고 한다는 것이다." 이 이야기는 필자를 자극하기에 충분하였다. 필자는 외항과장 직에 오르면서 해운이야말로 우리나라가 해야 할 가장 중요하고 발전가능성이 높은 산업이고, 그 원동력이 해양대학에서 양성해내는 고급해기사들이라는 사실을 알고 해양대학과 우리나라 고급해기사에 대하여 굉장한 관심을 갖기 시작할 때였기 때문이다. 그래서 친하게 지내던 선원과장에게 전화했더니 해양대학의 특수성은 인정하겠으나 고급해기사 부족 때문에 해외취업을 제한하고 있는 규정 때문에 안 된다는 것이다. 그래서 그 규정이 무슨 규정이냐고 물으니 장관의 훈령이라는 것이다. 그래서 필자가 장관 훈령이라면 장관 결재를 받아 예외로 취급하면 될 것이 아니냐니까 "그러면 되겠지만" 하고 얼버무린다. 그래서 필자가 기안지 한 장을 꺼내서 결재서류를 기안했다. "세계해운은 날로 대형화되어가고 있고, 우리나라에도 대형선이 속속 들어오고 있다. 그러므로 해양대학의 교육도 대형선 운항에 알맞도록 하여야 하는데, 해양대학 교수들이 VLCC와 같은 대형선을 승선해보지도 아니하였다면 교육이 죽은 교육이 될 염려가 있으니 해양대학의 담당 교수들을 해외취업을 통해서라도 대형 선박에 승선시켜 운항할 줄 알도록 할 것이 필요하니 장관의 훈령의 예외조치로 해양대학 교수로서 해양대학장이 추천하는 사람에 한하여 해외취업을 할 수 있도록 하고자 합니다."라고 해서 해운국장과 장·차관의 결재를 받아 이준수 학장님께 드렸다. 이 일은 일과성의 일이므로 필자도 그 사실을 까

맑게 잊었고, 이준수 학장님도 잊으셨다. 필자는 그 후 그 일이 어떻게 되었는지 알아보지도 아니하였다.

후일에 필자가 해양대학의 교수로 직을 옮겼고, 동료교수인 허일 교수와도 친하게 지내게 되었다. 어느 날 여유시간에 망중한을 즐기다가 허일 교수가 해외취업을 하던 이야기를 꺼내는데, 들어보니 바로 그 케이스로 보였다. 그래서 "그거 내가 해준 것 같은데…" 하였더니 "무슨 말씀이냐"고 펄쩍 뛰면서 예의 그 공문을 꺼 내보이는 것이 아닌가! 보니 바로 필자가 기안한 그 공문이었다.

■ 실습선(한바다 호) 후원회와 해양대학과의 인연

세월이 몇 년이 지나 필자는 교통부 공무원직을 사임하고 한국선주협회 전무이사로 직장을 옮겼다. 한국선주협회에서는 해양대학의 실습선 한바다 호를 후원하기 위하여 후원금을 선사들에게 거의 반강제(?)로 징수하고 있었다. 이유는 당시 정부예산이 너무 적고, 공무원직인 교수들의 보수가 흔히 표현되는 쥐꼬리상태였기 때문에 한바다 호의 해기직 교수들을 포함하여 선원들의 보수도 일반상선에 비하여 아주 낮은 상태였기 때문에 실습선에 승선한 해기사들과 선원들이 모두 마지못하여 취업하였다가 기회만 있으면 사직하는 사태가 계속되었기 때문에 이를 방지하기 위하여 후원금을 걷어주었던 것이다.

그러나 누구든지 아무리 정당한 이유가 있더라도 어떤 강제수단이 수반되지 않는 상태에서 돈을 내라고 해서 좋아할 사람은 없다. 선주협회 회원이라고 해서 예외일 수는 없다. 필자가 취임해 보니 법적 근거도 없이 실습선 후원회비라는 것을 걷는 것이 부당하니 폐지하여야 한다는 의견이 지배적이었다. 게다가 후원회비를 국적선사에게만 부과하는 것도 부당하다는 것이었다. 그러나 필자의 의견은 달랐다. 무엇보다 정부예산이 부족하여 실습선 운항이 원활하지 못하다면 후원금을 걷어서라도 잘 운항하여 훌륭한 해기사를 양성하는 것이 한국해운발전의 지름길이라고 생각하고 있었기 때문에 속으로는 후원회 기능을 활성화하여야 한다고 생각하고 있었다. 특히 필자가 그런 생각을 한 것은 당시 한국해운의 경쟁력 우위의 가장 큰 항목이 바로 우수한 해기사를 국제 경쟁력 있는 임금수준으로 거의 무한대로(당시의 기준으로) 고용할 수 있는 데 있으므로 그 원천인 해양대학의 해기사 양성교육이 굉장히 중요하므로 이를 육성하여야 하고, 그렇게 해서 선주협회와 해양대학이 가까워지면 선주협회의 업무처리도 매우 원활해질 것이고 한국해운의 발전에도 큰 도움을 줄 것이 확실하였기 때문이다.

그러나 회원사의 생각은 반대였기 때문에 이를 설득하는 것이 어려웠다. 다른 한편 그때(1980년대 초)는 한국해양대학뿐만 아니라 목포해양대학도 실습선으로 유달 호를 구하여 운항 중이었는데 자기들에게도 후원금을 주었으면 좋겠다고 간절히 원하고 있었다. 그래서 다음과 같은 절충안을 냈다.

1. 한국선주협회가 양 대학(한국해대와 목포해전) 졸업생 명단을 받아서 특별한 사정이 없는 한 회원사의 신청을 받아 필요한 인원을 선주협회 회원사에게 우선 배정하고 잔여인력은 한국선원관리협회(선원해외취업전담업체들의 단체)에 배정하여 회원사에게 적정하게 배정하여 해기사 취업 창구를 일원화한다.
2. 후원금은 선주협회가 부과 해오던 것 보다 약10% 정도 낮게 책정한다.(그래도 해외취업회사들도 내므로 총액은 훨씬 많아짐)
3. 징수된 후원금은 한바다호 : 유달호 = 2 : 1로 한다(한바다 호와 유달 호의 실습생 정원수가 그 정도였음)

4. 후원금 관리의 적정을 기하기 위하여 사무국(양 대학의 실습과장과 선주협회 해무부장으로 구성)을 두어 징수 및 배분과정의 투명성과 공정성을 기한다.

위와 같이 하여 운영하였더니 잘 징수되지 않아 약속만 해놓고 배정하지 못했던 후원금의 징수가 원활히 이루어졌고, 후원금의 징수와 배정을 양 대학과 선주협회가 공동으로 하였기 때문에 해기사를 고용하는 선사 및 해외취업선사와 양 대학의 관계가 훨씬 돈독해지고 거의 모든 애로사항들이 이 과정을 통하여 자연스럽게 해결되게 되었다.

이 작업과정에 이준수 학장님이 해양대학과 해기사들을 대변하여 깊숙이 관여하셨고, 필자에게 이 새로운 제도 시행과 관련하여 깊이 있는 자문을 해주시고 해서 필자와 이준수 학장님과의 관계도 전보다 훨씬 발전하였을 뿐만 아니라 해양대학의 보직교수님들과의 교분도 두터워질 수 있었다.

흔히 서로 상생협력을 통하여 양측이 다 얻을 것을 얻었고 관계가 좋아지는 거래 관계를 윈윈 게임이라고 하는데, 이 실습선후원회와 관련한 양 해양대학과 선주협회의 거래관계야말로 글자 그대로 서로가 서로 도움을 주고 받는 윈윈게임이었다. 그 덕으로 필자는 평생동지로 모실만한 이 학장님과 서로가 서로를 믿을 수 있는 친교를 맺을 수 있었고, 어느 날 갑자기 생각해보지도 않았던 해양대학 교수가 되어 인생 후반기를 비교적 풍요롭게 지낼 수 있게 되었다.

■ 해양대학 교수가 되어

필자도 인생 후반기에 접어들면서 남은 인생과 관련하여 다양한 생각을 할 나이가 되었다. 그 중의 한 생각이 은퇴 후 별 할 일이 없다면 대학 같은 데서 후학들에게 내 경험과 지식을 전수하는 강사 같은 직을 갖는 것도 좋을 것 같다는 생각을 하게 되었다. 그래서 대학에 기회가 있으면 출강도 하였고, 학위 과정에도 등록하였다. 그러나 전임교수직이 어떤 직업인지 잘 알지도 못했을 뿐만 아니라 나 스스로가 교수가 되겠다고 생각해 본 일도 없고, 될 수 있다고 생각해 본 일은 더 더욱 없다. 그러던 어느 날 조선일보에 해양대학 교수모집공고가 났다. 읽어보고 지인을 통하여 학교에 나 같은 사람도 응모해도 되는지를 알아보아 달라고 부탁했다. 그 분이 누구를 통해서 알아보았는지는 지금도 필자는 모른다. 그런 부탁을 한 지 하루쯤 지났는데 그분이 전화를 걸어와서 다음과 같이 말하였다. "당신, 해양대학에 인기가 좋던데! 당신이 온다고 하면 대환영이라고 하니 가려면 가보라. 다만 대학 측에서 이야기는 잘 아는 사이지만 꼭 규칙은 지켜달라고 하니 지켜야 한다는 것이다. 그게 무엇이냐고 물으니 지원서를 꼭 기일 안에 내줄 것과 면접 등 절차는 꼭 지켜달라는 것이다. 갑작스러운 결정이었지만 일단 결정한 이상 그것은 당연히 지켜야 할 일이었다. 부랴부랴 서류를 갖추고 기일 안에 접수시키고 면접일에 면접하였더니 바로 강의를 시작하라는 것이다. 생각지도 않는 인생역전이 순식간에 이루어졌지만, 돌이켜 보면 70년대 중반이후 이준수 학장님과의 교류 및 실습선 후원회를 통한 기관(해양대학) 대 기관(선주협회)의 교류에서 형성된 신뢰관계의 열매가 그렇게 맺어졌다고 믿고 싶다.

이렇게 이준수 학장님과의 일과성 인연이 평생직장 동료로 발전하였는데, 40여년을 지낸 오늘 생각하면 이준수 학장님은 내 인생을 좋은 쪽으로 살짝살짝 이끌어주신 은인 같은 분임에 틀림없다. 특히 대학으로 직을 옮길 때 학내여론 형성과정에 이준수 학장님이 도움을 주신 것이 아닌가 짐작해보지만 그 후 친구처럼 가까워진 (10여년 연상이시니 친구라면 외람되지만) 후에도 그 문제에 대하여 한마디 묻지도 않았고, 물었다고 해서 그렇다고 답할 분이 아니므로 그저 짐작만 하고 있다.

■ 공산주의 붕괴 과정의 소련을 보다

대통령 직선제 개헌으로 노태우 씨가 대통령으로 당선된 후, 불어 닥친 민주화 열기로 학원가가 바람 잘 날이 없었다. 갑작스러운 자유화와 공권력 기능의 약화 등으로 자유가 방종으로 흐르는 사회분위기가 만연하게 되고, 대학 내의 학생운동이 폭력화되는 경향을 나타내기 시작하였다. 이러한 학생들의 분위기가 남북관계에 미쳐 소위 친북좌파가 표면으로 부상하였다. 의식 있는 학생들 중에는 북에서 주장하는 소위 주체사상이라는 것을 신봉하는 무리들까지 등장하는 등 시국이 잘못된 방향으로 흐르는 것이 아닌가하는 우려 섞인 목소리들이 넘쳐 났다. 필자가 직접 학생들의 이념 문제를 다루어야 할 입장에 있는 것은 아니었지만 교수직이라는 것이 공사 간에 학생들과 피부를 맞대고 살아야 하는 직업인데 공산주의가 무엇인가에 대하여 너무 모르면 안되겠다고 생각해서 대학신문 등에 나오는 주체사상에 관한 기사와 해설을 읽어보았는데, 신기하게도 단 한마디도 무슨 말을 하려는지 알아들을 수 없는 글들만 실려 있어 주체사상이 무엇인지 도무지 알 수 없었다. 그 결과 필자는 학생들이 멋모르고 덤벙거린다고 생각하고 방치해도 큰 문제가 될 것이 없다고 생각하게 되었다.

그러던 중 1991년 2학기에 우리 학교의 한바다 호가 실습항해를 위해 소련령의 사할린에 있는 고르사코프 항과 연해주에 있는 나호드카 항에 기항한다는 소식을 들었다. 궁금해 하던 공산주의 사회를 직접 보고 체험할 수 있는 절호의 기회라고 생각하고, 학교 관계자의 양해를 얻어 이 실습항해에 동승하는 허락을 받고, 출항하는 선박에 올라갔더니 거기에 이준수 학장님이 실습감으로 승선하고 계셨다. 출항 후 들은 바에 의하면 이준수 학장님은 그해 말이 정년이심으로 학교생활의 마지막을 실습선을 타고 대양을 마음껏 항해하고 마감하고 싶다는 생각으로 자원하여 연습감 직을 맡으셨다는 것이다. 해양대학에서 일생을 해양 전문가를 양성하는데 온 정력을 경주한 분다운 결정이라고 생각하였다.

 그 후 약 3주간 이 학장님과 필자, 그리고 해사문제연구소의 전무직에 있던 이원철 씨 세 사람이 숙식을 같이 하면서 생활하고, 시간 나는 대로 술잔을 기우리면서 고담준론으로 시간을 보낼 수 있었다. 이 여행에서 공산주의가 왜 실패하였는지? 잘만 하였다면 성공할 수 있었는지? 왜 다 같이 잘사는 사회를 만들자고 창안한 공산사회가 다름 아닌 바로 그 경제발전에 실패하여 국가가 붕괴했는지 등을 그들의 생활을 보고 체험으로 배울 수 있었고, 이것이 그 후 학생들의 지도에 많은 참고가 되었다. 이 여행 중 보고 느껴서 공산주의 사회가 어디로 갈지를 정확하게 나름으로 예측하였는데 행인지 불행인지 필자의 예측이 그대로 적중하여 불과 몇 달 후에 소련은 붕괴되어 없어졌고, 중국은 급속하게 시장경제체제로 전환하여 살아남을 수 있었다. 이 과정은 지금의 북한이 반면교사로 삼아야 할 큰 교훈이 아닐 수 없다.

 이 여행과정을 통하여 필자는 이준수 학장님의 인생관과 생활철학, 그리고 부분적이나마 그분의 생사관까지도 어렴풋이 알 수 있게 되어 이 분의 사람됨이 우리와 같은 범인으로서는 도저히 흉내 낼 수 없는 경지임을 깨달았고, 이 분이야 말로 내가 평생을 두고 멘토로 모셔야 할 분이라고 생각했다.

■ 장보고를 통한 만남

 어느 날 교수들 사이에서 해양대학 교가의 가사에 장보고에 관한 이야기가 나왔다. 장보고가 해상무역을 통하여 동아시아의 해양을 지배했는데, 우리 해양대학도 한국이 해양제패를 하도록 이끄는 것을 목표로 설립운영하고 있는 학교임에도 불구하고, 막상 장보고에 대하여 전문가가 없으니 문제라는 이야기가 나왔다. 이런 의견들이 모여 하나의 작은 교수들 친목 모임이 생겼다. 이름하여 장보고연구회였다. 이 모임의 좌장격은 이준수 학장님이셨고, 말석인 필자가 간사를 맡아 한 달에 한번 정도 모여 서로 의견을 교환하고, 앞으로의 활동방향도 설정하였다. 그 일환으로 우리나라 장보고 유적지인 전남 완도를 방문하여 장보고의 유적으로 추정되는 장도 를 비롯한 여러 곳을 방문하면서 깊이 파고들면 무엇인가 얻을 것이 있을 것이라는 예감 같은 것도 느꼈다. 동시에 장보고의 활동이 통일신라와 당 나라(산동반도)간의 교역을 통한 활동이므로 중국의 장보고 유적지를 탐 사하는 것도 의미 있는 일이라는 데에도 의견의 일치를 보았다.

그러던 중 회원 중의 한사람으로 적극적인 활동을 해오던 허일 교수가 한중항해학회 일로 중국항해학회와 협의할 일이 있어 교류를 하다가, 중 국 대련에 있는 대련해사대학(우리나라 해양대학과 거의 같은 대학)에 중 국해운사를 전공하여 중국항해사라는 저서를 출간한 순꽝치 교수를 알게 되었다. 장보고 유적지를 탐사하고 싶은데 안내역을 맡아주겠느냐고 요청 하여 그의 쾌락을 받았으니 다음 방학에 현지를 답사하자는 제안을 하였다.

준비를 끝내고 현지답사반이 출발하였다. 참여인원은 10여명이었다. 지 금 생각나는 대로 적어보면 이준수 학장님(좌장격), 민병언 교수(작고), 정 세모 교수(작고) 허일 교수, 남청도 교수, 이원철 한국해사문제연구소 전 무이사, 김만홍 중국유학생(조선족 유학생으로 한국어와 중국어가 유창하 여 통역으로서 역할은 십분 발휘하였다), 그리고 필자가 참가하였고, 안내 역은 중국 대련해사대학의 손 교수가 담당하였다.

여행은 중국의 상하이에서 출발하여 해안선을 따라 중국의 연해 교역 항구와 항해관련 유적지를 순차적으로 답사하였는데, 중형버스(우리나라 봉고차 수준)를 대절하여 매일 10여 시간을 주행하거나 현지 답사를 하고, 저녁에 녹초가 되어 호텔에 투숙하고 그 다음날 아침 다시 출발하는 강행 군의 연속이었다. 강행군이기 때문에 참가자 모두가 피로에 지쳤으나 불평 한마디 없이 잘 행동하였고, 현지답사와 이동 중, 식사시간, 여관에 투숙하여 취침하기 전 등 거의 모든 시간을 다양한 이야기를 통하여 서로가 의견을 교환하고 토론하여 많은 것을 알게 되었고, 참여자간의 친숙도가 아주 깊어질 수 있었다. 약 3주간의 이 여행으로 참여자 모두가 친구가 될 수 있었던 것이다.

■ 장보고의 연구에 착수

이 여행에서 몇몇 사람이 공통으로 느낀 것은 장보고의 연구는 역사학자들에게만 맡길 것이 아니라 해운 내지는 해양전문가들도 참여하여 연구하는 것이 보다 효과적일 것이라는 데 의견을 같이 하였고, 기회가 있으면 한번 연구비를 마련하여 본격적으로 연구해 볼 가치가 있다는 생각을 갖게 되었다. 그러던 중 허일 교수가 정부의 연구지원기관인 학술진흥재단에서 연구 과제를 공모하는데 외국석학과의 공동연구를 위한 연구비지원계획을 발표한 것을 보고 한번 연구해보자고 해서 예의 중국 대련해사대학의 손 교수 및 그 산하 연구팀과 우리 연구팀이 공동으로 연구하기로 하고, 한중공동연구에 착수하였다. 이 연구에서도 이준수 학장님은 정신적인 지주로서 참여하셨으나 당시는 이미 정년을 하신 후임으로 자문역으로만 참여하셨다. 그 후 2년여 중국과의 연구결과 발표 및 토론회, 자료 수집을 위한 현지답사 2~3차례, 양측의 연구내용의 항목별 토론과 의견조율 작업 등을 위한 합숙(대개 일주일씩 3~4회)을 시행하였는데, 그 때마다 이준수 학장님은 한 번도 빠짐없이 참여하셨다. 이준수 학장님이 주로 하신 일은 한·중·일 역사서의 기록을 꼼꼼하게 읽고 우리의 연구 결과물을 대조해 보시고 조금이라도 틀린 점이 있으면 그것을 다시 검토하도록 의견을 제시하시는 일이었다.

이 작업의 결과 『장보고연구』라는 단행본이 발행되었는데, 그때까지 시행되었던 연구가 한·중·일 역사서에 각주 수준의 해석을 하는 것에 그치던 것을 넘어서 해양관련 전문지식을 이용한 역사기록의 새로운 해석을 시도했다. 그리고 사서에는 안 나와 있으나, 항해와 관련된 천문기상학적 지식과 황해의 해양학적인 특성들을 감안한 항로 및 이용하였을 가능성이 있는 선박 등의 연구 및 당시의 황해해상무역 전반에 대한 연구 등을 포함한 폭넓은 연구서를 낼 수 있었다.

■ 연구 작업의 낙수

이 연구를 진행하면서 잊을 수 없는 일의 하나가 있다. 너무 연구에 열중하다보니 연구비가 바닥이 났다. 그렇다고 연구를 하다 말 수도 없었다. 할 수 없이 허일 교수의 아파트를 이용하여 합숙을 하기로 하였다. 당시 허일 교수는 40여 평 짜리 아파트에 혼자 거주하고 있었으므로 안성마춤이었다. 연구비가 떨어졌으니 식사도 자취하는 경우가 많아졌고, 외식할 때도 돼지국밥에 만족할 수밖에 없는 경우가 많았다. 이 생활은 고생스럽기는 하였지만 우리들에게는 잊을 수 없는 추억을 남겨주었다. 마지막 원고의 정리였으므로 이준수 학장님과 허일, 필자 세 사람은 두어 달을 숙식을 거의 같이하면서 원고를 잡고 매달여야 하였고, 여기에 강상택 교수(작고)와 번역 및 통역을 맡은 김만홍 유학생이 간간이 참여하였다. 이 연구는 꼬박 2년이 걸려서 완성하였으므로 이 학장님과 나, 그리고 책임연구원인 허일 교수 세 사람은 거의 가족이나 다름없는 관계로 친해지게 되었다.

■ 정년 후에도 계속된 작업 : 해운물류사전 편찬

시간이 흘러 필자도 정년을 하게 되었다. 그런대로 정년 후에도 건강이 괜찮았음으로 놀기보다 무얼 좀 해보자고 생각하는데, 해사문제연구소에서 해운물류사전 편찬 작업을 하는데 도와주었으면 좋겠다고 해서 참여하였다. 참여해보니 혼자 힘으로는 감당할 수 없는 방대한 작업이므로 해사문제연구소에 건의하여 전문가 몇 사람을 더 참여시켜 위원회를 구성하여 작업하기로 하였다. 참여자는 이준수 학장님을 비롯하여 이원철(해사문제연구소 전무로 간사), 필자, 허일, 진형인(KMI연구위원) 오세영(동덕여대 교수, 작고), 배병태(해상법 전문가), 민성규 교수, 윤일현(대전대 교수), 그리고 김인현 교수(당시 목포해양대 교수) 등이다. 이 작업도 방대한 작업이었다. 위원들이 합숙하여 약 일주일 걸려 원고를 검토하면, 편집책임을 진 이원철 전무가 이를 컴퓨터에 정리 입력하여 나온 것을 다시 합숙하여 검토하기를 전후 7~8회 거듭하였고, 전체로 소요된 시간은 2~3년 걸렸다. 이런 과정을 거치면서 참여위원 전체가 친숙해졌는데, 이런 작업과정에서의 좌장은 항상 이준수 학장님이셨다. 저녁 식사 후에는 소주꾼들은 소주잔을 기울였고, 우리들의 이야기는 한이 없었다.

■ 계속된 작업

사전이 일단락되자 딱히 할 일이 없었다. 그러다가 생각한 것이 우리선원의 역사 편찬이다. 우리나라 해운에 종사한 사람들이라면 우리나라 해운이 고도성장을 할 수 있었던 가장 큰 원동력은 해양대학 출신의 고급해기사 집단과 이들을 뒷받침하는 부원선원 집단이라는 것에 이의를 다는 사람이 없다. 그러나 해운의 발전을 이야기할 때는 주로 해운기업과 정부의 해운정책을 근간으로 논리가 전개되고, 해기사나 부원선원들의 이야기는 아주 빠지거나 상대적으로 소홀히 다루어지거나, 독자들의 관심권 밖으로 밀려나는 경우가 많다.

해양대학에 재직 중에 필자는 이것이 항상 불만이었고, 해기사를 위시한 선원들에게 미안하게 생각하고 있었다. 그래서 차제에 우리선원의 역사를 편찬하기로 하고, 편찬비용을 선원관련 단체들로부터 협찬도 받고 하여 편찬에 착수하였다. 원고가 어느 정도 정리되고 나서는 예의 사전작업과 같이 몇몇 전문가들을 초청하여 감수겸 내용에 대한 비판을 받기로 하고, 합숙에 들어갔다. 참여하였던 분들은 이준수 학장님, 허일 교수, 필자, 이원철, 민성규, 박경현(해양대학 11기 항해과) 등이었다.

이 모임도 몇 번 있었는데, 어느 합숙 때인지는 잘 기억이 없으나, 이 학장님의 건강이 썩 좋아 보이지 않는다는 느낌을 받았다. 식욕도 많이 줄어드신 것 같았고, 저녁에 드시는 소주의 양이 부쩍 줄어드셨다. 그런 얼마 후 입원하셨다는 소식과 얼마 후 수술을 받으셨다는 이야기도 들려왔다. 나이도 있고 하여 걱정하였는데, 그 후 건강이 계속 괜찮으셨고, 건강관리도 잘하시는 것으로 보였는데 넘어지셔서 뼈를 다쳐 입원하셨다는 소식을 다시 들었다. 병원을 몇 번 방문하여 문안도 드렸는데 몸이 많이 쇠하시기는 하였으나 정신건강은 아주 정상이셨다.

이준수 학장님과 가까이 교류한 것은 이 학장님이 인생의 황혼기에 접어든 이후이므로 이분을 내가 잘 안다고 하기는 어려우나, 이분의 특성을 몇 가지만 간추려보면 다음과 같은 특성을 들 수 있을 것이다.

■ 우주를 날아다닐 꿈을 가진 사나이

첫째, 이준수 학장님은 꿈을 크게 가지신 분이다. 흔히 사람들이 무료할 때 꿈을 꾸듯이 자기의 미래를 상상하고 그리는 것을 "기와집을 짓는다"고 표현하기도 하는데 학장님도 기와집을 짓는데 지어도 크게 지으시는 분이다. 이 분의 꿈은 우주를 망라하고 지구 구석구석에 자기 손이 안 미치는 곳이 없다. 우리 과거의 역사를 돌아보면서 우리 민족의 웅대한 비상을 꿈으로 그려 내신다. 이분의 꿈은 아시아 대륙을 넘어 유라시아 대륙을 달려가신다. 이러한 꿈을 한바다를 타고 항해하면서 필자도 따라 그

려보기도 하였다.

이분의 꿈은 꿈으로 끝나는 것이 아니다. 부분적으로 이것을 현실화 하신 분이다. 해양대학을 조도로 옮길 때 해대의 보이지 않는 후원자 역할을 하셨던 당시의 건설부장관 이한림 씨가 조도가 좁으니 운동장도 좁을 수밖에 없다는 지적에 대해 "우리 뱃사람에게는 태평양이 운동장이므로 육상의 운동장은 이만하면 괜찮습니다"라고 답변하니 이 장관님도 역시 '그렇구만' 바다 사나이의 배포가 크다고 느꼈는지 다시는 좁다는 말씀을 안 하시고 열심히 후원만 하셨다. 이 분의 머릿속에는 이미 조도에서 교육받은 우수한 해기사들이 대형선박을 운항하면서 5대양 6대주를 누비는 오늘날의 해양대학의 위상을 머릿속에 그리고 계셨던 것이다.

■ 청렴결백을 타고 나신 분

이분의 두 번째 특성은 돈 문제에 대하여 무관심할 정도로 깨끗하셨던 분이라는 점이다. 이 학장님이 생활하셨던 시대의 교수직은 쥐꼬리로 표현되던 박봉 속에서 분수껏 사는 것으로 만족하셨다. 그러니 저축이 있을 수 없다. 그래도 공적인 용도 때문인 경우를 제외하고는 다른 사람에게 돈 아쉬운 소리를 단 한 번도 해본 일이 없는 분이다. 이 분은 월급봉투를 집에 갖다 놓았는데 도둑이 들어와서 훔쳐가면 "그 사람 나보다 돈이 더 필요해서 그랬을 거야"라고 할 분이다. 이분 주변사람들로부터 그와 유사한 소리를 직·간접으로 많이 들었다. 그래도 이 분이 비교적 탈 없이 살아올 수 있었던 것은 이렇게 순진무구한 분을 잘 알고 아끼는 몇몇 분들이 알게 모르게 경제적인 도움을 주셨기 때문이라고 생각한다.

이 분의 평생을 보면 해양대학에서 시작하여 해양대학에서 끝났다고 해도 과언이 아니다. 잘 아는 바와 같이, 해양대학은 국립대학이고, 공무원의 보수가 가족의 생계 유지비에도 못 미치는 수준이 개교 이래 적어도

1980년대 중반까지 지속되었다. 그러니 경제적으로 곤궁할 수밖에 없다. 이러한 조건들은 아마도 비슷한 생활을 한 다른 분들도 예외는 아니었으리라. 이런 생활을 하는 과정에서는 살려고 하는 생존 본능이 작용하게 마련이고, 이 생존 본능은 없는 중에도 푼돈을 아껴서 저축하는 근검절약이 몸에 배게 되고, 또 수단 방법을 가리지 않고 생존에 필요한 재산을 모으려고 한다. 이것은 평범한 인간이라면 거의가 다 갖고 있는 생존 본능일 것이다.

그러나 이준수 학장님에게는 이것이 없다. 이 분은 평생을 살면서 자기가 살 집 한 칸을 자기 능력으로 마련하지 못하셨다. 어떻게 보면 무능이고, 어떻게 보면 청렴이다. 그러나 필자가 보기로는 무능도 청렴도 아니고 욕심 자체가 전혀 쏙 빠져서 이 분의 마음 속에는 없다는 것이 알맞은 표현일 것이다. 있으면 쓰고, 없으면 안 쓰고 그것으로 그만이다. 돈이 없는 것을 아쉬워하는 법도 없고, 돈이 있다고 뽐내 본 일도 없는 분이다. 이런 분에게 돈이 있어 본 일이 없을 것은 당연하다.

그러나 비록 그 돈이 자기 개인 돈은 아니지만 어느 정도 풍성하게 있어 본 일도 있다. 이 학장님이 해양대학의 학장을 두 임기 하는 동안은 어쩌면 해양대학의 황금기였다. 60년대 들어서면서 서서히 시작된 한국 선원의 해외취업과 한국해운의 발전은 모두 해양대학이 길러 낸 해기사를 중심으로 이루어졌다.

모든 사람이 다 그런 것은 아니지만 돈을 번 사람 중 상당수는 돈 벌면 좀 좋은 곳에 쓰고 싶은 생각을 하게 마련이다. 그때 생각하는 첫 번째 대상이 자기에게 돈을 벌게 해 준 사람이나 분야가 된다. 해기사로서 돈을 벌거나, 해기사를 이용하여 돈을 번 사람들 중 상당수가 이런 생각을 해서 해양대학에 기부금 같은 것을 내는 경우가 많았다. 또 이런 분위기를 이용하여 남다른 모교애를 가진 동창회가 이런 사람들이 돈을 내 놓도록 유도하기도 하였다. 그렇게 해서 당시로서는 거금이라 할 수 있는 돈이 해양대학으로 들어갔다.

이런 돈은 속칭 "눈먼 돈"이다. 받는 사람이 경우에 따라 슬쩍 해도 아는 사람이 많지 않다. 또 설령 안다고 해도 큰 문제 될 것이 없다. 소위 대가성이 없기 때문이다. 요즈음 흔한 말로 배달 사고가 나도 큰 문제될 것이 없다. 그러나 이준수 학장과 가까운 사람이라면 어느 누구도 이 분이 이런 돈도 한 푼도 사적으로 사용하지 아니하였다는 것을 확실히 증언한다. 그리고 이를 가장 잘 증명하는 것이 이 분이 정년 퇴직하고 관사를 비워 주어야 할 때 이사할 집이 없었다는 것이 확실한 증거일 것이다.

공직에 있는 사람은 무골호인(無骨好人)이고 무능자로 낙인찍힐 만한 사람이 아닌 이상 좋아하는 사람 외에 싫어하는 사람이 있게 마련이다. 이 학장님도 예외는 아니다. 이런 저런 불만이 있는 사람들이 생겨나게 되고, 그 중 소인배는 조그마한 약점이라도 잡아서 투서 등으로 음해하기도 한다. 이 학장도 재직 중 이런 음해성 투서를 받았다고 한다.

사람은 누구나 결점은 있게 마련이다. 이 학장님은 일의 큰 방향을 잡아 나가는 것은 소신껏 잘 밀고 나가시나 실무적인 것을 오밀조밀 정리하는 데는 소홀하였던 모양이다. 이 학장을 가까이에서 모셨고, 실습선 선장으로서 공적인 목적으로 이러한 돈을 지출할 때 참여하였던 허일 교수의 말에 의하면, 감사의 수감과정에서 어느 돈을 누구에게 받아서 어디에 언제 사용하였고, 나머지를 어디에 보관하고 있는지가 애매하여 아주 애를 먹었다고 한다. 그러나 대부분의 일이 그리 오래된 일들이 아니므로 천천히 생각하고 잘 챙겨 보니 거의가 다 잘 맞아 떨어졌다고 한다.

이것은 전화위복의 계기가 되었다. 별 관심 없이 이 통장 저 통장에다가 예치하였던 것을 정리 차원에서 합쳐 보니 제법 되어서 이것은 학내의 학술진흥기금으로 하여 관리 규정도 만들고 관리위원회도 설치하여 관리하게 되었다. 지금도 있는 것으로 알고 있는 한국해양대학 내 학술진흥기금이 이렇게 해서 탄생하게 되었다.

■ 건강관리에 대한 이율 배반

세 번째 이분의 특성은 건강과 관련된 생각과 실천이다. 이 문제는 두 얼굴을 가지신 것으로 설명하여야 한다. 이 분은 일찍부터 일본에서 발달한 서식(西式) 건강법이라는 이름의 자연건강법을 철저히 지키시는 것으로 정평이 나신 분이다. 이 건강법의 요체는 자연식과 몸을 유연하게 하는 운동이 핵심이고, 자연식에서 가장 강조되는 부분이 소식이다. 그런데 이 분은 서식건강법을 다 잘 지키시는 데 한 가지 안 지키는 것이 소식을 실천하지 않는 점이다. 소식은 커녕 대식가 중의 대식가이시다. 몸과 마음이 건강하니 식욕이 좋으시고 식욕이 좋으시니 많이 드신다. 그리고도 건강에 지장이 없으니 그런대로 사셨는데, 지금 건강이 안 좋으신 것은 바로 이 대식취미가 원인이 아닐까 생각된다. 지금은 건강이 안 좋으시니 소식으로 돌아왔으니 소식을 알맞은 건강식으로 전환시키시면 장수하실 것이다.

■ 공사를 명백하게 구분

네 번째 특성은 공사를 분명히 하고 업무처리에 원칙을 지키신다는 것이다. 한 가지 예로 어느 학생이 학칙을 어겨 징계를 받게 되었다. 그런데 그 학생의 보호자 중 한 사람이 해양대학과 관련이 깊은 정부기관의 고위간부였다. 자연스럽게 선처를 부탁하는 사람들이 나타나게 된다. 필자도 그 중의 한사람으로서 이 학장님을 찾아뵙고 선처를 부탁하였다. 그랬더니 "알았다"고만 답변하셨다. 더 이상 드릴 말씀이 없어 그것으로 잊었는데, 그 학생은 원칙에 따라 징계를 받았다고 한다. 필자 말고도 이 학장님과 절친한 분들도 여러 사람이 부탁한 것으로 알고 있으나, 어떤 사람의 청탁도 '알았다'고 한마디로 끝이고 요지부동이셨다고 한다. 평소의 부드럽고 인자한 모습과는 달리 원칙에 따라 업무를 처리하는 자세는 우리가 배워야 할 덕목의 하나일 것이다.

업무와 관련된 또 하나의 특성은 한번 맡은 업무는 끝까지 책임지신다는 것이다. 이준수 학장님은 한국해양소년단 2대총재를 역임하셨다. 총재직에 매우 충실하셨지만 그런 명예직의 경우 경제적인 여력이 따르지 않으면 훌륭한 성과를 내기 어려우므로 한 임기를 마치시고 재력 있는 다른 분에게 총재직을 맡기고, 2선으로 물러나셨다. 그 얼마 후 해양소년단의 훈련 중 사고가 나서 단원 두 사람이 익사하였다. 그 사고는 이미 총재직을 물러난 후에 일어난 것이었으나, 이 학장님은 사고현장에 달려와 자기 일같이 이 사고 수습에 나서서 수고하셨다. 대조적인 것은 후임으로 취임한 총재는 사고 사실을 보고하였음에도 불구하고 현장에 얼굴을 내밀지도 않았다.

■ 법정스님과 유사한 생사관

끝으로 이준수 학장님의 생사관에 관하여 언급해두고자 한다. 전술한 바 있는 소련항해를 마치고 필자가 하선 귀국할 때 한바다 호는 계속해서 한 달 이상을 더 항해할 계획이었다. 헤어지던 날 저녁 소주잔을 기울이면서 한담이 오가다가 인사말 겸 "항해가 위험이 따르는 데 겁나지 않으시냐?"고 물었더니, 한마디로 "나는 죽음 같은 것은 무서워하지 않는다. 죽을 일이 있으면 죽으면 그만이다. 이 항해에서 예상할 수 있는 죽음은 항해 중의 사고일 가능성이 많은데 업무를 수행하다가 죽는다면 그것도 영광이 아닌가" 하시면서 아주 태평하시다. 그 후로도 이분은 평소 생활 속에서도 죽을까봐 겁을 내는 모습을 본 일이 한 번도 없다. 중병에 수술까지 하시고도 자기의 병에 관한 이야기를 할 때 남의 이야기 하듯이 덤덤하게 언급하신다. 죽음을 초월한 사람을 도인이라고 하는데 이 분이야말로 생래의 도인이 아닌가 생각한다.　　　　　　　　　〈2013.8〉

부록 **3**

사진으로 본
象步의 일생

돐(1927)

경기중 2년의 象步

경기중 친구들(진동식, 象步, 정상기)

학생과장 재직시 경주 여행(1956)

경희대학교 석사학위취득기념(1960.3)
2열 좌측 끝이 象步

결혼(1961.4.24, 부산, 주례 : 윤상송 학장)

Billy 호 1등항해사 시절

단국대 박사학위 수여식(1969.11)

장녀 결혼(1985.3.7)
象步 부부·손영선(사위)·이경원(장녀)·凡愚 부부

연구실에서(1986.11.25)

홍콩 여행 중 凡愚 손태현 전 해양대학 학장과 함께(1990.6)

정년기념식 후 가족들과 함께(1991.8)
이석우(장남) · 손영식(외손자) · 이경원(장녀) · 손애라(외손녀) · 象步 부부 · 이지우(차남)

장남 결혼(1994.8.6)
象步 부부 · 이석우(장남) · 이유희(큰 며느리) · 권길자 · 이승래